特文学

夏韵韶华 2

传统实力女作家作品

朱铁军 王建淳 主编

中国言实出版社

图书在版编目（CIP）数据

夏韵韶华 / 朱铁军，王建淳主编 . -- 北京 : 中国言实出版社，2021.2

（特文学）

ISBN 978-7-5171-3730-6

Ⅰ . ①夏… Ⅱ . ①朱… ②王… Ⅲ . ①中篇小说—小说集—中国—当代②短篇小说—小说集—中国—当代

Ⅳ . ① I247.7

中国版本图书馆 CIP 数据核字（2021）第 010295 号

出 版 人 王昕朋
责任编辑 宫媛媛
责任校对 张国旗

出版发行 中国言实出版社

地　址：北京市朝阳区北苑路 180 号加利大厦 5 号楼 105 室
邮　编：100101
编辑部：北京市海淀区花园路 6 号院 B 座 6 层
邮　编：100088
电　话：64924853（总编室） 64924716（发行部）
网　址：www.zgyscbs.cn
E-mail：zgyscbs@263.net

经　销 新华书店
印　刷 北京温林源印刷有限公司
版　次 2021 年 10 月第 1 版　2021 年 10 月第 1 次印刷
规　格 880 毫米 ×1230 毫米　1/32　7.875 印张
字　数 155 千字
定　价 58.00 元　ISBN 978-7-5171-3730-6

目录

与好人为敌

张　夏

记得父亲五十岁那年跟人瞎聊，说他看过报纸的，有个国家六十岁以上的全部要被枪毙。他说此话时面带微笑，大概以为六十岁离自己还很遥远。现在父亲七十出头了，却特别怕死。人生真是短暂，一转眼他就老成了这样。

此刻，父亲正蹲在屋檐下看蚂蚁。

夕阳照得他浑身跟镀了金似的，显得特别慈祥甚至有点儿伟大。傻蚂蚁们列着队从这位巨人面前经过。父亲突然伸出一只手，恶狠狠地一划，蚂蚁们便阵脚大乱。父亲得意地笑了，但随即就严肃起来，怎么看都是个好人。

离他不远处，一只麻雀飞过去又飞过来，一大群麻雀飞过来又飞过去。当所有的鸟儿都不见踪影时，夜晚已经来临。屋里的灯光闪烁几下，仿佛有些迟疑，但最终还是亮起来。记得上次回来时，母亲还在，而现在这灯下只剩下父亲。不久的将来，我面对的只会是一片漆黑。想到这里，我不禁湿了眼眶。

此次回老家，一是想替父亲出面向菊仙婶提亲，父亲到底算个老实人，我怕他面对那一大家人时会吃亏上当；二是为母亲安葬骨灰。

母亲于六年前去深圳投靠我，两年前在那里猝然离世。

与父亲相比，母亲是个大能人，曾在村里担任过多年的村主任。在农村，过于出头的女人，总归是个异数，是要遭人非议的。在我的童年记忆中，母亲嘴里念叨的几乎全是公家大事。而我的头上长满虱子，菜园里长满荒草，栏里几头猪饿得半死，她却可以熟视无睹。

她算得上一个乡村女权主义者，却不能忍受我的不婚。她生前已中风三个月，那段时间里，虽然偏瘫，神志却异常清醒，看见我就直嚷嚷，三十多岁了还不嫁人，以后还会有哪个要你。她捶打着轮椅，恨自己老弱病残言辞不清，否则一定要拿个高音喇叭去莲花山公园的征婚角替我征婚去。

但是父亲却很淡定，说以秋云的性子，硬凑合的话也迟早得离。自打年过六十，父亲说话就越来越冲，否则他会头疼失眠、手脚发凉、神经衰弱。他要借此找点儿存在感，我成全他倒也无妨。于是我无奈讪笑，说你老人家还真把我看透了。

其实，我曾谈过一场正儿八经的恋爱，前男友刘水与我同村，与我还是中学校友。他也在深圳上班。跟他相处三年后，我才向父母宣告说要结婚了。没想到父亲激烈反对，说别看刘水人模狗样的，流的全是坏水，他们一家子三代人全不是东西。如果你跟他不分手，老子就喝农药。我问母亲，我爸这是什么意思，平时不是啥事不管的吗？母亲打着哈欠，说老实鼻子空，肚里打灯笼，谁晓得他琢磨个啥。

好在父亲说话历来没分量，我决定不予理会。

但没过多久我跟刘水还是分手了。说起来是因为一点小事，在旁人看来简直不值一提，但我们都做得极为决绝，不留余地。

为了平复情绪，我辞职回乡，却随即面对家里的满地鸡毛。

母亲的唠叨尖利又嘈杂，像玻璃碴儿在水泥地上来回刮擦，令我耳膜生疼。她说来说去，无非是两件事：一是我必须在半年之内找到新对象；二是她要跟我父亲离婚。

对第一件，我表示服从，第二件却让我炸了锅。她想抛弃父亲？门都没有！一个平时连家务都很少做的女人，凭什么还这么理直气壮？

我大吼，你以为肚子里装了些传奇八卦就是才高八斗了？你以为你双手不沾阳春水当了个村妇女主任就是政治家了？你安分一点好不好？没有我爸养着你供着你，你早就饿死了！

母亲气呆，龇牙咧嘴好一会儿，终于爆发出她属于农村妇女的号哭，说你看看左右邻居，哪家儿女敢这样跟亲娘说话？我真是白养你一场，早知如今，当年就该把你掐死！

农村人最讲究传宗接代，我却是家里的独生女儿，母亲一激动，居然后悔没把我掐死。我哭笑不得，说你这又何必呢。

父亲在谷场上抽烟，背影漆黑一团。我走过去，想安慰他，却发现他在哼唱花鼓戏：张先生忙不赢哪，收拾笔砚与书文，今日不到别家去，要到那陈家去走一程，爬山过坳我去讨学俸，你看我教书好累人哪，你看我教书好累人哪。

他唱的是《张先生讨学钱》。他一边唱，还一边用脚尖打拍子。几十年来，无论母亲如何地动山摇，他都能用自己的方式保持淡定。

我不由得叹息，说你好像从来没有发过脾气。他的歌声戛然而止，摇头，谦逊地摆手："我骂不过她的。"说罢，嘿嘿讪笑。那神态，像个懦弱的孩童。我不由得吸吸鼻子，低声建议，你干吗不揍她一顿呢。父亲张大了嘴，很吃惊地看着我，说你这是大逆不道！我说，她这么威风，还不都是你惯出来的！

父女间的交流到此为止，总不能真的怂恿他动手打母亲吧。再说，母亲会屈服于武力吗？我这个女儿能对她的挨打袖手旁观吗？

母亲说过，这家里，男人不像男人，女人不像女人。

细细想来，母亲也许自有她的委屈，父亲也许并非全然无辜。父亲确实是个老实无用的糊涂虫。是的，我小时候受人欺负，跟他说等于没说。这个家庭与外界打交道，均由母亲出头，有任何困难，也是母亲解决。父亲比母亲小两岁，此生任她差遣，也习惯了由她操持一切。一副随你怎么办的架势，对母亲的一举一动，从来不加干涉，对她的辛苦也不怎么过问。他活得像个隐士，几十年来，要么读书看报，要么在田地间埋头忙活。他也从没跟邻居闹过纠纷。就算母亲跟人斗气，他也绝不出来帮腔。

然而，父亲到底是弱势的。这个家里，他只能选择听或者不听。但他总是消极抵制，把母亲的话当成耳边风。母亲为此气闷，继而深感无奈。她说跟父亲没有共同语言，所以她才抽烟，打牌，大碗喝酒，多年来像男人一样活着。从村主任位置上退下来之后，她每天熬夜看电视剧，惋惜着剧情里的各种悲欢离合，顺便提醒我必须趁年轻时把自己嫁出去。她说，篮子里的花越挑越差，你快 30 岁的人了，再不嫁就迟了，我当时如果不是因为年纪大了，怎么会嫁给你爸？唉，这辈子肠子都悔青了。

我“嗯嗯啊啊”地表示认可，并开始奉母命相起亲来，却都没个结果。母亲怨我，不该总是拿着一本书，不该要么头发乱蓬蓬，要么把妆化得吓死人，说无论怎样看，都是个怪物。我说我像你呗，有其母必有其女嘛。母亲瞬间噎住，随后笑了：那就活该你命苦了，姑娘家家的，还是像你爸比较好。

父亲此生没什么本事，却落了个平安。他生于富商之家，曾是个油头粉面的小少爷。但他出生时恰逢抗日战争末期，然后是四年解放战争，公私合营，1954 年洞庭湖洪灾，1958 年大跃进，1966 年“文革”…… 总之，我爷爷带着姨太太去了台湾，奶奶也吞鸦片烟死了。父亲从 15 岁起开始自生自灭，从省城到乡下，最终在砂子庙这个地方做了贫下中农的上门女婿。经历过多少风雨，竟然凭着老实胆小而毫发无损。他当过多年大队会计，没犯过任何错误，没沾过半点荤腥。母亲曾经很有水平地总结，陈大奇同志前半生作风正派，政治可靠，经得住历史的查证，经得住人民的考验，他是实实在在的一个好人。

而母亲所说的这个好人，却在六十岁那年开始骚动不宁。

父亲突然像个老怨妇，整天唉声叹气，时不时地说亲戚邻居的坏话，有时突然掏出一个本子来，上面工整地记着，谁欠债不还，谁伤天害理，连村干部办事的诸多不公，也被他一笔一笔地记得清清楚楚。不仅如此，他抱怨起母亲时也是没个完：你妈每天要抽一包烟，每个月剪一次头发，花钱不眨眼，喝起酒来哪像个女人。父亲的愤懑藏都藏不住，一连串小气巴巴的话汩汩冒出。但只要被母亲听到，他便立即噤声。跟母亲斗气，他哪是对手。

我失恋回乡，父母并不在意。他们正忙着应付各种拉锯战。父亲与邻居过不去，母亲与父亲过不去。两人一有机会就向我控诉对方的不是。我则选择中立，有时实在不耐烦了，就说你们还是赶紧离婚吧。

母亲却惊叫起来，自古劝和不劝分，做女儿的能像你这样吗？

父亲则跟我说，他在这个鬼地方待不下了，要去远方看一看。

父亲所说的远方，无非是我所打工的深圳罢了。他把我当成了救命稻草，深圳是他向往的幸福彼岸。他说他可以为我做饭。我说我可养不活你。他又说，他也可以去打工，替人看个门总还行吧？

母亲听见了，便出言挖苦，你在老家都混不好，还想去深圳混？深圳是年轻人的天下，你都六十好几了，去凑什么热闹？

父亲辩解，他原本在城里出生长大，何况他好歹是有文化的，算盘打得好，毛笔字也不错。然后他呆呆地看着我，满脸天真地问，找个事做，真有那么难吗？

我说是的，你不容易，我更不容易。父亲放低了声音，你不是念过大学吗？

我说你去深圳街头看看，我这样的大学生随便就可以扫一箩筐。

父亲垂下了眼帘，喉咙里开始咕隆咕隆的，发出不可描述的悲壮之声，就像那里躲着一窝哭泣的老鼠。正值半夜，我怕惊醒母亲，又迎来一场大吵。于是赶紧安慰他，说好吧，等我再去深圳，只要过了试用期，你就去找我。

父亲的眼神瞬间透亮，连连点头，我晓得的，我晓得的。

于是各自去睡了，父亲的咳嗽在隔壁响了一整晚。

我很快重返深圳，在一家外企上班，慢慢地算是站稳了脚跟：不仅工作顺利，还意外有了一套房子。我的账户里突然出现十万块钱，是前男友刘水从北京汇过来的，说无论如何要助我在深圳安个家。对此，他解释为这是我的青春损失费。

他与我交往，彼此消耗的年华不都是青春吗？本来谁也不欠谁。但若是我收了这笔钱，性质就变了，他变得居高临下了。

我不禁发笑，此时他已结婚，老婆是个富家女。注定没有未来的现实男女，没必要再腻歪，更不应该在经济上有牵扯。我对当初分手时的难看无法释怀。大半年过去，我一直绝口不再提他，没想到他现在突然来这么一出。

我该痛苦、得意，还是感动？不禁给母亲打了个电话。她一向精明现实、法力无边，我想向她讨个主意。但还没开口就被母亲一连串的愤怒吓蒙了，你爸吃豹子胆了，要举报村支书；要为刘菊仙那个不听话的孙子去学校讨公道；还把我的麻将全扔到沼气池里了。

我有点缓不过神来，但还是迅速跟母亲站在同一条战壕里。我附和道，真是翻天了，他是不是发神经了？母亲苦笑，说我倒宁愿他发神经呢。可他现在厚皮老脸的，竟然还跟刘菊仙鬼混起来。

那菊仙婶出了名地蠢，小手小脚小鼻子小眼的一个小个子女人，五官平淡得随手可以抹掉。父亲喜欢帮她干活。一来二去两个最没有存在感的人竟闹出了绯闻。

此等风流韵事，被村里人讲得颇有声色。母亲等着父亲来认错，并愿意给他改正错误的机会。不料父亲却收拾包裹说要离家出走。他也没其他地方可去，只能来深圳找我了。

原本把离婚挂在嘴边的母亲，这会儿却要保全家庭了。她怎能输给刘菊仙那样的女人呢？于是母亲充分显示出她有别于一般农村妇女的谋略来。她决定调虎离山，要我把父亲火速招到深圳，好好整顿生活作风。

我唯有点头说好，叹息好人变老后不过如此。而作为一个好人的女儿，我还不到30岁，就在考虑如何变坏。我焦躁，失眠，半夜时对着天花板一声怪笑，心想现在那个人对我尚有旧情，所以舍得付出；如果时间久了，所谓旧情自会消散，到时不要说给钱，就是借我一笔恐怕都会舍不得。当然，等他人到中年时，也许会想起我，甚至还想吃回头草。这种老套的故事，在人世间不是每天都在上演吗？可那又如何，到时他的婆娘儿女往前一凑，所谓初恋恐怕就要被钉上道德的耻辱柱了。年轻貌美时尚且留他不住，待我人老珠黄时还能让他回头？说到底，利益才是男人更看重的东西，我就拿了他最看重的又如何，让他断了对我的念想，从此头也不回，全身心承担起家庭责任也算是我积了大德。况且，父母在老家经常斗气闹离婚。如果换一个环境，或许会大不一样。这样一想，心中豁然。没办法，现实让我决心做一个现实的女人，血冷，心硬，无耻，无情。

此时是2006年，在深圳买套房子，对打工者来说还不算太难。几天之后，我用那笔钱交了一套两居室的首付，我想我与刘水之间就此画上了一个句号。

我搬入新居不久，父亲即来深圳。紧接着，母亲也跟来了。

母亲对城里生活有一种天然的适应，一到深圳就很快喜欢上了跳广场舞。父亲这个原本的城里少爷却成了个十足的乡巴佬。他总是远远观望着，面无表情。但母亲跳完舞后，父亲却没了人影。他要么是去买菜了，要么就是去做饭了。旁人都说，这老头真是个好人。母亲撇嘴道："外表老实罢了！"说完，却也是笑眯眯的。

这个老实人爱琢磨，偶尔会玩点心眼。但哪里逃得过母亲的法力。再加上他有作风上的把柄落在母亲手里，所以经母亲一顿猛训之后，父亲总是很快投降。初来深圳的那段时间，这样的拉锯战几乎每半个月都要上演一次。父亲每次都以落败而告终。

我看不下去了，于是替他出头。我说我绝对相信我爸的人格。母亲便恼怒起来，说你以为你爸真老实？他只是话少罢了。你以后找对象，千万得找个开朗些的，话少的人肚子里往往长满牙齿。话虽如此，母亲又说你爸这辈子不容易，作为下乡知识青年，那一大拨人里就他没有返城。你爸这辈子吧，有两大优点：一是相貌不错，二是老实可靠。

而父亲的出轨，时间一久，便成了无聊往事。母亲懒得再提，父亲似乎也全然忘记。深圳流动人口如过江之鲫，父亲在这里就像鱼儿回到大海。从湖南乡下到大城市深圳，他的变化大得让人吃惊。

父亲每天很早出门遛弯，顺便买菜，看到那些遛狗不牵绳子的狗主，就赶紧提醒人家要注意公德；如果遇到乞讨者，尤其是跪在路边求十块钱吃个盒饭的，父亲哪怕是隔条马路，也要冒着生命危险冲过去给点钱，然后仔细询问人家的来历。在老家胆小怕事几十年的父亲，到深圳后跟换了个人似的，胆子特别肥，眼睛无比雪亮。有时我忍不住挖苦他，老头子何必矫情呢？他便两眼直往上翻，嘿嘿直笑，说怎么的吧，我就是要热爱生活，也热爱这座城市。

父亲对这座城市的热爱势不可当。小区里老年人组织的社团以及其他任何形式的集会，他一律积极参加。这么说吧，那个原本蔫巴巴的著名老实人，现在特别爱出风头。他的手机响个不停，是个玩微信的达人，在小区里处处有朋友，走五步路恨不得跟三个人握手。母亲说老东西爱装相呢，别看他咋呼呼的，我还不晓得他几斤几两？

但随后一件事情让母亲噎住了。

母亲平时除了跳广场舞，还会跟那一伙老姐妹去逛商场。父亲一般也陪着走，负责充当劳力。老太太们喜欢购物，却也不过是些青菜水果之类，对属于生活消费品之外的货品是绝对不舍得去买的。但不买不代表不试。一伙人提着打折食品经过一个玉器柜台时，就停住不动了。有个老姐妹大模大样地让营业员拿个镯子出来，胖手一伸就自个儿戴上了。再取下来时有点费力，使劲儿一撸，镯子竟飞了出去，摔在地板上成了两截。

众人呆了。店员走过来，揪住不放，说这镯子 10 万块钱，得照价赔偿。老姐妹傻了眼，说没想到这么贵，儿子工资低，自己就靠着一点退休金过日子，实在赔不起呀。派出所的民警很快到了。店员气势吓人，说没有经济实力就不赔不承担责任了吗？你杀了人，但是你的身世很悲惨，就不用负法律责任了吗？

老姐妹只会一个劲儿哭，母亲也慌了神。父亲却嗓门响亮，说杀了人，当然要依法惩处，没有人认为不该。但指责你杀了人，是要拿证据说话的，而不是嘴一张就算。首先，侦查机关得找出证据形成一个有效证据链证明你有杀人行为。如果无法拿出证据来或是出示证据不够充分，那就是证据不足，你就是无罪的。同样，别人向你索赔，别人也得拿出证据来证明损失物品的价值，而且这个证据要合法，无效的证据是无用的，这个可不是你嘴一张，说赔多少就多少。你要是在餐馆吃饭，失手打碎一个碗，肯定也要赔，但赔多少呢？一般正常情况下，十块二十块也就够了，但老板说这个碗值 30 万元，而且没有任何证据证明这个碗值 30 万元，或是只有一个没有任何鉴定资质的鉴定书，你认可这个鉴定结论吗？你会不会乖乖掏 30 万元来赔这个碗？

一席话硬是把大家给绕晕了，店员竟放低了声音。随后父亲找媒体，找网络，硬是把这事给闹得沸沸扬扬。经民警协调，店老板竟出面做了很大让步。母亲的老姐妹只是象征性地赔了些钱，对父亲佩服得不得了。

父亲成了大家眼里的能人。更夸张的是，老姐妹的儿子还送来了一面锦旗，上面写着：见义勇为，热心助人。父亲很受用，从此将头发梳得溜光，把衬衣扎在皮带里，好像年轻了二十岁。

母亲却直摇头，一再打电话给我，说这有什么意思呢？你爸跟变了个人似的，这有什么意思呢？我说你这又是什么意思？母亲答不出来，却不住叹气。然后她就走出去，说要去莲花山散散心。可就是那次，竟从一个台阶上摔下去，造成了中风偏瘫。

母亲中风以后，便自动归属于弱势群体。她口水直流，反复唠叨，一会儿感叹人生苦短，一会儿数落我嫁不出去，但说得最多的是，陈大奇这老东西，黄土埋到胸口了，居然还硬了翅膀。

父亲说，你妈这是典型的羡慕嫉妒恨。话是这么说，父亲还是每天用轮椅推着她在公园里遛弯，遇猫逗猫，遇狗逗狗，老夫老妻的范儿一点不输城里的时髦老人。

可是母亲却毫无征兆地走了。当时我正出差，接到一个电话时惊呆了。于是匆匆赶回，在太平间里见到母亲。她死于心肌梗死，此刻很老实地躺在冰柜里，跟人世间终是毫无瓜葛了。父亲的品德，我的婚姻，也都由不着她操心了。

有邻居悄悄告诉我，你妈是在社区棋牌室发病的，老两口吵架，你妈气得发抖，拿起一个杯子砸你爸，没砸到，自己却晕过去了。你爸慌了神，赶紧找来社区医生急救。社区医生当时就发现你妈已经不行了，但还是帮着打了120。

“你妈体质太弱，算得上是自然死亡了。所以，家属还是节哀顺变吧。”说话的这医生是个中年男子，面皮白净，声音低沉。他姓李，是被临时抽调到社区健康服务中心坐门诊的。

可是那又如何？对母亲的猝死，我没法接受。

丧事过后，一直憋着没有流泪的我，不禁放声大哭，父亲却表情平静，不住地抽烟，一根又一根，足足抽完两包之后，说死了好，人死如灯灭，万事皆休。

他没有表现出我希望看到的悲痛。

我朝他吼，你巴不得我妈早死早好，是吧？你这老好人肚子里长满牙齿，是吧？没有我妈，你还待在深圳干什么？你还活着干什么？

父亲惊讶地看着我，脸色灰败，说他也痛恨那个被称为老好人的陈大奇。然后他长吸一口气，垂下了眼帘。他脑门光亮，眉毛很长，颇有长寿之相。一瞬之间，我竟心生恐惧，不知如何独自面对这个人漫长的余生。

过完头七，我继续请了一个星期的假。当我在莲花山上看着市民中心的大屋顶发呆时，手机响了，竟是前男友刘水打来的，说可以聊聊吗？

我们约了在附近的咖啡馆坐一坐。

多年未见，他成了一个满脸油光的胖子，而我却瘦得像只风筝。胖子与瘦子，对生活的感受显然是不同的，价值观也相距甚远。他说这几年经常被公司外派，满世界游荡，早上爬爬新加坡，看看能不能捡到比利石，顺便在阿根亭坐坐，下盘土耳棋，听听墨西歌，再叫一碗菲律冰；下午牵着巴拿马，拎着纽西篮，出门吹吹珠穆朗玛风，逛逛缅店，买点刚果，再走进澳门，累出了一身阿富汗。这不，刚从日本回来，变得不敢轻易下馆子了，总觉得不卫生啊不卫生。

我说，呵呵。

两人就这样把天给聊死了，各自低头，用小勺子将咖啡慢慢地搅动。雾气升起，让我的眼前模糊一片。我将眼镜取下，就像取下了防护面罩。

他抬头，惊愕地看着我，我从他的眼神里看到一个中年女人，该女人头发蓬乱，皱纹汹涌，雀斑毕现。我的眼泪瞬间流下来。我说我想倾诉，假如你乱插嘴，我会很生气。他似乎紧张了，连连点头。我说打火机呢？他小心地为我点上火。我吸了一口烟，眯着眼睛打量着天花板，青烟缭绕之下犹如母魂附体。

我聊起我的父母。我说跟我母亲比起来，我太失败了。他笑起来，说农村女性在家跟个慈禧太后一样，活久见。我说是啊，她从来不是什么贤妻良母。他笑笑，你爸太老实了，如果中国男人都像你爸一样，就不会有家暴这一说了。

我说很奇怪啊，我比我妈贤良得多，为什么她一辈子都被我爸当菩萨供着，而我却被男人打得流产？

他愣了愣，扭头看窗外。我随着他的视线，看到一对年轻的夫妻合牵一个孩子从马路对面走过来，孩子的脸像红苹果，透着一种幸福之傻。这场景，他曾咂着嘴想象过很多回。他是喜欢孩子的人，可又如何呢？过了好一会儿，他突然笑起来，说我俩当时的矛盾由来已久了吧，不关水龙头，只是个导火线罢了。

倒也是。我不禁扑哧一笑，鼻涕泡都冒出来了。我问他是否还爱我。他说不爱了。我点头，说早知道是这样。他大概觉得这样不大好，想解释一下。我说不必了，往事如烟，多说无益。我今天找你，只想聊聊我的家事。他点头，说好的，我明白，你说的，我倾听。这腔调，优雅，生硬，像东洋鬼子。

我叼着烟，直愣愣地看着他，说我妈一个星期前死了。他收起笑容，喝了一口咖啡，伸手抚摩我的脸，然后把我嘴里的烟拿下，掐灭了。

就在这时，父亲的电话打来。我按掉，对刘水一笑，说我十多岁时跟父亲在苎麻地里扯胡葱，看他老实巴交的样子怎么都是个老太太。一大群人追赶一只兔子，兔子狂奔到我们跟前时，累垮，一头栽倒在地。父亲便喜滋滋地把那只兔子捡起来，拿回家美美地吃了好几顿。他那个人从来就这样，埋头拾粪从不赶集，却一直运气不错。

生活在洞庭湖边，父亲不会游泳，作为农民，他种庄稼也不是好把式。甚至，他不会爬树，也不会钓鱼。当然，他一贯勤快而且俭朴。一件的确良褂子穿了八年，破衣破裤破草帽，日出而落，日落而歇，终年在田地里忙碌，家务事也做，烧饭、洗衣、浇菜，甚至还绣过花，纳过鞋垫。没有哪样做得出色，却哪样都肯做，从不叫苦叫累。

我出生时父亲三十七岁，如果处在当今的深圳，他还能算个大好青年。如果能像我一样写作的话，在四十五岁之前，还能被称为青年作家。但父亲这辈子不要说写作了，就连说话，原本也是笨嘴笨舌。他好像从来没有年轻过，也没有开心过，一天到晚眼皮耷拉着，说话时声音在喉咙里打转，得把耳朵贴近他才听得清楚。我母亲这样形容过他：胆小怕事，死无寸用。父亲每次听到时便顺着墙根溜走了。

在大家眼里，他是个没脾气的人，一个老实人，而老实人往往约等于好人。

而这个好人，从六十岁开始明显变得不老实了，越来越爱瞎辩，七十岁之后更是咄咄逼人。

此刻，父亲见我不接电话，就一条接一条地发短信来，对我一番痛骂之后，他说我对他不孝顺，他要回老家去。

我笑了。到深圳几年，父亲没其他进步，倒是学会了倚老卖老。办了个老人优待证挂在脖子上，天天坐地铁出门遛弯，眼巴巴地等着年轻人给他让座来着。他在深圳活得这么滋润，却闹着回老家，这不是矫情吗？

我说你老人家消停一会儿行不行？然后就干脆把手机关了。

刘水劝解：你妈走了，你爸竟还能这么勇敢，这么热爱生活，甚至想追求进步，追求真理。这没什么不好。

我把烟头掐灭，说是挺好啊，哪怕他追求爱情都可以。

刘水张大了嘴，说你妈尸骨未寒，你竟然能说出这样的话来，也太忤逆了吧。

我闭上眼睛，再睁开，说人死如灯灭，一辈子能有多长？老头子越活越不安分，不如给他自由，爱刮风就刮风，爱下雨就下雨吧。被我妈欺负了一辈子，现在扬眉吐气一回也没什么不对。

刘水扑哧一笑，说你这个家长够开明的啊。倒也是，老人家有点精神追求总比混吃等死强。

我说你也够懂做人，平时应该算个好女婿吧。刘水面露得意之色，说丈母娘夸他面相老实，看着就是个好人。

我说，算了吧，我爸曾经也很老实，你看他现在是副什么嘴脸？我妈一死，他都恨不得天天唱花鼓戏了。

刘水突然站起，绕过桌子，张开手臂拥抱住我。我不动，由他抱着。抱着抱着，好像也没什么意思，两人便很自然地分开了，简直各自松了口气。

跟刘水道别之后我便回家了。父亲却不在屋里，给我留了张纸条，说去找一个朋友了。

一连几天，不见他的人影。父亲难道也在玩离家出走？

后来终于拨通他的电话，竟传来口号声、锣鼓声，父亲嘶着喉咙在那头大喊：我在游行！我在游行！

我赶紧下楼，循着动静找过去。看到一大群人在会所前聚集，有拉横幅的，有拿国旗的，火红一片，颇有燎原之势。这些人以年轻人居多，父亲夹在里头实在有些不和谐不搭调。但他挥舞着小国旗走在最前面，雄赳赳气昂昂的，满脸油汗，一副老红卫兵样子，简直让我无地自容。

还没等我说话，父亲就把一条横幅塞在我手里，对一个戴鸭舌帽的中年男人嚷道："这是我女儿，我女儿。"

那人朝我一笑。我愣了一下，觉得有点面熟。父亲见我一副傻样，就说这是李子明医生啊，你见过的。他是我在这个小区里的忘年交呢。筹备业委会由他牵头，我们要团结在李医生身边，为了小区业主的利益，一定要成立业主委员会！

我想起来了，勉强笑笑，很客气地跟这个李子明医生打招呼：你好。然后转脸看父亲，父亲却正在带头喊口号："爱我家园，成立业委会！""我是业主我做主，群策群力最靠谱！"他嗓音苍老嘶哑，昂着头，脖子伸得老长，喉结上下游动，像随时要爆炸的定时炸弹。我有些恐怖地看着父亲，心想莫非是母亲的去世让他受了什么刺激？老年人最忌情绪波动。看他如此激动的样子，必须得让他静一静才行。

我耐着性子，与李子明各拉着横幅的一头，不情不愿地走在队伍中，就像一个落后分子被裹挟在革命洪流里。李子明向我眨眼睛，吐舌头，像个轻佻少年。好吧，让我们以高尚的名义进行一场莫名狂欢。我不知他们为何要游行，轮到我喊口号时，脱口而出的竟是：爸，你怎么啦，疯啦？

游行结束后，一群人嘻嘻哈哈地说要去聚餐。父亲也想参加。我咳了一声，语气严厉地说：“马上回家！”

父亲假装没听见，拔腿就走，却被我拉住了袖子。他小声嘀咕：“你比你妈还要凶！”

我冷笑，说是的，必须有人管着你，否则你都不知道自己是谁了。

当天晚上，我与父亲对着母亲的遗像各自盘腿而坐，商量今后的家庭计划。父亲说：以后由我来当家！我微微一笑，说你能管好自己就不错了。你看你今天，一副出风头的样子，像话吗？请你记住：你根本就不是业主，你的房子在湖南乡下！

父亲不吭声了，埋头抽烟，把一盒烟抽完了，在母亲的遗像前烧了一炷香。然后慢声慢气地说：“我还是回老家吧。”

我说你回到老家清醒清醒也好。

父亲变了脸色，说我就知道你嫌弃我很久了。

我笑，说每个人最终都要叶落归根的嘛。父亲一副倒抽凉气的样子，说我暂时还不会死，我不急着回老家。再说了，你妈刚过世，说不定有熟人亲戚上门，我总得招待一下他们吧。

以前但凡有客人来，都是母亲出面接待。父亲只管埋头干活，外交的事还轮不上他插手。但现在情况不同了，老佛爷已驾崩，父亲急于上位展示他的能耐了。

但这是深圳，就算有熟人亲戚在此，也各有事忙，来往并不密切。我说，你想得太多了。

父亲跟姜太公钓鱼似的，稳稳当当一笑，说走着瞧，总会有人来的。

父亲等了半个月，终于有人上门做客。却是刘水，白衬衣，黑领带，庄严肃穆有点吊唁人士的范儿。但父亲却将脸拉得老长，明显爱答不理。我要他炒几个菜，他立刻拒绝，还悄悄嘀咕：该来的不来，不该来的来了。

我只好安排到顺德佬饭店吃饭。刘水每点一个菜，父亲就在桌子底下踩我的脚。刘水却毫无察觉，先是劝我们节哀顺变，接下来就喝得有点高了，就有点油嘴滑舌了：叔啊，你这辈子受苦了，回老家最要紧的是再找个老伴……

不料父亲大怒，一巴掌拍在桌子上：老子七老八十了，这点晚节还是要的！

刘水一脸懵逼，连忙赔笑：好，好，我知道您一向为人老实。父亲却更加生气，从刘水的爷爷心狠手辣开始，一直骂到他们几兄弟不务正业，三代不拐弯，祸害相邻几十年，幸好我女儿没嫁给你呢。没长眼色的东西！尽胡咧咧，老子哪里老实了，哪里老实了？

刘水待不住了，站起来就走，一副怀疑人生的样子，对我说：我一直觉得我家的人都挺好啊。我说我爸现在专跟好人过不去呢。父亲追出来痛骂："尤其你这种祖上不积德的！"刘水后退一步，发问："陈爹，你还是砂子庙村的那个老实人吗？"说罢，悻悻而去。

我叫服务员来买单，却被告知刚才那位先生已经付过了。

此时父亲已经冷静下来，说骂刘水有点冤，骂他爷爷可没骂错，当年把城里来的右派罩在箩筐里，箩筐上点根蜡烛，蜡烛不灭不让人出来呢。我深感震惊，说那刘老头子生前看起来很和善啊。父亲说，你懂个什么。我说这么多年还不能原谅吗？父亲停顿了一下，敲敲桌子：我只是不喜欢听到别人说我老实。

我打电话问李子明，我爸是不是神经出毛病了。李子明却说这大概是人性的觉醒吧，老实了几十年，太不甘心了，现在要找点儿存在感，于是就想当一回恶人试试。

然而在这个充满竞争的社会，当恶人是需要能力的。父亲年轻时脑力不济，胆小如鼠，也只有老老实实当个好人，并由此平安地度过这一生。现在老都老了，作为本家族最年长的老人家，他该往德高望重的路子上走才对，却为何突然变得浑身是刺，莫不是中邪了？

父亲在深圳越来越爱管闲事，爱扎堆。有时也去公园里唱花鼓戏，唱着唱着就跟人吵起来，跟歌友吵，说看不惯某个老头子勾引人家老太太；跟巡警也吵，说小伙子上班混饭吃，只顾玩手机；跟邻居也吵，说你们家哪够得上五好家庭？我都看见你们往楼下扔垃圾呢；跟我也吵，说你快四十岁了，要嫁就赶紧的，免得抽烟喝酒变成个男人婆。

我盘腿坐在沙发上，吐着烟圈警告他："我很累，别惹我生气！"

他愣了一下，声音大得像打雷：“我是你父亲！”

他不说自己是爸，也不说自己是爹，而是文绉绉地来这么一出，看来是要拿大帽子吓我了。好吧，兵来将挡，水来土掩。于是我把烟掐灭，坐稳了朝他一笑：“行啊，有话咱好好说！”

他却呜呜直哭起来，说自己这条老命怕是保不住了，昨夜里我在客厅走来走去你晓不晓得？我说到底什么事你直说行不行啊。他说左边耳朵里发疼，连着整个头都要爆炸了，症状跟你大舅一模一样。

我大舅死于脑癌。

发病前几天，他参加我父亲的六十大寿，还喝了个大醉。那一天，我也从深圳赶回去了。堂屋里、禾场上，坐满了亲朋好友。准备开席时，母亲却在屋里急得团团转，说你爸不晓得去哪里了。我说不会是到田里除草去了吧？母亲压低了声音：“把你给他买的几套最好的衣服带走了。”我愣住，说你是不是又欺负他了？母亲两手一拍，抵死不认，说我哪会这么拎不清？然后便走到禾场上招呼客人。有人大喊：“陈大奇这个寿星老倌呢？咋不出来说几句？”

母亲赔笑，说陈大奇太老实，最怕当众讲话，不晓得去哪里躲着了，等他出来，我让他陪各位喝一杯可好。

大家哈哈笑，一致说好。乡里乡亲的，面对满桌子鸡鸭鱼肉，就只顾着吃了。至于寿星去哪，尤其是父亲这样不打眼的人，谁会真正关注？

酒桌上的中心人物是我大舅。大舅能侃能混，是个霸得蛮会赚钱的狠角色。但他几杯下去，语气就冲起来，说今天这十几桌客都是看着我刘某人的面子来的啊。陈大奇一个外姓人，在砂子庙这么多年，不是我刘家人罩着，他能过得这么舒坦？他那点能耐，也就只会在田地里死受罢了。

大家窃笑，都说那是，那是，陈大奇太老实，三棍子打不出一个屁。

吃完喝完，然后就是打牌。屋子里支了几桌麻将，一开局就打得昏天黑地。

到半夜时，赢了钱的大舅娘说实在太困，得去睡了，然后就站起身来。母亲输红了眼，将桌子一拍："谁要是敢离开这桌子，只怕会有人死！"满座皆惊。大舅娘也是个犟脾气，把赢的钱全撒在地上，说谁要死就去死吧，然后扬长而去。大舅脾气更大，将桌子掀了，说这两个女人就是头发长见识短！为了几个小钱就不认自家人了吗？

没几天，两个女人又照样在一起打牌。只是大舅果然两个月之后便死了。于是很多人都说大舅是被妹妹和老婆咒死的。

谈到这里，父亲直撇嘴，说你大舅早年斗地主反右派太邪门了，这才遭了现世报。经常动不动发酒疯，我早就看出他好日子到头了。

我说看不出来啊，你这个有名的老实人，心里藏着变天账嘛。坦白吧，做寿那天躲到哪里去了。

父亲咳了咳，狡辩说，我在砂子庙就是个孤家寡人。这些来凑热闹的，跟我半点关系都没有。

我气笑了，说砂子庙这么多年可没有亏待过你，我妈我大舅对你都不赖。父亲却说：“你以为我愿意待在这鬼地方？”

我明白了，父亲的意思是，是命运选择了他，不是他选择了这样的命运。

父亲的心里始终把自己当外乡人。六十大寿那天，忽然想落叶归根，去寻找他的族人。但他背着行李，只是在船码头上对着洞庭湖水久久发呆，枯坐了一个晚上，仍然回到了砂子庙村。

就算找到那个出生之地，又能怎样呢？父亲说，他认命了，六十岁一甲子，该轮回的早轮回了。中国人的根，其实总的来说都是在农村。他出生在城里，也许就是个阴差阳错。

父亲回到家里时，天还未亮，坐在猪栏屋后面不出声。他窥视着那群吃喝者和麻将客，把一场闹剧尽收眼底。

不久之后，他又目睹大舅发病，直至死亡。他那颗老实之心从此就不安生了，总想做点什么，让自己这辈子活得值当一点。

父亲的叛逆，从六十岁开始。可是，再怎么扑腾，这辈子已是大势已去。他越活越明白，越明白就越不甘心。

他被母亲这座大山欺压了一辈子，刚有点翻身农奴得解放的势头，母亲就死了。父亲的心病却不见好，继而害起了偏头痛，发病时也是从耳朵疼开始，然后就是整个头都疼起来。他一再强调，我的症状跟你大舅一模一样，整晚整晚睡不好，只怕也是活不久啦。

我说怎么可能，拿手电帮他反复照，却没能看出个究竟来。父亲怀疑地看着我，说自己的身体自己清楚，他十有八九得绝症了。我说那就去医院检查吧。他却又坚决不肯，说一条烂船划一天算一天，没必要浪费钱了。见他油盐不进的，我就来火了，说人老了无非就是怕死贪钱睡不着，我忙得四脚朝天的，你就别给我添乱了行不行？有什么想法你就直说，别瞎折腾，你不嫌累我嫌累，你闲得无聊我没空！

父亲这才哼哼唧唧地说，得找李子明问问才行。李子明此时已回到中心医院坐门诊，电话中说老年人的健康问题不能忽视，有病早看早治疗，免得越拖越麻烦。父亲这才点头答应去看病。

我带着他去医院找李子明，给做了个全身检查，结果是除了血脂超标之外，其他一切指标正常。李子明笑道：陈叔，你老人家的身体比秋云的还好。我不由得也笑起来，说这老人家原来是装病。

父亲顿时无地自容，红着脸说老而不死是为贼，七十多岁了，混吃等死怎么行啊？再说深圳看病这么贵，农合医疗又不好报销，还是回老家吧，尽量在那地方发光发热。

话是这么说，他当天半夜仍然爬起来，窝在沙发上向各个微信群求高手指点。见我出现，他便连连叹气，说你妈刚才来找我了，在那边没钱花，要我给她烧点儿钱用呢。那边也是有地域歧视的，她是外地人，深圳土地爷不给画押牒，她怕收不到钱。

说起地府的官僚制度，父亲一套一套的：人家阎王也在与时俱进，推行改革呢。如果我们稍不留心，你妈就会在那边受苦，她个性又强，最不爱求人的。中元节快到了，还是得赶紧回湖南，给你妈把这事办好，免得她找我麻烦。我最怕的就是这一点。她那个人，你是知道的，总是得理不饶人……

我听得一阵心酸，却又忍不住好笑，说我妈活着时你怕她，现在她人都死了，你还有什么好怕的？

父亲愣了一会儿，仍说这事大意不得。

第二天中午，我正要下班吃饭时，接到他的电话。他说他自己买了火车票，现在已经出发了。我说你干吗不早点告诉我，我好送一下你，万一走丢了怎么办？他说丢不了，是李子明开车送的我。不信你让他接电话。

电话那头换成一个中年男人的声音，充满磁性，含糊而随意。李子明说他恰好有空，又恰好去火车站那边办事，就恰好把老爷子给捎上了。我赶紧说谢谢，谢谢。

父亲一走，我竟长吁了口气，当天一下班并不急着回家，而是跟同事约了一起逛街吃饭按摩洗脚唱 K 玩了个够。唱完 K，接到李子明的微信，他说我恰好看到你了，穿一条彩虹连衣裙，特别好看。

我说，谢谢夸奖哦。

再过几天，他又打电话来，说很想念陈叔。老人家是很有意思的人，不知他现在怎么样了。真想去看看他。

我说谢谢，我爸好得很。他呵呵笑了几声，说声再见，就把电话挂了。过了一会儿却又发微信来，解释说他很小时父亲就去世了，看到我父亲，觉得特别亲切，真想跟着我叫爹。嘿嘿，我说：抱歉啊，我这爹虽然不怎么样，但却并不能跟你分享。满大街的老头子，你想捡一个爹不是很容易吗？想搭讪美女就明说嘛，何必乱找借口。

他忍不住哈哈大笑，说你们父女都挺逗的。

父亲回湖南之后，显得很是老当益壮。村里在建养老院，他捐了一万块钱。但村干部们很快发现，这一万块钱太烫手了。他的附加条件多得让人无法容忍，足足写满两张纸，还特别强调，必须由他来管账。父亲不仅要严管自己的捐资，还对别的款项也总是盘根问底，他总怀疑经手者偷奸耍滑，动不动就要查账本。村干部们也不好生气，只好赶紧表白：陈爹放心，我们可都是好人呀。

父亲冷笑，说我最信不过的就是好人。

听说村里要重新划分责任田与宅基地，他也要管，经常一屁股坐在村委办公室不走，说你们可不能蒙我这个老头子。

“你都这么大年纪了，难道还能种田吗？”我终于忍耐不住，打电话问他。他赶紧解释，说我还不是为了你吗，常年在外，又是女儿，都三十多岁了，按村里的土政策，恐怕会把你当成嫁出去的人，不会给你田地。我说不给就不给呗，我肯定是不会回老家种田的了。大不了我把户口迁到深圳好了。父亲惊叫起来，说现在农村户口比城里户口强得多，我们这里听说还会被拆迁呀。你把户口迁走莫不是疯了？那田地留着吧，由我去种好了。

曾经那么肯吃亏的一个老好人，怎么就变得这么爱计较了呢？越想越不明白。母亲生前常说老实人肚子里长牙齿。莫非父亲这是原形毕露了？

村主任是大舅的儿子刘祥云，打电话来投诉：姑父怎么啦？从深圳回来越来越讨嫌了，爱管闲事，爱摆资格，动不动就到村委找麻烦。村里对他头疼得很，这么大年纪了，打不得，骂不得，还得恭恭敬敬地陪着守着，怕他万一耳朵疼头疼心脏疼老命呜呼。他倒好，整天胡搅蛮缠的，唉，好好的一个老实人，放着清闲日子不过，年纪一大把了，咋就成了个刁民呢？

我听得呵呵直笑，说和谐社会嘛，尊老爱幼，得老人者得天下。你以为村干部是这么好当的？你有没有捞过油水？有没有以权谋私？你这共产党员经得起考验吗？

祥云急了，就央告我，姑父的身体好得很，腿脚利索，挑百八十斤东西在田埂路上走得飞快，还能骑着单车满村转悠，跟那菊仙婶你来我往的好不恩爱。如果让两个老的来个黄昏恋，你爸哪还有精力跟我们闹？

此话令我打喷嚏，也令我心头一亮。

是啊，父亲虽已年满七十，但身体好得很，又这么不甘寂寞，不管到哪里都是个麻烦制造者。要他少管闲事他不听，何不顺水推舟为他找个老伴呢？母亲生前也说过，两眼一闭，哪管得了死后的事。父亲如有机会梅开二度，想必母亲也会理解、赞成。

祥云进一步启发我，老房子着火救不得，所谓孝顺，孝顺，也只能顺你爸的意啦。

见我默许了，祥云便指使他老婆张罗这事。表嫂跟那菊仙婶的女儿、儿媳是牌友，趁着打麻将就把这事说开了。菊仙婶的儿女们竟也满口支持，说他们的老娘守寡几十年，确实不易，原本立个贞节牌坊都够格。只是现在新时代了，老年人也该有爱情有幸福嘛。

我们那地方靠近县城，是个新移民垦区，历史不久远，有别于一般传统意义的乡村。村里人的思想观念比深圳这边还要新潮些，大男子主义往往在摇篮里就被掐灭，封建残余思想基本早已扫荡干净。何况现在是网络时代？不就是个老年人的再婚问题吗？老朽，老朽，如果能枯木逢春，就不会那么老那么朽了。

机械化种田的当今，农村闲人多，又遇上这网络时代，思想都挺开放，很能接受新事物。于是一大群闲人轮番去为父亲和菊仙婶牵线做媒。菊仙婶倒是答应了，但父亲却很淡定，说黄土埋了半截子的人还结个什么婚。大伙儿就急了，说老伴老伴，不就是图个老来有伴吗？平时又不是没相好过，这会儿咋就说不通了呢。

祥云于是又打电话给我，说这事必须得你当面劝他了。

我劝？母亲才去世两年，我就劝父亲再婚？我莫不是疯了？愿娶愿嫁是他们的自由，如果不愿，那也就罢了。难道还非得凑合他们吗？

我说别闹了，连我都没结婚，我爸这么大年纪了，就让他保持晚节呗。

没想到过了几天，祥云打电话来，说不得了，闹出大事来了。姑父要上访，菊仙婶要上吊，整个砂子庙村都闹成一锅粥啦。

我问怎么回事，祥云秘而不宣，说你问你爸呗。于是我打电话给父亲，问到底怎么回事。父亲却气咻咻的，说阴谋，绝对是阴谋！你再不回来替我挡着，我真要去北京啦。

我说你都多大岁数了，这么逞能有意思吗？你去北京能找到谁？你身体吃得消？你有多少钱可以浪费在路上？别指望我给你活动经费，一切得靠你自己张罗！

父亲的气焰迅速被打压，过了好一会儿才挣扎着说，只要有理，老子走遍湖南不要米，走遍天下不要钱。

你老你有理？你弱你有理？ 我简直要呵呵冷笑了，说未必你坐在自己屋里别人会欺负上门？我妈都说过你最好别惹事，你之所以老实几十年，其实就是因为本事不够。跟村干部闹是需要智商的，玩黄昏恋那也是需要情商的。

父亲不懂什么叫情商，却跟智商这两个字较上了劲。他表示严重不服气，说自己年轻时算盘打得快，看书一目十行，不然生个女儿能考那么好的大学，能在深圳有房有车？现在连当女儿的都敢训我，我活着还有什么意思？我要是娶了刘菊仙，到时什么都会落到她儿子手里。你在外漂着，哪是这些地头蛇的对手？

父亲说着就哽咽了，你妈死后我把什么都看透了，活得憋屈不如一个死呢，并交代起后事来，说村里拆迁赔付，家里的房子大约能换两套崭新的集资房，还有屋后那几十棵大樟树，估计能卖四五万块钱，你到时就用这钱搞装修。至于那些磙啊、锹啊、犁啊、耙啊、箩啊、筐的，反正你拿着也没用，就全部给刘菊仙算了。好歹我认识她多年，算朋友一场了。

父亲越说越悲壮。我听得恻然，说你想得太多了。财产问题，到时肯定得依法办事，我也不是吃素的。你若真跟菊仙婶好，也没必要遮遮掩掩了。我都无所谓，你有什么好顾虑的。

父亲还想说点什么，却被我挂断了电话。最近读过一篇心灵鸡汤文，命运无常，人生苦短，能握手就握手，能拥抱就拥抱，珍惜有缘之人，是对别人好，也是对自己好。我想只要父亲愿意再婚，我替他出面提亲也是可以的。无论如何，我得回去一趟了。

几天之后，我请了假。路上开车需要十多个小时，我独自开肯定不行，于是打电话问李子明，有没有兴趣跟我回老家玩。他答应得很爽快，理由很堂皇：趁机去我家乡旅游哪，见我父亲这个忘年之交哪。最后他的声音很低，说他愿意随我去天边。理工男说出这样煽情的话来不容易啊。我却回答：放心，路上一切开销平摊。他不由笑了，要我给他几天吃软饭的机会。话是这样说，他沿路上却抢着付费，方向盘大部分时间都掌控在他手里。我睡得昏昏沉沉，经过很长时间的跋涉，他唤醒了我：到村口了。

我爬起来一看，窗外下着大雨，道路一片泥泞。路口有几支手电摇晃着，有几个穿雨衣的身影跑过来，黑黢黢的面目不清。走在最前面的是祥云表哥，他说，原是村村通水泥路的，但因为局部拆迁，路况变得很差。所以就只好带人过来等着。在他的指引之下，车子小心翼翼地开进村里，慢慢地开到家。

屋子里已是热气腾腾。父亲正在泡擂茶，像个老太太一样在屋里四处转，背有些驼，袖子上仍别着在深圳参加维权集会的红袖章，这使他看起来挺利索。

李子明暗笑，你爸完全有能力独自生活得很好，干吗都劝他再婚呢？我说，以前从没有谁关注过他的，现在这么多人围着他转，也真是难得了。

确实，有太多人来对父亲表示关爱。尤其是表哥表嫂，热心得让人打喷嚏，说只要姑父点头，村里就会立马派人帮着粉刷房子，搭喜棚，还出面请县剧团过来唱一场花鼓戏。《张先生讨学钱》《小姑贤》《刘海砍樵》《补歌》，姑父，你老人家德高望重，喜欢哪出就哪出，随便你老人家挑。

有个大肚子男人远远地站着，悄悄向我招手，挤眉弄眼地表示有话要说。

我走过去，他却嘿嘿一笑：我们很快就是一家人啦。我有点愣住，一时想不明白这是谁。

他这才自我介绍，说他是刘菊仙的长子。哦，小眼睛小鼻子小嘴巴，跟菊仙婶确有几分相像。多年前的他瘦得像豆角，现在则胖成了一个球。听母亲说过，他结婚很早，有三个孩子，其中老二脑子不好使，在学校总被同学欺负。父亲屡次为那孩子出头到学校找麻烦，怪不得他对两个老人的婚事这么支持。

我说，既然我们做晚辈的都同意，就好好把这事说一说吧。

第二天，祥云也来参与动员，还把村支书拉来了。两位村干部，都是红脸膛，体形粗壮，两眼放光，耳朵上夹着一根烟，就像整个人装了小火箭，随时可蹿出天际。但这样能量十足的两个人物却被父亲闹得慌了手脚。为着那点集资款的鸡零狗碎和空心屋的拆迁问题，父亲动不动就给县里打电话，还撺掇其他老人跟着去上访。真是三十年河东，三十年河西啊。当年最惧怕村干部的老好人现在成了个刁民，特别爱出头，特别能战斗。所到之处，还能一呼百应，后面跟着一群老头老太，各戴一个红袖章，上面印着社会主义核心价值观。这伙人在父亲的培训下，满口大道理。怎就没一点老人的体统呢，怎就没守一点农民的本分呢，不仅连村干部瞠目结舌，连我都无法消受。

表哥和支书此次登门，为的就是将父亲往夕阳红黄昏恋的康庄大道上引。村支书笑眯眯地说，现在留守老人跟留守儿童同样值得关注。为更好地建设社会主义新农村，要把孤寡老人当成重点帮扶对象，将物质文明、精神文明双管齐下地抓好。陈爹，你老人家满七十岁的人了，身体又好，女儿又有出息，你就该享点儿现成的福不是。

父亲跷着二郎腿，眼皮都不抬，顾自叭叭地抽烟，说人老了不就图个心安吗？我现在就是心不安。这地方拆迁办有机食品加工厂，有多少见不得光的事，谁经手谁知道。还有我们这里是个蓄洪垸子，每年抗洪抢险都得政府拨款，钱都用到哪儿去了，不该好好算算账吗？

村支书扭了扭脖子，气笑了，说老实人较起真来，真是九头牛都拉不转啊。我都说过很多遍了，村里的账目很清楚，还给你老人家看过，你怎么就是要纠缠不清呢？我当了两届村支书，做什么都是为公家考虑，完全可以做到问心无愧。

支书说罢，拂袖而去。父亲将他没喝完的擂茶倒进潲水桶里，把头摇得像个拨浪鼓：不听老人言，吃亏在眼前。

众人大眼瞪小眼。祥云咳了一声，笑嘻嘻地插嘴：“姑父，前几天我跟你说好了的，再找个老伴。”

……他的话还没说完，父亲就说，还找个啥老伴？我都这么大年纪了，还不如混吃等死呢。

表哥一听就急了，说您老人家前天不是都已经同意了吗？

父亲两眼一翻，说兵不厌诈你都不懂啊？我如果不说同意，秋云这个没良心的会回来看我？

我哭笑不得，说我爸脑子这么好使，看来长命百岁是一定的了。父亲就长叹一口气，说活久了就是个祸害，听说有的国家六十岁以上的都得枪毙，自己都七十出头了，已经活得够够的了。这些天他常在后山上转悠，就想找块向阳坡，瞅空了挖个坑，到时把我妈的骨灰盒放进去，旁边留出他的位置来。“秋云你工作忙，不用回来。你爸就一个人过日子，哪天不行了自己爬进墓坑，晒着太阳听着花鼓戏慢慢地死，跟睡着了没两样。”说到这里，父亲突然语带哽咽，说人一辈子怎就这么不经熬呢？

父亲居然不肯再婚，我有点意外，说何必装呢？你不是跟菊仙婶好过一场吗？

父亲直喊天地良心，说那是气不过你妈太厉害才故意做给她看的，现在你妈不在了，我只想图个清静算了。

我愣愣地看着父亲，不知他葫芦里卖的什么药。

无论如何，我觉得有必要去拜访一下菊仙婶了。

菊仙婶离我家也就一百来米远，拐个弯，穿进一条巷子就到了。她家的矮墙上爬满牵牛花，花朵旁边写着一个大大的“拆”字。这所老房子是村里年代最久的，起码有四五十年了。两个儿子早已到镇上买了房子。菊仙婶留守的这个旧院子，以前没一个儿子看得上，现在却成了香饽饽。拆迁款还没到手呢，两个儿子就较上劲了，都抢着把菊仙婶往家里接。菊仙婶不肯去，怕跟儿媳妇处不好。儿媳妇们却开明得很，轮番劝婆婆改嫁。说跟着陈爹过日子多好，年纪相当，有房子住，有钱花。

父亲七十二岁，身体尚好。菊仙婶七十岁，这么多年好像变化也不大。我很小时就觉得她是个老太太，我成年时她还是个老太太。这次我见到她，发现她仍不过是一个老太太。我一进院子，她便朝我疾走过来，手臂像翅膀一样上下翻飞，头朝前伸，像一架欢欢喜喜的战斗机。谈到我爸这人如何时，她双手一拍，嗓门大得吓人：陈大奇是个大好人哪。

我问何以见得。她就嘀嘀咕咕说开了：他打小就出了名的老实啊。除“四害”那年，老老少少一块儿赶麻雀。有的雀仔躲在我家后院的鸟窝里硬是不动。陈大奇就攀到树顶去戳翻个狗日的，弄脏了一身上好的青布褂子。

这，跟老实，跟人品有关系吗？

我想笑，但憋住了。菊仙婶大门不出大字不识，关于那一场捉麻雀运动，以她的水平能描述成这样已是尽力了。那事儿由我自带文学细胞的母亲生前提起过，却是讲得绘声绘色的：话说当年，刚过五一劳动节不久，大队召集社员们开会，号召灭麻雀，说是中央精神。然后就是男女老少，一齐上阵，连明赶夜的好不热闹。三天之内，每天早上五点集合，参战人员进入阵地，大路小巷、院里院外、墙头树上，敲锅盖，扔石头，晃树干，鞭炮齐鸣，红旗飘飘，竹竿挥动，处处吆喝，强迫麻雀飞翔。母亲领着一群跟她差不多大的妹子去捡麻雀，才半天工夫竟然捡了几箩筐。晚上收工后，大家伙就凑在一块把麻雀毛扯干净，掏出内脏，盐水里打个滚，烤得香喷喷的美餐一顿。父亲那时不过十五岁，才刚从省城来到砂子庙村，出身不好的他，因冒险爬树戳鸟窝有功，被评为除“四害”先进个人，奖了一顶新斗笠，一条白毛巾。

与我母亲的口才相比，菊仙婶说话简直是牛头不对马嘴，但她对再婚的事却响应积极，说两个老鬼搭伙，锅碗瓢盆碰得响一点才叫过日子。

她说得兴起，把唾沫星子喷了我一脸。

我忍耐地转过身，端起杯子把茶叶吹开，喝了一口，再喝一口，竟将到嘴的话也咽回去了。等茶水一凉，我就赶紧起身告辞。

我回到父亲这边，父亲正在观察蚂蚁，将一颗巨大的头颅低下去，再低下去，像一位科学家，也俨然一位人生赢家。他是骄傲的，也是有福的。这辈子混了个老实人名号，到老来却连让村干部都畏他三分。他手握真理威风凛凛，还有一场黄昏恋等他收获。全村的人都支持他梅开二度，等着他点头答应这门婚事。

事到如今，我只好再问一回：“你跟菊仙婶的事到底怎么办？”

他眨巴着眼睛问我：“她怎么说来着？”

我笑，说菊仙婶夸你是个大好人呢。

父亲猛地站起，愤怒地叫喊起来：“她凭什么这么说？”

我一看情况不对，赶紧申明：我已经为你解释过了，我说其实你并不那么老实，也并不是什么好人。

父亲这才缓和了脸色，说这还差不多。我说那你到底想不想跟她一块过日子呢？

父亲却答得毫不含糊：“这事没门，我跟她一点关系都没有。”

我说你这也太不老实了吧。父亲就抬高了声音：“我最恨别人说我老实！我凭什么要老实？”

父亲的答复让人失望。菊仙婶的儿女们便骂开了，说还以为陈大奇是个好人呢，没料到现在越老越不要脸，翻脸不认人！

菊仙婶也跟人说，秋云姑娘过来一趟，屁股没坐热就跑，这不明显没把我放在眼里吗？

众人窃笑，都唆使她两个儿子过来要钱，说菊仙婶守寡几十年，本来可以立个贞节牌坊的，硬是被陈爹坏了名声，现如今是新时代新社会了，精神损失费，无论如何总得给一点吧。陈爹历来在家没地位，以前是秋云妈做主，现在该是秋云了，必须找她要个说法！

刘菊仙听了哭哭啼啼。她儿子就更加来火了，说我妈可不是好欺负的，我们刘家是讲体面的。

表嫂来说合，嘻嘻哈哈地自己找凳子坐了，讲了一大通新时代新风尚以及黄昏恋对老年人的好处，又说了菊仙婶这么多年的不容易。

父亲不理会，低头剥着莲蓬，把莲子一颗一颗放在碗里，没一会儿就剥了一大碗。他把这碗莲子锁到柜子里，谁也不给吃。表嫂舔着嘴皮子，说我讲得喉干舌苦的，你老人家也不给我吃几颗？这样做得出，小心我们叫你陈扒皮哦。父亲不搭理。表嫂又说，菊仙婶跟你真的太合适了，你老人家是公认的好人，何不好人做到底呢？

父亲笑了，几根长寿眉飘起来。他说，谁说我是好人？我不但不是好人，我还要跟你们这些好人拧着干，你们说的话，我坚决反对，我说的也不允许你们同意。

表嫂气得转身就走，边走边小声骂："个老棺材瓢子！"

我听得眼皮起跳，对父亲说："你何必惹众怒呢？"

父亲不服，朝那表嫂的背影高声说："呸！"

第二天我起床去水井摇水，却发现大门口被挡住了。一张麻将桌堵在外面，几个中年男女不吵不闹，竟然在此打起了麻将，还说秋云是个知识分子，该是最讲道理的，我们先礼后兵如何，把问题解决好了你再去深圳，不然的话，别怪乡里乡亲翻脸不认人。

我气得把大门哐啷一声关上了，冲到父亲面前说，你看闹出什么乱子来了！

父亲坐在床沿上叭叭地抽烟。一支烟抽完，他转身去厨房拿刀，说我要砍死这几个猪日的家伙。

我将手插在口袋里，微笑：“去啊，你这辈子总要勇敢地当一回坏人嘛。”

父亲涨红了脸，将菜刀高高举起，号叫着往门口冲去。我大吃一惊，正要冲过去拦住他时，他却已经蹲在门槛上呜呜地哭起来。菜刀被他砍在门上。这是上好的杉木门，桐油刷了一遍又一遍，据说是他费老力从我爷爷家的老宅拆过来的，已经有将近一百年的历史了。父亲就哭起这张祖传的大门来，哭门也就罢了，还哭起了两大门神：昔为开国将，今作镇宅神啊，一哭秦琼卖马不容易，二哭尉迟恭玄武立奇功。哭门神也就罢了，还哭起了桃园三结义：可怜刘备卖草席，可叹关云长温酒斩华雄，可悲张飞醉酒误性命……父亲哭得一塌糊涂，荡气回肠，太有水平，太有花样，直接把那一伙人镇住了。我却听得头皮发紧，冲他吼道：“你有话好好说，别乱编历史行不？”

本人乃正宗的历史系科班出身，瞎评唐朝，水煮三国，父亲哪是我对手。于是父亲随即止哭，眼泪像有水龙头控制一样，说停就停。

有人却递话进来，张飞确实是醉酒误性命嘛。

我猛地把门打开，几个人随之跌倒在地。原来他们正将耳朵贴在门上偷听来着。我说你们走不走？他们一致说得把问题解决了才走。我冷笑，把麻将扫落一地。他们惊叫：“你们父女不是一个老实，一个斯文吗？”我说，就因为我们太斯文老实，才让你们欺负到家里来了！婚姻必须双方自愿。我爸不同意自有他的道理。难道要逼得他搭上一条老命吗？

说罢，我往桌子上猛拍了一巴掌。

他们愣了一会儿，竟慢慢散开。有人说，看你这蛮样，哪像个知识分子。又有人说，其实嘛，你爸这么大年纪结不结婚无所谓，倒是你这个做女儿的该尽早嫁了。

这伙人一走，父亲就冲我嚷道，说瞧着吧，你再不结婚就成怪物了。

我被呛住，直翻白眼。李子明在一旁嘿嘿发笑。

父亲腰板挺直，站在台阶上以胜利之态看看我，又看看整个砂子庙村，喉咙里发出得意的呵呵之声。

李子明也看着我，说你难道这一辈子就不嫁人了吗？

我弱弱地回答："我曾经差点就嫁了的。"说罢，我就穿过晒谷场，又跃过一条小沟，走到田埂路上。秋风吹在我的脸上，还夹着绵绵微雨，似乎将我的瞳孔都淋湿了。

一把伞出现在我头上，原来是李子明跟了过来。

我冲他笑笑："这田园风光怎么样？"他说确实不错，一望无际的绿色。是的，田里的晚稻样子已有膝盖那么高了，再过一个月就该扬花抽穗了。稻田里没几个人干活。现在插秧用抛秧，收割用收割机，除草用除草剂。农民确实比以前清闲太多。

我小时候见父亲在田里搞双抢，高温天里汗流如雨，双手都溃烂了，觉得他简直在做牛做马。母亲轻易不会下田帮忙的。

父亲是家里的被压迫被剥削阶级，独自面朝黄土背朝天，在家没有话语权，在村里是个隐形人。所以多年来无论他与母亲谁对谁错，我一直都坚定地对他抱同情态度。但我没法接受他年老之后的性情大变。老都老了，就该平和点，温和点。他倒好，居然寻找一切机会发声。可这辈子毕竟大势已去，再吼也吼不出个名堂了嘛。

李子明说，我们要多理解他，让着他。你爸这辈子，活得很不甘。

我苦笑，说他怀疑这，怀疑那，对坏人坏事看不惯也还罢了，现在他是连好人好事都看不惯。他到底要干什么？如果再来一场"文化大革命"，我爸是不是要瞅准机会拉大旗当造反派了？

李子明扑哧一下，说你爸真要是回到"文革"，肯定还是老实巴交。

我说，那是，他胆儿小，装老实呗，明哲保身这一套还是懂的。他最近老是半夜睡不着，总提起当时有人用箩筐罩着老地主，蜡烛不灭，不准地主出来。那地主其实人不错啊，没血债，却硬是被逼疯。我说你干吗不掀开筐子呢？他说那时哪敢。我问，你现在敢不敢？他想了想，说现在不可能再发生那样的情况了。

李子明点头，说那样的历史不可能重演了。

我说是的，我爸之所以闹幺蛾子，说到底是有恃无恐，知道谁都拿他没办法。所以，我真的希望他来一场黄昏恋，老年人就该有老年人的样，踏踏实实地图个现世安稳。以前的事该忘就忘呗。那么多人干过坏事，他偏给一桩桩记着，不是自找不痛快吗？

李子明咳了咳，说你爸还算命好的。我爸那时，唉，算了，懒得提了。

李子明的父亲，是安徽的一位名医，在他五岁那年死于非命。难怪他想从我这里白捡一个爹。这个医学博士说，跟你爸聊天时，发现你爸的知识面丰富得惊人，古今中外，政治历史哲学无所不懂，甚至他还懂军事，知道纳米技术。

我不由得扑哧一笑。父亲的所谓丰富知识，早年源于看闲书，现在却来自网络上的碎片化信息。父亲越老越有水平，却又越老越叛逆，不仅与好人为敌，自己也日复一日地有了坏人嘴脸。他每天拿个手机看个不停，是个活跃在微信圈里的传谣积极分子，常给我发送一些未经证实的假消息，每一条都足以让人惊吓得倒退三步。我在父亲这里练就火眼金睛，他的微信信息，我一望便知真假，总是不耐烦地将他驳回去，甚至好多次将他果断拉黑。

但父亲今天谈到我的婚姻问题，我却有点绕不开了。我看着李子明，他的个子只比我略高一点，但他有正式职业，有房有车，有儿子。正如父亲所言，嫁给他你就可以直接当娘了。是啊，能得到这么多，被医生判定再无生育能力的本高龄剩女夫复何求？

此刻，李子明突然停住脚步，说要送我一样东西。他一手在裤袋里掏啊掏。我心想，动作这么不利索，幸好不是外科医生啊。但他随即向我摊开了手掌，竟是一枚女式戒指，白金镶钻的。

我愣了一下，说这是不是来得太快了一点？

他说其实我注意你有四五年了。他的呼吸，有点沉重，貌似心脏有点问题；他的衣领特别洁净，似乎有消毒水的气味。医生该是冷静的，甚至是冷血的。那么，我没必要向他隐瞒什么。我冲他摇摇头，艰难一笑，说有些事，必须跟你说清楚。

其实自从刘水与我在咖啡馆重逢之后，没过几天，他便来找我，说上一代的恩怨不用管了，我俩重新在一起吧。那语气，就像我俩是砂子庙村的罗密欧与朱丽叶。我笑。父亲当初强烈反对，自有他的道理，但却是螳螂当车白费力气。爱情是伟大的，爱情却又是最脆弱的。我与刘水的分手，着实不是由父亲造成，纯属自作孽不可活。

就因为我出门忘了关水龙头，几个小时后回来，屋子里水漫金山，刘水下班看到这一幕，跟发疯了似的，恨不得掐死我。一场扭打之后，我把自己反锁在卧室里。任他怎样敲门都坚决不开。我趴在窗台上朝北眺望，仿佛看到父亲在田地里劳作，耷拉着肩膀低着头，像犯了法似的，而他的身后常会传来一连串母亲的训斥。我来自一个阴盛阳衰的家庭，从小看惯了男人的听话，女人的威风。刘水这属于大男子主义的暴虐，让我觉得难以置信。一股凛然之气自胸腔溢出，当他满脸惊慌地破门进来时，我朝他微笑，说你他 × 的又滑稽又恶心。刘水原以为我自杀了，准备好要痛哭一场的。没想到我不仅没死，还如此嚣张。于是他转身冲出去，消失在夜色里。我捂着腹部，那里隐隐作痛。一缕血液像蛇一样爬过我的小腿，淌在地板上。

去医院做完流产清宫手术，我立即将他拉入了黑名单。病休了几天，公司同事打电话来，说有个又黄又瘦的男人来找你，额头上还贴着纱布呢。哦，看来他也挂彩了。他又要上演痛哭流涕恳请原谅了。可是，那流掉的孩子还能回来吗？

我泪崩，摇头，辞了工作，回到老家。随后，我把他从黑名单中解除，却并未接到他的电话。我按捺不住，拨过去，却发现他的号码已成空号。

十一年过去，我与他都已面目全非。他满世界兜一圈回来，却想跟我重归于好，而且似乎并不打算离婚。

男人有点奇怪。

李子明也有点奇怪。这次随我一起回湖南，半路上男女授受不亲的，怎么就突然拿了个戒指要送给我，他考虑清楚了吗？

李子明说，谁没有个前任？我还离过婚呢。

而我在心里迅速盘算，在综合条件上跟他暗暗对比。他比我年长八岁，经济条件比我强；他长相平平，我却称得上漂亮；他有个儿子，那男孩或者能跟我成为朋友，但更有可能是敌人；他学历比我高；他还有个事业单位的铁饭碗，跟着他不闹分手的话，可以有个安稳余生。我是一个女文青，但我在外企上班，还属于传说中的白骨精，正准备自己创业，前程未卜；我有父亲，他没有，他特别稀罕父爱，甚至渴望拥有尽孝机会。在孝顺父亲方面，他应该无须我费心。

如果母亲还活着，会是什么态度？那么多年，母亲是我的天敌，更是我的支撑。她的离世，令我形同孤女。父亲则像个老巨婴，时刻让我倍感压力。如果遇到一个跟父亲类似的男人，我觉得这辈子宁可独身。而李子明跟父亲却越来越亲如父子……

罢了，算来算去，纠结不已。好吧，不管将来如何，先活在当下。深圳不相信眼泪，砂子庙不相信眼泪，本宫又何曾相信？把这戒指收了再说。万一哪天合不来，再退回他就是。

我咬咬牙，果断伸手。这手青筋直暴，有风霜，有故事，涂着火红指甲油的指尖，状如匕首，灿若玫瑰。他弯腰，为我戴上戒指，大小正合适。我以为他要吻我的。吻就吻吧，男嘴唇和女嘴唇，都不过是一样的碳水化合物而已，挨一下并不会中毒身亡。

但他没有，只对我点头微笑。两人并肩走在田埂路上，像老夫老妻一样平静如常。遇到一条水牛，他突然止步，问可不可以让他抱到牛背上坐一下。他说，你这么美，应该坐在牛背上才对。这是哪儿跟哪儿啊，我不由得扑哧一笑，连鼻涕泡都冒出来了。但那水牛瞪着眼睛冲我们哞哞叫唤。他便吓得直往后退，理工男的文艺幻想就此破灭。而我，不觉有点小失望。

我们便往回走了。这时，父亲发微信来，说有事要跟我们谈。

我头皮一紧，说瞧着吧，又要闹幺蛾子了。

回到家里，看到父亲蹲在门槛上，又在观察蚂蚁。一队蚂蚁抬了条虫子浩荡而来，父亲撕了一点馒头奖赏它们。随后他对我说，你妈入土安葬，祥云硬要请个道场班子。我说，那就让祥云哥安排呗，他熟悉情况。父亲说，他倒是很积极，又吹得一手好唢呐，可我不想跟他有牵扯。我说，你这又何必呢？毕竟他叫你姑父这么多年，好心难道还会办坏事？

父亲沉默了，见我抽烟，就使劲朝我使眼色，又看看我手上的戒指，然后朝李子明的背影努了努嘴。

明白，他是怕李子明介意我抽烟。我说，我妈抽一辈子烟，你怎么就不劝她戒烟呢？父亲说，你妈那性子你不知道？如果不是烟瘾太大，她或许能多活几年。

好吧，我掐灭烟头，说真理在你手上。我妈的葬礼，奢侈也罢，节俭也罢，都由你做主。有个仪式感就行了。你说得对，人死如灯灭。

父亲说，你妈是有新思想的人，穿着唐装走的，连寿衣都没穿，我看也不必做道场了。请一台花鼓戏，好好地唱个通宵，你觉得怎样？

我无所谓。

祥云听说不做道场，顿觉扫兴，说你们也太不给面子了。

难道眼睁睁看着这传统艺术败在我手里吗？父亲呸道：你那算什么艺术……

祥云僵着脖子不服气，说哪有这么简单？深奥得很，过奈何桥三步一跪，喝孟婆汤九曲回肠，你们懂不懂？

我说，这也是为你好啊，要少参与封建迷信。

祥云顿时噤声，涨红了脸，拂袖而去。才转过屋角，他就发了微信过来，说姑父到处瞎告状，害得拆迁建厂的事都泡汤了，县里过几天还会派人来调查，村支书慌了神。现在就连村主任都干不下去了。所以这个道场班子必须还得搭起来。

祥云打小不是读书的料，但偷鸡摸狗、吹拉弹唱方面，颇有天赋。成年后走正道，当上个村主任是很不容易的，却硬被父亲毁了前程。祥云越说越气愤：我就不明白了，小时候我那样捣蛋，你爸都能睁只眼闭只眼，现在却看不惯我做好人！

好吧，我说，都是我爸的错，妹妹向你道歉行吗？他老糊涂了，但我还是个明白人，妹妹敬你是条汉子行吗？

祥云说，妹妹啊，别整这些没用的，你的亲爹你还是带着去深圳吧，别在砂子庙害得我们都没个活路。拆迁的事被他整没了，厌烦他的人多得很呢。

我顿时后背发凉。天啊，父亲难道成了全村公敌？

可父亲对自己的讨嫌毫不自知，此刻正念念有词，闭着眼睛想了好久，说农历九月初十，无风无雨，是个宜祭祀的黄道吉日。

九月初十那天，母亲下葬，父亲果然找了块向阳坡，请菊仙婶的儿子帮忙挖了个坑，长两米，宽两米，深一米。大冷天的，菊仙婶的儿子仅穿着件背心挖得很起劲。父亲说，够啦，够啦，再挖就真要到黄泉了。

把母亲的骨灰盒放在棺材里，然后入土。所谓推行殡葬改革，上有政策，下有对策。母亲最顾全大局最讲原则的，如果知道我们浪费集体用地，只怕会拍着棺材盖子骂人。此泥坑安放一口棺材还绰绰有余，父亲说旁边的位置是留给他的。话音刚落，他就跳到坑里，没等我们反应过来，他就仰天躺了下去。我们惊叫。他却笑得一脸幸福的荷包褶子，说刚刚好，刚刚好，将来我要死了自己爬进来就行了。

众人伸手将他拉上来。我冲他吼道："你这样的人，雷都打你不死！"

泥坑很快被填平，棺材随即被埋没。一个黄土堆迅速成型，状如巨大的馒头，祭天祭地祭光阴。从此，母亲与我们彻底阴阳相隔了。我不觉鼻子发酸。父亲则突然号哭起来，边哭边说：一哭花木兰代父从军，二哭穆桂英守寡挂帅，三哭梁红玉为夫击鼓，四哭刘秀兰我的妻啊，这辈子为我操碎了心。

这，也太夸张了哈，我恨不得捂上他的嘴。烧完纸钱，哭罢，父亲由李子明搀扶着站起来，瞬间老态龙钟。真的，原本较显年轻的父亲，头发似乎白了很多，长寿眉也少了几根。他步履踉跄，双手发抖，说我活着就是一个多余的人啊。

我说，算了吧，你这么不淡定，刘秀兰同志要是泉下有知，一定会批评你的。

父亲假装没听见，只说尘归尘土归土，今天总算了我一桩心愿。他喝了口水润嗓子，咳了咳，说今晚唱花鼓戏，得做好准备。我大吃一惊，说莫非你要亲自上场？

父亲说：当然。

花鼓戏班子仍是由村委出面请的，来自镇上的洞庭红剧团，唱得有模有样。来观看的人也是如醉如痴。连菊仙婶也来了，帮着烧开水，炒芝麻，煮擂茶。我进去端茶时，发现这位被母亲生前视为情敌的老太婆双眼泛红。

她颤巍巍叫一声："秋云姑娘！"

我说怎么了。她说，你爸没良心啊。我说，那你老人家就忘了他呗，别太把他当回事，您就当个灭绝师太好了。

菊仙婶眨巴着眼睛，显然不知道灭绝师太是谁。然后她就小声哭起来，边哭边唱，内容不甚清楚，但每个字后面都押着韵。大意是说死的人死掉了，活着的人不开心；死的人死掉了，活着的人想不通之类。她儿子进来喝茶，说有什么想不通的呢？反正大家都会死，你以为你还能活几年？

菊仙婶这才不哭了，用围裙擦泪，还朝我笑起来，脸上皱得像一朵菊花。

此时，父亲在晒谷场上唱花鼓戏。给他拉二胡伴奏的是村支书，着灰长衫，戴墨镜，有点像瞎子阿炳。父亲还没开腔，支书就吆喝起来：陈爹来一个！陈爹来一个！他这一吆喝，竟让父亲有些紧张，磕磕巴巴唱起来：张先生忙不赢哪，收拾笔砚与书文，今日不到别家去，要到那陈家去走一程，爬山过坳我去讨学俸，你看我教书好累人哪，你看我教书好累人哪……

声音嘶哑，苍老无力。众人却都叫好，说陈爹这一世没当花鼓戏演员太可惜啦。有人窃笑，说在刘家做一辈子上门女婿比那张先生可要苦得多。

父亲不理会，继续唱他的《张先生讨学钱》：三月里是清明，家家户户挂祖坟，大爆竹三眼铳，鞭子放发是咯样冲，莫道儿孙不孝顺，只怪坟山不做功，我堂堂的秀才落了第，如今是个陌生人，如今是个陌生人。

唱到此处，他突然止住，用花鼓戏腔念白：各位乡亲邻舍，我陈某人自知在本村不受欢迎。对不住大家了。

众人哄笑。村支书挥手说：去吧，去吧，别把我们当敌人就行。

父亲略作停顿，像模像样地鞠躬：唉，有点激动，身体不适，暂且唱到这里，老夫进屋休息去也！

说罢，他径直向屋里走来。我靠在门边看着他越走越近。就在与我擦肩而过时，他晃了晃，突然朝前一扑，趴在门槛上不动了。李子明正举着摄像机录像，吓得将机器一扔，将父亲像捞面条一样捞起来。我也扑过去，拼命摇晃着父亲的手臂，大叫："怎么啦，这是怎么啦？"

但父亲却毫无反应。

众人七手八脚地将他抬到床上，李子明翻开父亲的眼皮看看瞳孔，然后为他做人工呼吸，又测了他的心跳，摇摇头，说很可能是脑出血。他脱下父亲的鞋袜，看到足底有乌黑的凸起物，就从钥匙扣上取下一把瑞士军刀，用酒精消了毒，用刀尖闪电般挑破发黑之处。那里流出一缕乌血。菊仙婶挤进人群，手脚麻利地掐郎中、灌姜汤，又安排我用冷毛巾为父亲擦前胸后背。但李子明拦住了我，说赶快送医院吧。

幸好救治及时，父亲当晚就醒过来，说话却含混不清了。他指指自己的耳朵，朝我歪着嘴，笑得很怪异。我知道，这是说他原本以为自己有癌症，现在看来不是。他又看看李子明，再看看我。我知道，他希望我跟李子明修成正果。我把戒指亮给他看，说不用你操心，你好好养病吧，过几天就跟我去深圳，再也不要在砂子庙村管闲事了。

父亲却摇头，看看菊仙婶。菊仙婶对我说，你安心跟李医生去深圳吧。你爸就交给我好了。

这时候将父亲交给一个外人？怎么可能？

父亲却朝我眨眼，艰难地向我招手。我把耳朵凑过去，他的声音很微弱，但字字清晰：在你妈妈的，遗像后面，有我的，遗嘱。房子，归你，其余，归刘菊仙。但是，你得让她住在这房子里，她这么大年纪了，住一年，算一年……

都什么时候了，还顾着算计这个。我恻然，说你什么也不用想，跟我去深圳吧。

父亲却坚决地摇头，一字一句地说："我留下，监督，他们。"我说，别钻牛角尖了，他们可都是好人啊。父亲说："我，就是要，与好人为敌。”

说完，他就慢慢地闭上眼睛。我惊叫起来。李子明看看他的瞳孔，又摸了摸他的胸口，低声对我说：放心，他只是，进入了，梦乡。

张夏，女，本名张春欢，生于二十世纪七十年代初。广东省作家协会会员，鲁院广东小说高研班、鲁院广东非虚构研修班结业。作品散见于各文学杂志。出版有中篇小说集《绿灯记》，另有长篇小说三部。

白衣胜雪

刘美兰

1

老宋代理新人民医院院长后，刘一中的春天终于来了。

刘一中现在是九病室骨外科主任，人称“刘一刀”。骨外科设在十八楼。那天早上九点，刘一中在九病室查房，后面副主任小邹、住院医师、护士长、进修生、实习生等人前呼后拥，场面相当壮观。查到十五床一个做半月板手术的病人时，手机响了，刘一中没有理会，继续询问病人术后的恢复情况。他有个习惯，查房时拒接电话，久而久之，医院同事和家人朋友都尽量不在他的查房时间找他，以免自讨没趣。某种行为成为习惯并被周围的人约定俗成地遵守，并不是每个人都有这种资格的，骨外科主任“刘一刀”就有。一年前刘一中还是一名普通的外科住院医师时，他的这个习惯被人称作“假正经”。“假正经”摇身一变成了“好习惯”，这就是权力的魅力。

白大褂衣兜里手机一直在顽强地响铃加震动，影响了听诊器的正常工作，刘一中只得走出病房接电话。老宋在电话里不满地说，我说刘大主任，有时候你也要学会尊重一下别人的习惯，没有急事，我能这么一遍一遍地打你吗！赶快来我办公室一趟！宋院长召见，刘一中只得吩咐小邹他们去查剩下的病人，自己跑步钻进电梯去四楼院长办。

刘一中先上的是本县卫校临床医学专业，工作后觉得知识不够用，再考取省中医学院中医骨科专业。老宋是他上卫校时的校长，教他们班解剖学。那位在河西的老人民医院当了五年掌门人的院长，却在河东新院即将开张之际，因医疗设备招标的问题倒在黎明前的黑暗里，时为县卫计局副局长的老宋临危受命代理院长，第一件事是将骨科从外科分离出来，成立骨外科，任命刘一中当骨外科主任。老宋是个懂得领导艺术的人，深知一个单位的头儿，就算有三头六臂，没有几个能够独当一面的副手配合，工作也是干不好的。他很喜欢刘一中学生时代的聪明好学有干劲，也欣赏他现在的勤奋扎实敢担当，现任业务副院长还有一年就退休了，业务是医院工作的大头，他有意让刘一中接任，但竞争比想象的要残酷得多。提拔一个副科级干部，并不是院长一个人说了算的，何况他还是个代理院长。刘一中在飞速下行的电梯里猜测，老宋此番火速召见，可能与这件事有关。

刘一中的猜测是对的。老宋现在还兼着局里的副局长，刚参加完党组会回来，局里为大力开展精准扶贫，要在人民医院抽调一名技术骨干去本县的封云山林场卫生院当扶贫院长。老宋意味深长地说，你小子运气不错！按现任局长的风格，下派扶贫干部只要干出好成绩，回来是一定会被提拔重用的！

刘一中当然明白老师的良苦用心，在当骨外科主任之前，刘一中对仕途并没抱什么期望，对权力也没什么概念，他是个抽一鞭走一步的人，如果没有老宋这个伯乐，他这匹马也许就老死在骨科副主任医师这个岗位上了。当上骨外科主任后，刘一中感觉周围的气场都不一样了，“假正经”变成“好习惯”是一个例子。再比如说，同样是去省医院听课，以前当医师时去听课叫培训，叫充电，来回食宿自费，当主任后拿着邀请函去听课，叫参加学术会议，不但报销食宿，按规定还有出差补助。他终于理解了那么多人对权力追逐的锲而不舍与前赴后继，毕竟这个社会上无权无势而又有头有脸的人少之又少。

因此当老宋要他回去征求云朵的意见再做决定时，他想都没想就一口应承下来，去！干吗不去！不就是一个封云山吗，又不是火焰山！不就是海拔高点路途远点气候恶劣点吗！刘一中家世代都是菜农，祖祖辈辈上溯十八代也没出过一个科级干部，老宋是他职业生涯里唯一的贵人，如果单枪匹马去竞争这个业务副院长，就算有老宋力挺，也是心有余而力不足。现在有个机会摆在面前，就像要瞌睡时遇到个枕头，刘一中烧高香还来不及呢。

刘一中在科室度过了激动不安的一天，他需要时间好好消化一下这个突如其来的事情。

快下班时，十三楼神经内科主任袁铁军上来了，肥硕的屁股往沙发上一坐，沙发立即沉下去一大截。他和刘一中是卫校同学，曾一起翻墙逃课去校外的橘园偷橘子，一起给罚他们站的生化老师的自行车放气，也算难兄难弟了。刘一中以为他又是来说上次那批医用钢板的事，便没好气地说，那个批次的钢板媒体报道过质量问题，你再来帮丽丽推销这种劣质医疗器械，小心我向胡姣举报你！

袁铁军忙朝他抱拳道，今天不提钢板，我这不是特意向刘院长表示祝贺来了吗！一中你也太淡定了吧，要当院长了，虽说庙小了点，好歹也是个法人啊，不请弟兄们撮一顿说不过去吧！

经他这么大马金刀地一宣扬，科室的医生护士十多人呼啦一下全围上来了，七嘴八舌打听这消息的真实性。刘一中朝他们直挥手，该干吗干吗去，八字没一撇的事呢，神经主任说的话你们也信！等人群散去后，刘一中才跟他说，袁神经，你消息够灵通的啊！这事我还没想清楚，那么个偏僻的小卫生院，让我去当这个扶贫院长，老宋这是把我架到火上去烤呢！袁铁军白了他一眼，愤愤地说，别得了好还卖乖！现在的乡镇卫生院院长是肥缺，个个都是土皇帝！老宋真偏心，我也是他的学生，怎么没见他给我也弄个院长当当！还动不动就跟我横挑鼻子竖挑眼！要不是我那老丈人还有点威力，弄不好他敢把我这神经内科主任给撤了！袁铁军就这德行，闭上两块嘴皮是个闷葫芦，一开腔就满嘴跑火车。

但他说的也是事实，老宋对袁铁军颇有微词，认为他业务不精，治科不严，自己不钻研业务，稍有疑难就要找上级医院提供技术支援，并在本科室搞开单提成，有收受药商回扣的投诉史。因为老丈人罩着，袁铁军跟原来的院长关系很铁，他当神经内科主任已经有年头了，资历比刘一中老得多。老宋有心把袁铁军调到以管理为主的医技科去当主任，提拔新调来的硕士研究生小陈当神经内科主任，可刚有这个念头，还没找袁铁军谈话呢，上头的电话就来了，要他对袁铁军特殊关照，老宋只得愤然作罢。

刘一中不想听袁铁军背后诋毁他尊敬的老校长，扔给他一支 1916，脱下白大褂回家。

2

晚饭时，刘一中把去封云山当扶贫院长的事跟云朵说了。云朵噘着嘴，一边收拾碗筷一边说，我不同意你去那深山老林，明年你四十，我三十八,三十八岁是女人优生优育的最后期限，过了三十八怀的都是歪瓜裂枣，你这一去十天半月不着家，何时才能怀上二胎啊！

刘一中沉默了，二胎早在他们的生育计划之中，更关乎他和袁铁军的一个赌注。刘一中和袁铁军走得近，周末两家人偶尔相约一起出去游玩，男人喝酒，女人家长里短。放开二胎政策后，大街小巷冒出壮观的高龄孕妇大军，两个女人就心动了。妇产科医生胡姣亲自给云朵做了取环术，两个男人更是被强制戒烟戒酒，周末的聚会便少了很多趣味，对此袁铁军意见很大，他头胎生的男孩，农村的父母没有给他压力，他不想再生。为此胡姣没少跟刘一中两口子磨叨，请他们做袁铁军的思想工作。刘一中被胡姣缠得没办法，便一口答应下来，条件是再喝一次醉酒。胡姣特意弄了两瓶茅台几个好菜，几杯酒下肚，两个人老生常谈，又开始纠缠那个谁服谁的话题，袁铁军说刘一中书生意气，刘一中说袁铁军世俗功利。最后刘一中把脑袋歪在桌上，醉意朦胧地说，你要是让胡姣比我家云朵先怀上二胎，我就算服了你！袁铁军大笑，小样，这还不是分分钟的事！一激成功！胡姣从此对刘一中言听计从。等袁铁军发现这是妻子和朋友共同策划的阴谋时，已经是很久以后的事了。

云朵的那点小心思，刘一中是清楚的。云朵其实并不喜欢胡姣身上那种咄咄逼人的优越感，这种优越感一方面来自她的干部家庭，另一方面来自头胎生的男孩。与此相比，云朵的自卑就像漏气的液化气罐，时不时地冒出一点点。所以，她们之间的交往，注定不能坦诚相对。但云朵是人民教师，绝对不会在气势上输给胡姣。当胡姣传授她生男经时，她满不在乎地说，都什么时代了，亏你还有重男轻女的思想！说归说，实际上云朵暗地里全套照搬，弄得卫生间总飘散着苏打水的味道，只因胡姣说碱化环境生男孩的概率大。再后来听说她的朋友丽丽居然怀上了龙凤胎，想生男孩的愿望就更强烈了。只是种种积极的行动并没有换来云朵想要的结果。

云朵去做了妇科检查，从医院回来，云朵看刘一中的眼神就不正常了，天天催他去检测精子成活率，这让刘一中很窝火。还好，胡姣自然流产一次后便再也没有动静，高龄妇女受孕是放开二胎政策后困扰很多中国家庭的世纪难题，袁铁军这张牛皮吹破了。

刘一中起身照了一下穿衣镜，镜中的男人正是风华正茂、斗志昂扬的状态，怎么可能呢，怎么可能呢！这一瞬间，造人计划突然变得异常强烈。刚好云朵换了粉色的低胸蕾丝边睡衣款款走出来，薰衣草的清香飘入鼻孔，丝丝缕缕勾起他隐秘的欲望。刘一中长臂一伸，把云朵拉入怀里，抱着她一路磕磕碰碰进了卧室。

云朵把双腿举得高高的，还在臀部垫了个枕头，以一种前所未有的撩人姿态迎接他的长驱直入。完了刘一中意犹未尽地在她耳边轻声说，宝贝，你今晚表现真好！云朵喃喃道，要不是胡姣说把臀部垫高更容易受孕我才不干！刘一中仿佛喉咙扎了根鱼刺，难受地抽搐了一下。云朵见他这副德行，生气地拍了他一巴掌。一会儿又忍不住问，封云山，你还真要去啊？刘一中说，去啊，别人想去还去不了呢！云朵娇声求他，咱不去了，行吗？刘一中摇了摇头说，我这样跟你说吧，如果你老公过一年回来，就可能成为人民医院管业务的副院长，人民医院两千多人，除了院长就是你老公（当时人民医院没设书记），二把手，你想想，去不去？再过几年老宋退了，努把力就可能变成一把手，你再想想，去不去？云朵在黑暗里将一缕头发一圈一圈地绕在食指上，半晌才说，你想去就去吧，免得将来怪我拖你后腿！封云山，说起来还是我们的大媒呢！嗯，这样想就对啦！刘一中捏了一下云朵的琼瑶鼻，以示表扬。

十五年前封云山还养在深闺人未识，山上未通公路，刘一中和袁铁军等一帮驴友凭一双脚板徒步走向原始森林，中途全靠干粮和山泉水补充能量。掌灯时分，他们像一支丢盔弃甲的残兵终于撑到了目的地：一家位于原始森林边缘的乡村客栈。就是这次旅途，刘一中和袁铁军认识了城关中学的云朵和丽丽，那晚，袁铁军赖在丽丽和云朵的房间迟迟不肯出来，刘一中只得陪着云朵在月光下说话。房东说客栈已没有多余的房间，最后云朵只得跟老板娘睡一屋，刘一中邀请房东跟他一起睡，淳朴的山里汉子硬是不肯，说他睡觉打呼噜，怕影响客人休息，也不知他在哪儿对付了一晚。

从封云山回去后，云朵和丽丽的交往就淡了，倒是和刘一中迅速走近，他们的感情，像文火上的一壶水，熬了很久才达到沸点。而丽丽后来却并没有成为袁铁军的女友，几经周折嫁给了一个药品商，跟袁铁军却一直保持着藕断丝连的关系。原来在遇到丽丽之前，袁铁军家的亲戚已经帮他介绍了现在的老婆，他们那个小镇书记的独生女儿胡姣，袁铁军嫌她长了一张柿饼脸，没丽丽漂亮，袁铁军的父亲就说，漂亮的脸上能长大米吗？刘一中后来经常拿这件事来奚落袁铁军，而袁铁军总是大言不惭地说，别狗咬吕洞宾不识好人心，我是你们的大媒人呢，你还欠我一条尼子短裤！本地风俗，给人牵线搭桥的人会得到一条尼子短裤当谢礼，但说归说，却也从未见谁真去做尼子短裤，大都是折算成礼金的。

云朵至今都记着客栈女主人半夜收留她的恩情。云朵说，你还记得吗，我们后来有一次到封云山，我说要去看看那位老人家，可是在山里左转右转，就是找不到当年住宿的那个地方了。刘一中上下眼皮直打架，翻了个身口齿不清地应道，记得啊，我这次上山，一定帮你找到她，补给她一条尼子短裤。

3

医院给刘一中开了一个小范围的欢送会，科室主任以上中层干部参加。袁铁军是从纪委问过话后直接来赴会的，装出来的轻松掩饰不住他身上的垂头丧气。传言老院长与医疗器械商之间有不正当交易，袁铁军是中间牵线搭桥的人，那个如今在外面躲灾的医疗器械商，就是丽丽的老公。更有传言说袁铁军是这家医疗器械公司的股东之一，但谁也没有真凭实据。袁铁军的灰头土脸更衬托出刘一中的春风得意，刘一中正是怕他有这种看法，才特意趁他上厕所的时机跟上去，关切地问他什么情况，袁铁军说，没事，就是例行问话。刘一中这才放心地回到座位上。

封云山距县城三百公里，海拔一千五百米。封云山被确认为国家森林公园成为旅游热点后，刘一中又去过多次，大多是陪外地来的朋友，每一次故地重游，都有心旷神怡的感受。封云古刹的晨钟暮鼓，山坳里不计其数的云中飞瀑，春天的十里杜鹃，夏天的日出日落和云海，秋季山脚下黄灿灿的千亩梯田，冬天的雾凇和冰柱，还有山顶上永不疲倦旋转的风力发电机巨型叶片，都是摄影师们镜头里的仙境。

刘一中没有想到，有一天他会成为封云山的一员。在见面会上，刘一中数了一下，一共十四颗脑袋，八男六女，其中临时工六人，整个卫生院还没有他九病室工作人员多。八名正式工包括三名行政管理人员，一名副院长兼防疫专干，一名工会主席兼妇幼专干，一名会计，六名临时工多为职工家属，副院长老陈的老婆是保洁工兼保管员。B超、检验、放射等功能科室都有，麻雀虽小，五脏俱全！刘一中特意看了下老陈提供的职工花名册职称一栏，有执业医师职称的仅门诊医生一人，妇产科医生是护士改行来的，职称是护师，B超医生是一名药剂员，而药剂员是初中毕业生，检验员更绝，原来是个阉匠，走村串户阉鸡阉猪的那种手艺人。当然检验员的资料花名册上没这么详细，刘一中是后来才了解到的。刘一中倒抽了一口冷气，这支队伍鱼龙混杂，根本就不是正规军，能否把兵带好，他一点底都没有。

卫生院的三层小木楼依山而建，刘一中在老陈的陪同下，把楼上楼下各个科室走了一遍，如入无人之境，门开着，都在唱空城计，人都回宿舍忙自己的事去了。老陈介绍说，职工都是本地人，除药剂员和护士有两个，B超、检验等辅助科室只有一个人，晚上卫生院基本上没什么事，家在附近的都回去了，有事打电话再来，几个稍远点的就住宿舍。医疗设备没有一件是新的，检验室还在用显微镜，手术室就是个杂物间，堆放着各种陈年旧物，上面结满蛛网，无影灯五只眼瞎了三只，因为很少做手术，所以也没有去维修。B超是黑白的，手提式的那种。各个科室的桌椅板凳有不少是缺胳膊少腿的，几台电脑都是最低配置的组装机，他想打开医院管理系统看看，鼠标点了半天没有反应。看来，要向老宋开口化缘才行。刘一中一筹莫展，就像一个过惯锦衣玉食日子的人，突然被迫去乞讨，这种角色的转换一时半会儿还适应不过来。

财务室的灯还亮着，会计好像知道他会来，给他搬出一摞账本，刘一中随手翻了翻，没多久眼睛就被那些阿拉伯数字粘住了，他是个对数字概念很模糊的人，但还是被惊住了。医院业务收入很少，职工的工资自然也不会高，这很正常，惊住他的是巨额的办公开支，账面上每个月都在买新桌子、新电脑和新医疗器械，价位都是市场先进水平的标准，一台多普勒比正常价格翻了好几番。严重的收支不平衡！刘一中疑惑不解地看着会计，会计老李是个短发中年女人，她已经向他诉过苦了，她还兼着新农合专干，隔三岔五要进城报表，审账，报销新农合医保，早出晚归来回就是一天，辛苦不言而喻。

面对刘一中的疑问，李会计波澜不惊，她看着老陈，意思是让他给新院长解释解释，看得出这两位副手在长期的合作中已经达成了一种无言的默契。老陈说，院长，这些开支都是接待费用，局里规定接待费用不能报销，只好这样做账。封云山成为旅游景区后，老百姓越来越富，单位越来越穷，这个道理，您明白了吗？刘一中笑道，这个道理我倒是第一次听说！老陈又说，另外，账上还欠着医药公司三十万元药款。卫生院的医生同时还兼着工区乡村医生的职责，如果没有这笔财政下拨的公共卫生服务经费，卫生院根本就无法正常运转。

刘一中又看了下药品购进清单，用手机拍了几张图片，除了旅游导致贫困的道理，他还需要好好研究一下基本药物制度下的药品采购模式。

4

刘一中很早就被窗外的鸟鸣吵醒了，他的宿舍在三楼最左边，山里的第一缕霞光被森林的光合作用过滤得透亮而纯净。刘一中推开木格窗，鸟叫声戛然而止，一只松鼠从一棵松树跳到另一棵上，睁着两只圆溜溜的小眼睛警惕地打量着他，刘一中抓了一把花生放到窗台上，希望留住这位机灵而可爱的芳邻。

刘一中洗把脸出来爬山，一边抻胳膊踢腿一边揣摩着卫生院这个烂摊子。前任院长是从另外一个卫生院的副院长提拔上来的，干了一年就调到城关卫生院任院长了，之前很多任院长任期都没有超过两年的，流水的院长铁打的卫生院，院长换了一届又一届，卫生院始终保持现状，没什么起色。这里不过是很多人眼里的一块跳板，他们来到条件艰苦的山上安营扎寨，只是想在仕途的履历上镀一层支边的光环。

来之前局长语重心长地跟刘一中说，这次局里之所以要挑选业务骨干去干这个扶贫院长，是卫生和计生合并后的新领导班子的新思路，封云山国家森林公园已成为全县乃至全省的旅游窗口，卫生院作为服务窗口也要跟上发展的步伐。小刘好好干，希望你去后能把林场卫生院发展壮大起来！

当着局长的面，他是拍过胸脯的，真正来了，才感到任重道远，这条路就像封云山陡峭的山路一样难走。他想着那些来来去去的院长们，在这里都干了些什么，难道他们的工作就是陪吃陪喝陪旅游吗！这对于他来说实在是一个新课题，比接骨头难多了。

石板下的草丛里突然传来响动，听说这林子里经常有野猪出没，刘一中抓起一块有棱角的石头，紧张地朝响声传来的方向张望，发现响动来自几棵碗口粗的马尾松合围而成的一个荆棘丛中，松树下摆了一堆嫩黄的枞树菇，肉乎乎的圆脑袋挨挨挤挤地凑在一起，圆柱形的菌腿上还留着新鲜的夜露。一位三十来岁的小伙子从草丛中爬了出来，怀里兜着一衣兜枞树菇，他把兜里的枞树菇跟树下的归拢到一块，然后脱下外套，把全部枞树菇利索地打了一个包，一拐一拐地消失在山坳那边。从他走路的姿势看，刘一中断定他是旧伤，也不像小儿麻痹症，倒像是胫骨长反了。

晚上就吃到了枞树菇炖土鸡，是老陈老婆用柴火炖的，刘一中看到护士陈香在帮着烧火，这才知道陈香是老陈的侄女，是本县卫校护士专业毕业的，说起来还算他校友。刘一中没开伙，卫生院又没有食堂，谁喊他跟谁吃。鸡汤浓郁扑鼻，蘑菇肉质肥嫩，满口生香。老陈有点酒量，每餐必喝一盅野生猕猴桃酒，刘一中也能喝点，两个酒友相逢，又有好菜，那气氛就上来了。刘一中跟老陈碰了一下杯，看着碗里的枞树菇，问是怎么来的。老陈说，是陈香的哥哥陈皮采来的，刘一中问，陈皮就是那个有点跛脚的小伙子吗？老陈一脸惊奇地看着他。

刘一中便把早上差点把陈皮误认为野猪的事情跟他说了，又问他的腿是怎么回事。老陈叹了口气说，这事说来话长，陈皮家开着客栈，经常要接送客人，那时交通不方便，接送客人顺便要帮人家肩挑手提不少东西，赚的是几个辛苦钱，走山路崴着脚是常事。陈皮有一次夜里接客人时摔在悬崖下，左腿胫骨骨折，那时他才十多岁，他父母也没时间带他去县医院看，卫生院又没有得劲的骨科医师，就请了个本地的水师给他接骨，结果骨头没接正，慢慢就长成这个样子了，如今快三十了，也没有哪个姑娘看得上他。关键是还连累了陈香，山上的姑娘都往山外嫁，我哥嫂去世得早，陈香放心不下她哥哥，耽搁了一年又一年。陈香眼圈红了，端着碗默默地走出屋去。

刘一中若有所思地点点头，又问他，我看这山上湿气很重，我昨天晚上洗的衣服晾在外头，早上起来一摸湿漉漉的，不但没见干，倒像是比刚洗的时候更重了。长期住山上的山民普遍做重体力劳动，风湿骨痛，颈椎腰椎部位的毛病大概是家常便饭吧！

老陈叹息道，正是，山上的居民老得快，佝肩偻背的特别多。山里人皮实，有了病能拖则拖，不到万不得已不会花钱进医院。山上离城里远，过去交通不发达时期，很多急性的病人都是因耽误最佳抢救时间而失去生命的。卫生院也就相当于一个能够治头痛发热等小毛病的诊所，大病看不好，小病人家又不想看，以前卫生院医疗收入少得可怜，几名职工工资都无法保证。后来因农村合作医疗的实施才见到一点起色，老百姓看病不需要花多少钱了，办个住院手续打点氨基酸，开几只白参田七，拿几盒阿胶冲剂，欢天喜地地回家。听说有一家乡镇卫生院去九芝堂进阿胶冲剂，每次都是整整一卡车。但好景不长，阿胶冲剂事件引起有关部门关注，被定性为套取新农合资金，那位用卡车拉阿胶冲剂的院长被免职，杀鸡儆猴，其他各卫生院再不敢轻举妄动。这样一来，全县的卫生院就形成了两极分化，技术力量强大的卫生院继续红红火火，像我们这样技术力量薄弱的卫生院又变得冷冷清清了。老百姓说，不住院不给报销，我感个冒住个什么院啊，一住院，一百块钱能治好的病要一千块钱才能出院，虽说有报销，一千块报销了九百块，可算来算去老百姓还是要出那百多块，换汤不换药。以前在卫生院住院就图个方便，可以开点补药，现在连这个都不给开了，谁去住！归根结底，还是个技术力量的问题，卫生院要想留住病人，服务老百姓，还得技术过硬。老陈顿了一下，眼睛里燃起一团火苗，又说，刘院长，你知道大家都是怎么议论的吗，大家说，这次局里派你来，终于派对了！

刘一中皱着眉头说，巧妇难为无米之炊啊，我倒是想把卫生院搞好，让山上的居民有病都能在自己的卫生院看好，不必千山万水去县城、去省城。比如我现在就有个很好的设想，我想把中医骨科作为特色科室建设起来，重点收治你说的那些佝肩偻背的病人，可我们一穷二白，钱在哪？技术在哪？设备在哪？难啊，老陈！

老陈满怀信心地举杯跟他碰了一下说，这事急不得，慢慢来！

5

刘一中经过几天时间的调查了解，发现给卫生院配送药品的这家医药公司狡猾得很，专做利润高的药品，利润低的药品经常短缺，弄得临床无药可用，它旗下有几种常用药品，特别是其中一种抗生素，因改变包装和商品名，比别家同种成分的药品中标价格高出很多，老百姓期盼的药品零差率，正是被这样的奸商演变成一个好看的肥皂泡。

刘一中问老陈有没有发现这个问题，老陈为难地说，怎么没有发现呢，这家公司的老总你应该清楚，黑白两道通吃，几乎垄断了全县的医药和医疗器械市场。我们明知这公司挂羊头卖狗肉，但我们欠了人家药款，腰杆硬不起来。再说反正是零利润，卫生院看上去并没有直接经济损失，所以就一年一年地续签下来了。老陈说的就是丽丽的老公，刘一中便明白了，狡兔三窟，这公司的法人虽然写的是别人的名字，但实际控制人还是他。刘一中叹了口气，我们正在失去的是老百姓对卫生院的信任啊，这个损失是不可估量的。他吩咐老陈，准备物色一家价格合理的新公司签合同。

袁铁军来电话时，刘一中正在看病，一位姓文的游客在神仙岭拍日出时一脚踏空，顺坡滚了二百多米，全身有多处擦伤，血肉模糊，形容非常恐怖。景区管理处孙主任打电话到卫生院，要求调一名护士随行，按惯例准备把病人送往临近的上圳卫生院，那里条件相对要好一些。电话是老陈接的，老陈底气十足地说，不用送上圳了，就送到我们这来吧！孙主任以为老陈喝醉了，恼怒地说，就你们那水平，也敢接这活儿！这可是省报的记者，你们怠慢得起吗？老陈笑道，孙主任，没有金刚钻，哪敢揽瓷器活，我们新来的院长是人民医院的骨科专家，您就放心送来吧！

病人送来后，刘一中瞧一眼就把心放进肚子里，都是皮外伤，病人有丰富的野外生存经验，滚下坡时用双臂护住了脑袋和脸部，只是可惜了一部两万多块钱的单反相机，摔得粉身碎骨。刘一中给病人消了毒上了药，安排护士陈香给他输液，然后回电话给袁铁军。袁铁军接通电话直嚷嚷，我说刘院长，三把火还没烧完吗？电话都没空接！刘一中说，袁大主任，有事说事，无事挂电话，正接诊呢！袁铁军这才说正事，说他要陪两个外地朋友来封云山，下午动身，通知他一声。刘一中心知肚明，他这个所谓的通知他一声，无非是告知他准备接待事宜，袁铁军来了他若不好酒好菜伺候着，他那张臭嘴能把他臭得名扬四海。刘一中故意大声说，袁主任，如果我说我这里是上甘岭你相信吗？我们化验室用的还是二十世纪八十年代的显微镜，你不来我还准备去请你呢，不管你用什么办法，当务之急，帮我带一台血液分析仪上山来，没带就不要来见我！说完也不管他在那边叫苦连天，果断挂了电话，回头看那位病人已经靠在输液椅上打起了呼噜。

刘一中喊来老陈，让他赶紧去布置三间客房，老陈摸出手机，拨通封云山宾馆的电话，刘一中瞄了一眼，一把替他把电话掐了。吩咐他，把三楼会议室旁边那三间闲置的病房打扫一下，开窗通风，再买三套新铺盖往上一铺，不就是三间客房了嘛！老陈一拍脑门领命而去。

中午刘一中回三楼宿舍，特意去那三间病房参观，哟，鸟枪换炮，三间房全部铺上了雪白的床单被套。正感叹着，老陈拿了一盒印度檀香匆匆而入，刘一中掏出打火机一边替他打火点香，一边问他，老陈，封云山宾馆的客房多少钱一间？老陈说，分旺季和淡季，淡季一百八十八元一间，现在是旺季，少说也要二百六十八元。刘一中又问，添置这几套铺盖你花了多少钱？老陈狡黠地一笑，一分钱没花，我想起卫生院年前置办的新被子还有几套没用，床单被套都洗过了的，我家那口子一出大太阳就拿出来晒，一点气味都没有。再说，宾馆的铺盖不也是全套白色的嘛！刘一中满意地点点头，不错，接受能力蛮强的！老陈又说，要说这房子有什么不好，就是没有卫生间，冲澡可以跟你合用一个卫生间，晚上起来上厕所就有点麻烦了！刘一中哈哈大笑，看，刚刚还表扬你来着，一下又转不过弯来了，谁大晚上的经常跑厕所呀，经常跑厕所的是肾虚，就让嫂子顿顿给他做杜仲炖猪脚，黄精排骨汤，治好了肾回去还要给咱送锦旗呢！以后接待工作就交给嫂子了，接待用酒就用你家自产的猕猴桃酒，不许赚钱，但也绝对不会让你亏本！老陈感慨地说，院长，其实你这招我以前也想到过，结果不但没得到表扬，还被以前的院长批评我是土八路，我就想不清了，土八路有什么不好呀，没有土八路咱中国人还就没有路呢！刘一中笑道，老陈，没想到你还很有思想啊，对，就是这个理，没有土八路就没有路！

傍晚时分，袁铁军开着他的途观来到了卫生院外面的大坪上，车上下来两男一女，女人是检验科的小李，刘一中便知道有戏，但他故意不去握袁铁军伸过来的手，直接掀开后备厢，一台血液分析仪外带配套电脑和打印机全套齐全，这才双手握住袁铁军的手使劲摇，多谢袁主任来封云山扶贫！袁铁军把他的指关节捏得嘎嘎作响，恨恨地低声说，为了搞到这台机子，我差点喊老宋亲爷，喊检验科伍主任亲爹了，以后少给我派这种差事！刘一中开心地说，别矫情了，这世上还有你袁神通办不到的事？连人家的科花小李都被你骗来了！袁铁军咬牙切齿地说，你别不识好歹，我不带小李来谁给你装机，就你那阉猪的检验员，恐怕见都没见过这“核武器”吧，不给他带个师傅来，你们怎么使用，不会使用还不是废铁一堆！这一层是刘一中没想到的，别说这袁神经平时说话不着边际，这事办得还真周到。

晚上吃过饭一起在林间散步，袁铁军趁他两个朋友走远后，似乎是不经意地说，我听说刘院长大刀阔斧改革，一来就要换掉卫生院的老客户，作为老同学我可要提醒你啊，与你们卫生院签合同的这家医药公司，可是局里龚书记的亲戚哦！

刘一中警觉起来，立即明白了袁铁军此次来封云山的目的，并非如他所说是专程陪朋友游玩。刘一中挖苦他道，跟我你还玩虚的，你这家伙真是无利不起早，手伸得也太长了吧，连我们这小卫生院也不放过！袁铁军不动声色地说，看来刘院长的政治觉悟还有待提高啊！你想想，你能在这山上待一辈子吗？老宋的心思路人皆知，让你下派还不是以退为进。我告诉你，全县三十多家卫生院有一半签的是这家公司，有的卫生院为照顾其他关系，签了多家，但这一家绝对少不了，不信你去问问！其实药价高一点低一点跟卫生院没有半毛钱关系，跟农民兄弟关系也不大，反正有新农合报销，你又何必较真呢！刘一中瞪大了眼，有心跟他理论一番，但想到他毕竟给封云山带来了一台血液分析仪，不好太扫他的兴，便说，你急什么，我现在不是还没改签吗！倒是你，很让人担心呢，你跟那丽丽到底想干什么，我说你脑袋进水了吧，有质量问题的钢板你敢给她到处推销，卫生院的事你也插手，你跟她这样纠缠不清下去，哪天让胡姣抓住把柄，不阉了你才怪！

跟往常一样，只要说到丽丽，袁铁军就用一连串哈哈敷衍过去。

6

刘一中到底还是改签了药品配送公司，为此，他给袁铁军打了个电话解释，少一个封云山就如同拔一根毫毛，一点都不影响丽丽作为成功企业家的光辉形象，我初来乍到，需要全方位打开局面，还请兄弟多多支持。袁铁军似乎并没有怪他不够朋友的意思，依然用调侃的语气说，你这辈子吃亏就吃在太认真三个字上，我上次已经提醒过你了，在你的升迁之路上，你又少了关键的一票！

六月底，刘一中开了个班子会，李会计通报了财务情况，说刘院长来后两个月业务收入翻了一番，接待开支也节约了不少，说也奇怪，以前隔三岔五有人打着上级领导的旗号来视察、调研，现在他们都不来了，估计是住不惯我们的“五星级宾馆”。刘一中谈了一下自己的思路，认为当务之急，是要把他的专业中医骨科开展起来。这时云朵的电话来了，让他这个周末务必回家。刘一中的手机外音很大，他生怕云朵在电话里说卵泡的事，赶紧说，好的娘娘，我一定遵命，在开会呢，先挂了啊。他的话起到了欲盖弥彰的效果，几个人心照不宣地笑了。

上山不到半个月，云朵就告诉他结果了，例假不差一天如期而至，中间他也回去过两次，子弹一次次落空。云朵想去 B

超室做卵泡监测，刘一中不好意思去跟B超室那几个女人说，他不想让她们知道他们两口子如此盼子心切。云朵便自己去了，隔天向他报告卵泡的生长情况，到这个周末，那个神秘的泡泡就完全成熟了。

周末，刘一中开着他的“宝来”奔驰在S形的山路上，感觉不像回家和老婆团聚，而是去奔赴一个精子和一个卵泡的约会，像天宫一号和神舟十号的太空对接，充斥着精密的计算。

云朵做了丰盛的晚餐迎接刘一中的归来，主菜是虫草老鸭汤，还有海带、带鱼等海产品，两个人根本吃不了这么多。刘一中便说，萱萱呢，我都一个月没看到我女儿了，你这狠心的后娘，怎么没让她回来？云朵在他手背上敲了一筷子，给他盛了满满一碗虫草汤，说，她在家，我怕你放不开，我让她明天再回来！多喝汤，这是丽丽老公从西藏带回来的虫草，货真价实！刘一中奇怪她跟这位不待见的旧友又热络起来，问她是不是一个人在家太寂寞，饥不择友。云朵嗔怪地说，别这么小心眼行不，那都是老皇历了，作为闺密，我早已经不怪她了！

刘一中停止吞咽动作，认真地问，这虫草，你给了多少钱？云朵说，丽丽说什么也不肯收钱，怪不好意思的，说怀上了再请她吃大餐！刘一中这才发现，她自己没有喝一滴虫草汤，只夹带鱼和海带吃。虫草汤补阳，海产品是碱性食物。原来这是丽丽提供给她的生男食谱！

刘一中把云朵拉过来，把她抱着坐在他膝上，很认真地跟她说，云朵，你听着，我也希望生二胎，但我不想要你这么累，尤其不想要你这么为生男孩而处心积虑地想办法。从现在开始，你要以平常心对待这件事情，顺应自然法则才是王道，我们不要为生个二胎而破坏掉现有的平静生活。告诉我，丽丽还给你灌输了什么旁门左道的东西？云朵眼睛湿了，刘一中的话触摸到了她内心深处最柔软的部位，她乖乖地从药箱里摸出一个小药瓶，说，还有这个，丽丽就是吃这个怀上双胞胎的！刘一中夺过药瓶，拧开盖子倒出一粒，白色的药片上写有“CC”两个英文字母，这是一种促排卵的药物，吃了能够促进卵泡成熟，增加受孕和怀双胞胎的概率。刘一中紧张极了，这种促排卵药媒体报道过有致畸的副作用。问她是不是已经吃过了，云朵摇了摇头，刘一中起身把药瓶扔到垃圾桶里，想想还不对，又把药粒倒出来放水冲走才放心。云朵终于哇的一声哭了出来，这段时间，她被二胎的事折磨得吃不香睡不安的，感觉智商都不够用了。

7

丽丽送来的那盒冬虫夏草让刘一中很伤脑筋，盒子已经开封，且吃掉了几条，再退回去是不可能了。刘一中找出家里的戥子称了下，按目前市面上品质最好的价格算，这盒虫草价值两万块钱。云朵肠子都悔青了，直怪自己不该收下这份礼物，她知道这东西金贵，但真正换算成人民币还是触目惊心。

刘一中提着个鼓鼓囊囊的袋子来到十三楼时，袁铁军正伏在桌上写着什么，刘一中踮起脚尖伸长脖子，只见处方笺上写了一行龙飞凤舞的大字：穿过大半个中国去睡你！哟，还写诗呢！刘一中大叫，袁铁军回头看是他，赶紧招呼他坐，来来来，你比我有文化，听说这诗的作者是个女的，我是个粗人，我看后第一感觉是，这个女人想怀二胎想疯了！

刘一中笑得差点背过气去，胡姣现在是六楼产科主任，便调侃他说，胡姣比这位女诗人幸运得多，不需要穿过大半个中国，只要穿过七层楼！袁铁军苦恼地说，都怪你那个该死的赌注，唉，你说这些女人都疯了吗，她说第一胎姓袁，还要生个姓胡的！你说这是哪跟哪啊，合着我就得为她们老胡家卖身啊！娶个产科医生做老婆，一辈子就是当鸭嘴器的命啊！

刘一中正想跟他探讨一下女人为什么比男人更热衷于生二胎，谁知袁铁军突然发现新大陆般兴奋起来，哈哈，我听B超室的娘们说，云朵也在测卵泡，我看你老兄印堂发黑，眼皮下垂，遭遇也好不到哪去！

刘一中见气氛酝酿得差不多了，便把袋子塞给他，没好气地说，有你就没我的好，不损我几句你怎么找心理平衡。给，里面有封云山补肾特产野生鸡爪黄精！还有云朵托丽丽购虫草的钱，也请转交给她！说完也不管他什么反应，径直走了，留下袁铁军兀自对着那首诗发愣。

回来了自然要去找老宋，这才是重点。刘一中给老宋也带了一包同样的特产，外加一坛子陈嫂做的野生猕猴桃酒，谁知老宋却不领他的情，把他连同东西一起往门外推，一边说，这些毒品，我可以不要吗？刘一中一愣，但马上听出了他的弦外之音，不禁哈哈大笑，老师，您还在心疼您那台血液分析仪咧，前任院长已经替您采购了全套新的高端医疗设备，对于您来说，那些从河西带过来的设备是淘汰品，闲着也是闲着，放那不但占地方，摆几年还都成了废品，给我却有大用途！老宋正色道，我看你这架势，已经背离了去封云山的初衷，有点错把他乡当故乡了！

刘一中想了想说，老师，我很感谢您的提醒，但是，既然我去了，看到那里的落后面貌，就不能冷血到无动于衷，换作您也一样。他把陈皮的事讲了，说，骨折对于我们来讲，不是小菜一碟吗，可正是这么个小毛病，却改变了一位山里青年的命运！在那偏僻的深山老林里，这样的事例数不胜数。您说，我能做个米汤院长不闻不问吗？高人面前不说假话，我今天来，一是来跟您化缘要设备，二来呢，也是想跟您商量，看能否在人民医院为陈皮实施胫骨畸形愈合矫正加压钢板固定术。去大医院他家恐怕有经济困难。这手术我们以前没做过，但也可以尝试。

老宋叹了口气，好吧，第一件事好说，我们的对口扶贫单位是上圳，既然如此，就加上你们封云山也不为多，回头你列个清单，需要什么，我有多的都给你。这第二件事呢，我估计有点难度，时间太久了，还要植骨，手术成功率不好估计，你要跟患者沟通好，做好两手准备，不能出现纠纷，既然要省钱就干脆省到底，我出面请省医院的许教授去封云山支援你！另外，我还有好消息告诉你，你今天不来我也要给你打电话了，明年省里要评乡镇卫生院优秀中医馆，有十万元奖金，你是学中医骨科的，有条件去争取。刘一中听完第一件事的答复就已经要欢呼了，听到最后，简直跟做梦一样，喃喃说道，中国梦的实现就是这种感觉吧，我就知道老师不会见死不救！老宋白了他一眼，看把你美的，我倒要看看你如何拿到这十万奖金！

8

回去后，刘一中便开始着手策划中医馆的事情，这与他组建中医骨科的设想不谋而合。

卫生院的房子始建于二十世纪八十年代，跟山上的民居一样为全木架结构，因为这山上最不缺的就是木材，整个林场难得看到有砖混结构的房子。房子做工还算精致，有回廊和飘檐，木格窗上雕龙画凤。刘一中把二楼住院部腾出一间做手术室，又腾出半层楼做中医馆，请人写了一块中医馆的牌匾悬于回廊正中的梁上，在两边的柱子上刻上一副对联：厚朴待人使君子长存远志，苁蓉施药郁李仁敢不细辛。这副由六味常用中药组成的妙对，是刘一中在中医学院学习时熟记于心的，出自哪位高人之手已无从考证，心想哪天自己开个中药铺，一定要用上。

中医馆内设中医骨科诊室、理疗室、针灸室、推拿室、养生保健室、中药房、煎药室等，各个科室贴上一块仿古的科室牌，写的是繁体字，再将原木刷上一遍清漆，古色古香的味道便出来了。

刘一中列了个长长的清单：CR 放射机一台，彩超一台，无影灯一台，手术床一台，消毒锅一只，牵引床、理疗仪、神灯、艾灸机各一台，火罐、银针、手术器械若干。

剩下的就是技术力量的问题了，门诊医生小赵勤奋好学，是个可造之才，多次表示要拜刘一中为师，刘一中虽然没明确表示收他这个徒弟，却也毫无保留地带他，在九病室，刘一中对徒弟刀子嘴豆腐心，严厉是出了名的。刘一中准备把中医馆的设备落实好后，再将各个岗位上的职工送到人民医院去轮训一遍，特别是陈香，将作为中医馆的骨干，第一批去骨外科进修。

又一个周末，刘一中带着那张清单和陈香回城。路上刘一中问陈香，你哥是陈皮，你是陈（沉）香，我猜你父亲是位懂中医的赤脚医生吧！

陈香的眼圈就红了，她父亲在世时，是山上自学成才的草药郎中，各种无名肿毒，跌打损伤，感冒咳嗽，经他手没有治不好的，他的药全部来自大山深处，现挖现配。她家神龛前除了列祖列宗，还供着药王孙思邈的牌位，牌位前的香炉里经常会有面值不等的纸币，不知是什么时候哪位取药的乡亲放进去的。父亲最遗憾的一件事，就是陈皮的左腿，他一直活在自责的阴影里，当年以为请水师接了骨，再加上自己的草药外敷，就可以治好陈皮的腿，可万万没想到会误了他一生。他一有空就背着背篓，挎着药锄在大山里转悠，试图找到一剂良药治好陈皮的腿伤。有一天他出去后就再也没有回来，两天后，陈香和母亲在原始森林的百丈崖下找到了他，手里还紧紧地抓着他的背篓。

刘一中心情沉重起来，他曾跟老陈承诺，中医馆开张就给陈皮的腿做手术，这手术，只许成功不许失败啊，不然何以告慰那位死不瞑目的草药郎中！

骨外科现在由副主任小邹主持工作，小邹是刘一中一手带出来的得意门生。刘一中把陈香交给小邹，要求他安排好陈香的学习和食宿。陈香叫小邹邹老师，刘一中笑道，他叫我师傅，你再叫他老师，那我不成你师爷了！说得陈香脸上飞起片片红霞。小邹忙说，你就叫我师兄吧，免得把师傅叫老了！

刘一中提议道，今天难得人这么齐，我还欠你们一顿饭呢，邹主任，你去十三楼看一下袁主任在不，叫上他，我刚才打他电话没通。谁知小邹对他的提议并不响应，吞吞吐吐地说，师傅，我听说封云山情况并不好，卫生院欠了一屁股债，工资也发不出，你只好把病房腾出来接待领导，弄得领导都可怜你，不好意思去麻烦你了。师傅，你那儿真有这么艰苦吗？要不就离开那破地方，回来当你的主任呗！刘一中又好气又好笑，这些话，八成是上次袁铁军从山上回来跟他们胡说八道的。小邹又说，为这事我跟袁主任干了一仗，所以，你让我去喊他吃饭，我是绝对不会去的。刘一中生气地说，袁铁军那破嘴向来是随便乱说的，你跟他较真干吗！小邹一认真脸就红了，汗也冒出来，把刘一中扯到一边小声道，师傅，我看袁主任是故意散播这些言论的，现在全院都在议论呢，说他岳父是县官，不但让他在老院长的腐败问题中安全着陆，现又在给他盯着业务副院长的位置呢，但还好，我听说宋院长不喜欢他。

刘一中有些吃惊，额头上沁出了一层薄薄的汗珠，小邹的分析虽然有点言过其实，却让他有拨云见日的感觉。袁铁军竟然是他最强劲的一个对手，他早就应该想到啊！跟袁铁军这么多年的同学同事酒友加损友，批判的讽刺的恨铁不成钢的各种狠话都说过，就是没想到有一天，他们会在晋升的独木桥上狭路相逢。现在想想，也许从下派扶贫时起，刘一中就暴露了目标，一直以来，他在明处，袁铁军在暗处，看来，以后跟袁铁军交往，不可能再心无旁骛了，在利益关系面前，友谊的小船，很可能说翻就翻了。

刘一中跟宋师母打了个电话，得知老师中午会回家吃饭，便直奔老宋家而去。刘一中刚到，老宋就回来了。他很满意刘一中的机警，在这个敏感时期，确实不宜让别人看到他和这位学生过从甚密。

关于人民医院的业务副院长人选，前些天卫计局党组开了个推荐会，他是代理院长，有优先发言权，他提了刘一中，分管人事的龚书记提了袁铁军，最后焦点集中到刘一中和袁铁军两人难以定夺。像这种会议，其实也就是走个形式，不会形成决议，结论通常是以上面的意思为准就宣布散会。

刘一中暗忖，龚书记果然投了袁铁军的票。可是如果他不改签药品配送公司，龚书记难道就会提他刘一中吗？袁铁军显然是拿着鸡毛当令箭了！

那张中医馆的医疗器械清单，因为同样的顾虑，老宋让刘一中写了一张欠条，象征性地按折旧价购买。刘一中看着老师头上新添的白发，感慨地说，宋老师，我的事让您太操心了！学生真是过意不去！老宋摇摇头说，没用的话少说，我有一种预感，也许我这心是白操了，将来就算你能回来，你也不一定愿意回来。

9

至此，刘一中和袁铁军的对立已是昭然若揭，那天打袁铁军电话不接，后来也没回，就不足为怪了。但以刘一中对袁铁军的了解，一味回避并不是他的风格，这家伙，是个没事都要鼓捣出事来的主，何况关乎升迁大事。刘一中知道，越是平静的海面，下面越是波涛暗涌。刘一中在老宋的指导下，跟局长全面地汇报了一次他在封云山的精准扶贫工作开展情况，局长是比较认可他的。党政机关的排名，局长在前书记在后，就目前来说，他比袁铁军略胜一筹。至于结果如何，只能以不变应万变了。

袁铁军的狐狸尾巴很快就以一种并不高明的方式露了出来。

丽丽生了一对双卵双生的龙凤胎，是胡姣给做的剖宫产，云朵去医院看丽丽，一路上心里莫名地七上八下，她想着是胡姣给她做的手术，觉得特别扭。长期以来，云朵在丽丽和胡姣微妙的关系之间无所适从，这也是她跟胡姣保持距离的原因之一。丽丽反倒是一脸的坦然，两个孩子因为是早产，被抱到恒温箱去了，病房里只有丽丽一个人，老院长的案子还没有最后了结，她那还在外面避难的老公偷偷回来了一趟，一下手术台就把她托付给月嫂。

云朵问了些生产过程中的情况，丽丽说多亏袁铁军打过招呼，省了很多事，还给安排了单间。云朵小声说，我的姑奶奶，你可真敢呀，你就不怕胡姣看出点什么来吗？丽丽无所谓地笑笑，目光停留在云朵一马平川的小腹上，然后神秘地告诉她，十八楼刘一中的值班室住着一位漂亮的姑娘呢。

原来小邹为了让陈香省房租，灵机一动，想着师傅的值班室一直空着，便给了陈香钥匙，让她住师傅的值班室，并叮嘱九病室的人对外保密，值班室住进修生是违反院规的。按道理自己人不说外人不会知道，可不知是谁走漏了消息。

可以想象云朵在那样一种场合听到这件事时的心态，用翻江倒海来形容是不为过的。还好，她是个要面子的人，没有冲到十八楼去大闹天宫，而是打电话给小邹，让他通知陈香来家里一趟。

小邹第一时间报告了刘一中，他说他已经跟师母解释了陈香的来龙去脉，并且跟她说了，师傅把师妹托付给他，临走时还暗示过未婚的他，师妹尚待字闺中名花无主。小邹打着哭腔说，我以为这样解释，师母就会消除对陈香的误会，可她还是把陈香叫走了，师傅你快点下山，摊上大事了！

刘一中没有下山，他等着云朵的反应。但几天过去了，云朵并没有打电话兴师问罪。小邹反馈回来的信息是，云朵喊陈香在家吃了一顿饭，还送了一条漂亮的丝巾给她。云朵这唱的又是哪一出呢！

毕竟放心不下，刘一中抽空回了一趟家，无论如何，他觉得这事有点蹊跷。云朵还是像往常一样迎接他的归来，可口的饭菜，温暖的笑脸。关于二胎，自从上次虫草事件后，刘一中和她订了被下之盟：这辈子不再避孕，没怀上不再强求，如果怀上了，就算五十岁了，也要义无反顾地生！

晚上在被窝里，刘一中到底憋不住了，捏了一下云朵小巧的鼻子，柔声道，傻瓜，以后再听到什么，不许捕风捉影，要第一时间问我知道吗？云朵这才把事情的经过说了，那天，她把陈香叫到家里，本来想好好地盘问一番，但当她看到陈香后，就彻底推翻了原来的计划，这个姑娘是如此面熟，她跟她的母亲长得一模一样！那么纯朴人家出身的女孩子，怎么可能去破坏别人的家庭呢！

陈香的母亲，十多年前那个乡村客栈的女主人，半夜里收留了云朵，当她脱下袜子睡觉时，看到自己的脚因长途跋涉肿得像两只包子，十个趾甲盖都变成乌紫的了。女主人连忙披衣起床，临时生火烧了一锅水，锅里煮上一捆不知名的草药，直熬到水变成黑褐色，才倒一部分出来放到木盆里，让她坐在床沿上泡脚，水稍凉一点，她就再去锅里舀一瓢热的添上，等到脚消肿后，已经是后半夜了，女主人一直陪着她说话。

云朵捶了刘一中一拳，幽怨地说，没用的家伙，你答应我上山一定找到那位大妈的，结果反而是我以这样一种方式得到线索。陈香说，她父亲摔下悬崖后，母亲就一病不起，没几年就走了。我本来想要陈香住到家里来，可她说，住在医院更方便一些，她帮好几位护士值夜班呢。早知陈香就是我们要找的那位大妈的女儿，把她带到家里来住多好，免得生出这许多是非！

刘一中意识到，这事板上钉钉是袁铁军使的坏！是改签医药公司和拒收虫草的结果，也是他和袁铁军公开对峙后的第一次非正式宣战。但他不想把他和袁铁军之间的恩怨告诉云朵，怕她胡思乱想，增添她的心理负担。只得安慰她说，我一定把陈皮的腿治好，让他那善良的父母在天之灵得到安息。

10

中医馆终于在封云山人的期盼之中开业了。

鹅梨工区的肖老六一大早就来了，走起路来一改往日弯腰驼背的姿势，昂首挺胸虎虎生风，让人觉得似乎长高了两寸。他是多年的腰椎间盘突出，听人说卫生院新开了中医馆，各种理疗设备齐全，院长刘一中技术甚是了得，带农村合作医疗证、户口本、身份证还能报销，便抱着试试看的心理来了，刘一中给他做了两次牵引和理疗，感觉有明显好转。

中医馆开业后，像肖老六这样的病人渐渐多起来，有时一天都要来几十个。刘一中吓了一跳，这山里平时人烟稀少，走几里路都看不到一座房子，山民仿佛躲鬼子的飞机大炮一样藏身于密林中，没想到中医馆一开，如同工区开会集合，突然冒出这么多人来，一照X光都是一样的病：骨质增生或者椎间盘突出。

病人一多，用药量陡增，新签的医药公司配送药品的车辆由小车改成了大卡车。因为新农合医保都是由卫生院垫付医药费，补偿核报速度跟不上，老陈这时体会到了改签医药公司的直接好处，说如果还在用原来公司的昂贵药品，卫生院的资金周转也是个大问题。

令人不解的是，中医馆开业那天，丽丽居然委托袁铁军捐给中医馆一批医用钢板，其中就有一块陈皮手术必须用到的八孔加压钢板，指名是捐给陈皮个人的，这也是陈皮整个手术最花钱的一个器械，因为钢板不在新农合补偿核报之列。刘一中反复看了，这批钢板不是那个有问题的批次。这批钢板，袁铁军也是托人带来的。出于礼貌，刘一中收到钢板后打了一个电话给袁铁军，刘一中清了清嗓子，努力想要找回原来的感觉，他故作轻松地说，感谢袁主任又来封云山扶贫，真是雪中送炭啊！但是，我怎么看不懂啊！袁铁军哈哈笑道，刘院长要用发展的眼光看待问题嘛，一个成功的企业家捐赠给一个偏远卫生院几块钢板，很简单很美好的事情，怎么会看不懂呢！刘一中也只得哼哼哈哈地回应着，自己都觉得很虚伪，终于明白，生命中有些东西，失去了就再也找不回来。

作为一名骨科医生，钢板就是他的饭碗，刘一中太需要了。但他还是百思不得其解，丽丽捐钢板的用意到底是什么，是想再把合同签回来？是真心想帮陈皮？还是表达一种歉意？或者，是为缓和他和袁铁军之间的僵局？刘一中决定，不管捐赠人是何用意，不要白不要，只要不是给他个人的他都敢要。

刘一中给肖老六做完牵引，吩咐陈香给他做理疗。陈香两个月的进修时间已满，正式回来上班了。刘一中见陈香熟练地操作着，赞许地说，看得出这两个月，你可是没有浪费一点时间啊！

陈香说，是的，这两个月对我帮助太大了！我以前从来没有发现，护理工作有时其实是比临床医生更重要的一个角色！而且我还知道，九病室的人都在盼着院长回去呢。院长，你会回去吗？

刘一中说，我现在还没想好，到底回不回去。陈皮的手术还没有做呢，我不能言而无信！只是省医院的那位许教授老是没有时间，不知他什么时候才能闲下来。唉，做个没有时间的专家，正是我们这些人毕生的追求啊！

陈香目光灼灼地看着刘一中，果断地说，其实，院长完全有能力做好陈皮的这台手术，你只是怕病人和家属不放心而已，现在钢板也有免费的，我们不等许教授了，我们自己做，好吗？不论结果如何，我代表病人家属相信你！

看得出陈香是经过深思说出的这番话，确实如此，凭刘一中的能力，他虽然没有独立做过这类手术，但在省医院进修时是当过助手的，要领早已成竹在胸，之所以要等教授来，就是怕病人不放心，毕竟这里只是一个小卫生院，麻醉师和助手都要到人民医院去请求支援，而手术中的意外是无法估量的。

刘一中真诚地说，陈香，有你这句话我就放心了，谢谢你的信任！再说，请教授来也是要花钱的。

陈香说，是啊是啊，教授不来我们又省了一笔。

呵呵，既然家属强烈要求，我尽快安排手术。

这天晚餐，刘一中吃到了陈皮采的蓝色重阳菌，这是菌类中的极品。陈皮跟他们一块吃的饭，他话不多，但很愿意跟刘一中交谈。晚餐后，刘一中想约陈皮去散散步，跟他单独谈谈手术的事，但憋了半天也没有想出一个合适的措辞，跟一个跛脚的人说散步，不是成心让人难堪吗！最后刘一中只得说，陈皮，我们去爬山吧！

他们爬上山坳里一块巨大的青石板，并排坐下，陈皮神往地望着山外，夕阳的余晖照在他汗津津的脸上，像一幅油画。

刘一中问他，去过县城吗？

陈皮说，小时候跟爹去过。人太多，差点走丢。

我听肖老六说，他替你介绍过鹅梨工区的一个姑娘，听说还蛮漂亮，你没看上？

那是个傻姑娘，自己有几根手指头都数不清。

如果你有足够多的钱，你会选哪家医院做手术，县里的还是省里的？

我还是选你，因为我相信你！

刘一中朝陈皮伸出一只左手，陈皮给了他一只右手，两只手紧紧握在一起。

11

陈皮的手术日期很快敲定下来。

手术前，刘一中特意带陈皮去人民医院拍了 CR 片。片子显示：陈皮左侧胫腓骨中段骨质明显增粗，增粗处向外成角三十度。人体四肢长骨均有一定的生理弧度和正常的关节活动功能，刘一中根据 CR 片仔细比对了两侧下肢各关节功能活动情况，左下肢短缩四厘米，导致膝、踝关节屈伸活动小幅度障碍。也就是说，陈皮的两截断骨当年被水师强行嫁接到了一起，但它们在关节部位互相牵制，制造各种别扭，如同旧社会一段脾性不合的包办婚姻。刘一中找来麻醉科李主任和小邹一起共同进行术前会诊讨论，制订出具体的手术方案，又在九病室配齐手术用的配套器械和相应内固定器材后，家都没来得及回，当晚带上李主任、小邹和陈皮马不停蹄回到封云山。

一大早，刘一中推开窗子，意外地发现那只灰色的松鼠又回来了，尽管它长大了，但他确认就是他刚来的第一天早上看到的那只，因为它毛茸茸的灰色尾巴上夹杂有一小撮白色的毛，这让他心情不错。他来到二楼，看到陈香已将手术室收拾得一尘不染，手术器械都在它们该在的位置上整装待命，这是中医馆开张后第一例手术，也是卫生院建院以来的第一台大型手术，全院进入一级警备状态，全体职工都自觉守在各自的岗位上。刘一中第一次发现，晨曦中的卫生院有一种庄严肃穆的美。

上午九点，李主任和陈香把打了术前针的陈皮推进手术室，这时他的意识基本清醒，他微笑着对穿着洗手衣戴着口罩和帽子的刘一中做了个成功的手势。一切准备就绪和硬膜外麻醉见效后，在巨大的无影灯下，这台胫骨畸形愈合矫正加压钢板固定术根据预订方案有条不紊地进行：以骨折畸形愈合部位为中心切口，切开骨膜，骨膜下分离，将腓骨截断并去除两个厘米，胫骨骨膜内截骨，矫正畸形……止血钳、持骨钳、复位钳、三爪固定器、电钻、丝锥、测深器、螺钉、改锥、纱布等各种器材在刘一中手里交递，他像一个细致的裁缝缝缝补补，又如一个敬业的修理匠敲敲打打，他身旁是同样聚精会神的助手小邹和小赵，循环护士陈香，以及麻醉师李主任。

手术进行了三个多小时，终于在截骨线周围植完自体松质骨，刘一中从陈香手里扯了一块纱布擦掉额头上的汗，长长地舒了一口气，吩咐小邹进行切口缝合，自己一屁股瘫坐在手术室的角落里，一时间五味杂陈，有长时间全神贯注后的心力交瘁，又有大功告成后全身放松的舒坦，他真想倒在地上美美地睡上一觉，可现在显然不具备这个条件，只有等陈皮麻醉醒来，生命体征正常才能放心。

担心的事情毫无征兆地发生了。李主任按常规在小邹把切口缝合后拔除了硬膜外导管，麻醉药物停止。陈香大声呼唤陈皮，可陈皮毫无反应，大家又一起齐声呼唤陈皮，还是无应答。刘一中像被注射了一针强心剂，条件反射地从地上蹦起来，他拨开陈皮的眼皮，双侧瞳孔无异常，对光反射灵敏，呼吸循环正常，血压正常，可就是呼唤无反应。十分钟，三十分钟……六十分钟，九十分钟……正常情况下病人应该苏醒了，可陈皮躺在手术床上毫无知觉，若不是两个鼻孔在均匀地呼吸，真要怀疑他已经死了。豆大的汗珠从刘一中额头上滚落，凭他和李主任的经验，他们知道这是麻醉后苏醒延迟，但也不排除颅内出血、缺血、栓塞或者颅内高压等病变。

慌乱中，陈香在递听诊器给刘一中时握了一下他的右手，她的小手汗津津的，他知道她心里有多紧张，口罩遮住了她的表情，作为家属和同事，她用握手传递给他一份无言的信任。这让他不安的心稍稍镇定下来，拿起手机拨通了袁铁军电话，请他火速带小陈来封云山会诊。其实他也知道，从城里到封云山，开车最快的速度也要两个半小时，如果真是他和李主任担心的那种情况，就算袁铁军他们及时赶到了也于事无补，请他们来，不过是一种心理安慰剂而已。目前唯一的办法只能等，等待命运的判决。

这时他才深切地感受到，他做这台手术冒了多大的风险。记得人民医院曾经有位外科医生，是出了名的快刀手，他能十分钟做完一台阑尾手术，全县各个乡镇卫生院都请他做过手术，有的病人为了省钱，连卫生院都懒得进，往自己家的大长凳上一躺，就把阑尾割了，跟阉个猪一样简单。然而，这位外科医生正是倒在这样一条农家的大长凳上再也爬不起来，由于消毒不严造成病灶感染，病人出现了严重的并发症，差点一命呜呼。这时，那位求他去家里做手术的病人家属翻脸不认人了，状告他非法行医。外科医生赔了一大笔钱，被吊销了执业资格。当然，这是实行农村合作医疗以前的事，现在农民有医保了，健康意识也提高了，没人再拿生命开玩笑。

当袁铁军带着小陈赶到时，陈皮已悠悠苏醒过来，他整整昏睡了四个小时，刘一中询问了他近段的睡眠状态，陈皮说他因为想到自己要做手术，不知为什么连续三个晚上没有合眼。临床上很多怪现象是无法用医学常规去解释的，陈皮由于过度“睡眠欠债”，当硬膜外麻醉神经阻滞后，他迅速进入深睡眠状态，他是睡了个好觉，却害苦了给他做手术的人。

刘一中给陈皮的左腿打上石膏托，嘱咐他安心住在中医馆，一个半月后根据愈合情况拄拐下床活动，两年后拆除钢板。刘一中见陈皮没有说话，便说，一个半月不能动呢，有问题吗？陈皮咧开大嘴笑，露出两排白牙，没问题，十多年都过来了，一个半月算什么！小赵在一边笑道，院长，你没见他全身都在唱歌啊，我来卫生院也有几年了，从来没有见他这么开心过。

陈皮手术后不久，省报的小文又来了。冬至过后，封云山顶气温骤降，形成了晶莹剔透的雾凇奇景。因为游客多，农家乐爆满，小文就直奔卫生院而来，老陈安排他住在卫生院三楼的客房里。职业敏感让小文敏锐地捕捉到了一条比雾凇更重要的新闻线索，就是陈皮这台高难度的手术。刘一中本不想让小文报道这件事，但他想到这件事或许会对评选优秀中医馆有帮助，就由他去了。没几天报纸就出来了，刘一中和助手们的照片出现在省报的头条位置，标题也同样醒目：白衣胜雪——记深山里一群生命的守护神。

12

寒假，云朵带着萱萱来了，刘一中穿着白大褂出来迎接他家的两位公主，只见那娘儿俩个子一般高，像一对姐妹花，穿着厚厚的羽绒服一起堵在门口，让他猜后面还有谁。刘一中猜了一圈也没猜着，娘儿俩华丽地往大门两边一闪，刘一中眼前一亮，欢呼着跑过去，跟进来的人来了一个有力的熊抱。这个人竟然是他尊敬的老师，老宋！

夏天时，刘一中曾多次邀请老宋上山避暑，老宋总以忙为由推辞，有一次老宋竟说，你那三间房不是要留着出租吗，我去了怕影响你生意啊！把刘一中闹了个大红脸。那三间房确实在旅游旺季接待过不少游客，这件事一时间在全县卫计系统传为笑谈。刘一中嘴上骂老陈财迷心窍，其实心里也美滋滋的。

老宋此番不请自来，估计是有重要的事情要通报，刘一中心里七上八下地打鼓。

果然，老宋带来了重要消息，人民医院的人事已经尘埃落定，只等文件下达。确切地说，老宋现在又叫回宋副局长了，袁铁军如愿以偿当上业务副院长，上级调了一位乡镇的党委书记来当院长，让老宋当书记，仍然兼着卫计局的副局长。老宋推辞了领导的这番美意，说自已过几年就退休了，没必要占着年轻人的位置，只是要求组织能在上班制度上宽容一些，让他有足够自由的时间把多年来的教学成果和学术经验整理成书。上级这样安排老宋，本意就是为照顾他的情绪，见他并没有什么过激的情绪，便顺水推舟，让他光荣地回到副局长的位置上去了。

刘一中没能当上人民医院的业务副院长，台面上的理由就是陈皮的那台手术，有人把他告了，说他无视组织纪律，在一个没有资质的小卫生院做了一台三甲医院才能开展的骨科手术，造成患者麻醉苏醒延迟，差点出人命。

刘一中没想到，陈皮的这台手术，竟然是压垮他的最后一根稻草。当时情况紧急，他毫不犹豫地打了袁铁军的电话，并没有因为他们是对手而直接打给小陈，要知道，神经内科的技术骨干是小陈而非袁铁军，但袁铁军是主任，他不能越过他调他科室的人，袁铁军可以不君子，他不可以小人。然而，最后往往是小人大获全胜。

刘一中再次想起那批莫名其妙的钢板，也许，真正的答案就在这里，袁铁军是想用免费的钢板尽快促成这台手术的进行！当然他更希望促成手术意外的发生！如果真是这样，那袁铁军这个人就太可怕了！冷冽的朔风从门缝吹进来，刘一中不禁打了个寒战。

陈皮的麻醉苏醒延迟，与丽丽捐赠的八孔加压钢板有没有关系呢？刘一中提出了他的疑问。老宋说，这个不能妄下结论，但袁铁军比你更早意识到这台手术的高风险，并利用得恰到好处，这就是他的阴险之处。如果我当院长，我怎么可能看得惯一个不学无术、品行不端的人来当我的业务副院长呢？我和袁铁军之间将有数不清的明争暗斗，到头来两败俱伤，我下半辈子都别想安生。所以，这个院长还是不当为好。现在再让你回去当骨外科主任，袁铁军就是你的上司了，在他手下工作，估计你也会不舒服。现在想来，让你到封云山来，是我的一着臭棋啊！

刘一中说，说来也怪，突然听到这个消息心里难免也有失落，但失落过后反倒有一种如释重负的放松。就目前来说，我确实不能离开封云山，中医馆刚刚起步，眼看卫生院一天天好起来，我不能一走了之让大家失望，至于以后的事，再说吧。但有一点我得正儿八经地更正一下，宋老师，我从不后悔来封云山，我在这里感受到了作为一名骨科医生真正的存在价值，这是我在九病室没有的人生体验。人民医院高手如云，有我没我照常运转，可这里不一样。

你能这样想，我就放心了，说明你对封云山的感情比人民医院更深。老宋赞许地点点头，从兜里摸出一个字条递给他，刘一中疑惑地接过来打开一看，是购买那批医疗设备打下的欠条。老宋得意地笑笑说，这条一直在我衣袋里装着呢，既然我也不当院长了，你也不当那副院长了，就没有瓜田李下之嫌，现在把它还给你。刘一中恭恭敬敬地端起茶杯举过额头，朝老宋一拜，老师，姜还是老的辣啊，一中代表封云山人民感谢您的鼎力相助！

屋外飘起大片大片的雪花，屋子里却温暖如春，木炭火闪着橘黄的火舌，雪花落在窗外树叶上的轻响，如风吹柳絮般轻柔。刘一中说了他的思路和打算：现在卫生院业务收入翻了好几个跟头，欠的药款早就还掉了，职工待遇也跟着翻番，他寻思着要搞点建设，第一步扩建卫生院，第二步建个宿舍楼。这样基础设施扎实了，职工安居乐业，卫生院才算真正地发展壮大起来。刘一中真诚地发出邀请，老师，这山上真是修身养性的好地方，退休了带着师母上山来吧！我这里正好缺少技术力量呢，您来帮我坐诊，保准让业务再翻一个跟头！老宋朗声大笑，你这小子，当初我还指望你回去帮我，现在反过来了，还想把我也骗上山来！

萱萱早已在隔壁房间睡了，刘一中回到自己宿舍，云朵还靠在床头等他，手里拿着那张省报，正盯着报上的照片看，云朵冲他说，老公，你穿白大褂的样子很帅的！陈香也很漂亮！你们站在一起，有一种庄严的和谐美！哎，没有找个同行做老婆，你有没有感到遗憾呢？刘一中笑了，说这个你要去问袁铁军。便把袁铁军说他找个产科医生做老婆，感觉自己就是个鸭嘴器的话学说了一遍。

云朵笑得花枝乱颤，她想起前几天在沿江风光带见到丽丽和保姆带着那对龙凤胎在江边草地上玩耍，那男孩笑起来眉梢上扬，眼睛眯得细长细长的，感觉好熟悉好熟悉，一时又没想起来像谁，现在冷不防听到这个关于鸭嘴器的笑话，突然想起，男孩那表情就是像袁铁军啊！可是，那女孩又分明跟丽丽的老公长得一模一样，这又如何解释呢！刘一中把她摁倒在被窝里说，傻呀你，这有什么奇怪的，就是吃了那促排卵药的结果呗！今天排的卵跟这个结合，明天排的跟那个结合……

突然，刘一中脑子里电光石火地闪过一个念头。

一个月后的一个夜晚，刘一中打开手提电脑，点开本县红网，注册了一个用户名叫封云山，一个举报袁铁军的帖子在他指间迅速完成，内容包括与不良药商勾结扰乱医药市场秩序，医德医风败坏，生活作风腐化，等等。他脑子里有一套完整的计划，红网发帖是他反攻袁铁军的第一枪，铁证如山，他不相信告不倒他，告倒了他，他不想取而代之，他只想替自己和老宋出一口恶气。

就在这时，刘一中的手机微信声响了，是已回到城里的云朵：封云山大雪之夜，刘家二宝贝降临，取名胜雪，可好？

刘一中停止打字，愣了片刻，长按删除键，把帖子里两百多个汉字一个一个删除，像一一干掉了袁铁军身上的二百零六块骨头。

刘美兰，女，70后，湖南省作家协会会员，专业学药，业余写作，有小说五十余万字发表于各文学期刊。

婚姻飞地

马虹玫

1

“一个月，就给我一个月，一个月以后我们再讨论、再定夺，好吗？”于北栋说这话的时候，瞅了个空当看向妻子，笔记本键盘上忙活的手也随即放慢速度。笔记本屏幕在闪烁，左侧任务栏显示，他的邮箱依然在快速收取邮件。

蓝稚群一言不发，她窝在L形组合沙发的角落里。客厅的顶灯没开，沙发边上有一高一矮两盏落地灯，书柜旁边的工作台上，几盏阅读灯也默默亮着。阳台门没关，闷热的风穿过高楼扑了进来，垂地纱窗蕾丝边轻轻翻卷。股股热浪带着黏腻，一点点吞噬昏暗家中清冷的家具。

夫妻俩沉默。笔记本电脑工作发出的声音轻微又隆重。

再过几天，于北栋又要走。科华公司在E国的项目到了最关键时候，用于北栋自己的话讲，分分钟离不开人。“底下的兄弟都在等我，这趟回来，一是跟总部汇报工作进度，要一些资源和支持，最主要的还是想你了，老婆。”于北栋想让自己看起来亲和。

蓝稚群还是不想说话。或者说，她已经习惯了不发出声音的那种对话。像自言自语，是心中预设的两个角色的无声对白。

这是他们结婚的第十五年，也是他们夫妻两地分居的第十三年。

“那一年我二十三岁，二十三我就嫁给了你，太遥远了。”另一个蓝稚群对心中的于北栋说。他们结婚那年，于北栋二十五岁，自己二十三岁，相比大城市中的同龄人，他们婚结得很早。

于北栋望着蜷缩的蓝稚群，冲她眨眨眼。他期望妻子能够望向自己。蓝稚群却拒绝眼神交流，不接他话头，也不让自己有任何轻微的形体动作。她像家中的一件家具，凝结在某个固定的地方，木然地坐着。蓝稚群知道，自己并非心如死灰，也说不上深陷绝望心境。她只是懒得牵连从前的过往。她想快刀斩乱麻，尽快结束她和于北栋这种无法言说的夫妻关系。

闷热的风先是穿透纱帘，探进客厅，随即任性地，在沙发脚、椅子腿等低矮处盘旋。189 平方米的豪宅，客厅占去 50 平方米，空间浩荡开阔，蓝稚群心如荒原。各式各样的台灯，高的、矮的、金属的、树脂的、玻璃的、造型现代、古朴的……成为家中的显眼摆设。它们每一盏都亮着，只是光芒黯淡。

心情烦闷的时候，蓝稚群一个人去逛宜家家居。她专挑人最少的灯具区，慢悠悠地挑选、对比、研究，每次都带回来一个或几个造型功能各异的台灯、落地灯、阅读灯。这些灯的照度、流明、功率，她几乎一眼就能估算得八九不离十。她把家里所有应该不应该的地方全都放上灯。下班回到家，她一个人的家，她根本不想去碰那盏造型繁复的豪华水晶吊灯。作为客厅脸面的吊灯，应该有其乐融融的一家子跟它相配。189 平方米的大房子，从周一到周末，都只有蓝稚群一个人。一个人撑不起那么豪华热闹的吊灯。开几个小小的，不成气候的台灯，点缀一下空洞的心事吧。她从门厅到走廊、房间，挨个扭亮分布在各处的台灯、落地灯。灯光渐次亮起，倾泻出不一样的光柱，灯光是她无声又温暖的陪护。橘色的、黄色的、白色的、淡蓝色的，灯光交融，把她层层包裹，帮她对抗身体和内心最深处的寂寞。

十五年的婚姻，其中十三年她是独自度过的。

有一次她被人投诉，那个肉感十足做代购的女人恶狠狠地骂她——你昨晚性生活没过好吧，要不就是死了男人的寡妇！还有更难听的。同事把疯女人拉开，蓝稚群转头就哭了。那女人骂得没错，自己就像个寡妇，一个丈夫健在的寡妇。

他们没有孩子、没有宠物，家里也没有栽种任何植物。白色调的家具和家饰，带着坚硬的隔膜——透着不食人间烟火的冷漠。厨房常年不开火，欧式高档橱柜变成摆设。从公共烟道匀过来一点邻居们炒菜的烟火味，浅浅一层油烟吸附在橱柜表面。晚上睡前，蓝稚群端着红酒，轻轻摩挲沾染油烟气的橱柜，鼻腔里呼吸到的，是别人家白天炒菜遗留的气味。趁着这个味道，她将杯中红酒一饮而尽。在那些说不清道不明的空白冒出来之前，她用酒意压住心绪，然后赶紧上床。

这套189平方米的豪宅，常年没有烟火气，常年缺乏男人味。少了邋里邋遢的男人味，也顺便少了安全感。

于北栋怕热，回到家，随便套个背心短裤就能混一天。他最喜欢穿的那件T恤衫，淡黄色衣领上有黑色小横条装饰，前胸左侧印着科华的LOGO，早年的LOGO，是海鲜扇贝的形状。看见的人都不理解，为什么科华公司要选个扇贝做LOGO。公司说你们不懂，这明明是太阳花。八瓣细瘦的花瓣，呈放射状排列成LOGO的形状。带科华LOGO的衣服，经过岁月蹂躏，不期然生出几个小洞。这衣服质量真好。在蓝稚群的印象中，于北栋总穿着它，十五年来似乎没脱下来过。蓝稚群觉得，自己在于北栋心目中的地位，还不如这件衣服。

十五年前，于北栋入职科华，在石岩湖封闭培训期间，每个受训员工分到两件，从此这件衣服就陪着于北栋。陪他度过在康田基地的最初两年，又陪他搬进和蓝稚群结婚的小房子，再陪他外派到海外，亚非拉欧美日，都走了一遭。最后这件衣服和主人于北栋一起，落脚非洲E国，三年又转瞬而过。衣服上的破洞就是在一次次辗转中出现的。刚领到手上的时候，它光亮亮的，新簇簇的，面料坚实挺括，刺绣的科华LOGO微微凸出，摸上去手感良好。在十五年长期颠沛中，衣服不成比例地变长了。反复搓洗又把面料揉搓得稀薄，就连胸口的刺绣LOGO，也平软了许多。

于北栋和蓝稚群夫妻俩有限的相处时间里，于北栋不止一次穿着这件衣服，陪妻子散步、购物。说来好笑，第一次见丈母娘，于北栋把这件T恤衫藏在借来的西服外套底下，蒙混过关。好在蓝稚群的父母不是以貌取人的老人，没有仔细挑剔未来女婿在衣着上的不讲究。

于北栋对这件衣服始终不离不弃，从最初的项目小兵到如今的办事处代表，十五年间连升七级，这件衣服都在默默见证着、陪伴着于北栋。跟衣服一起老去的，自然是主人于北栋。他那一头浓密的黑发啊，不知道从哪年开始渐渐稀疏，这两年只剩下小半圈头发，妄图矫饰脑袋中间的大片空白地带。于北栋谢顶了，这是一个男人衰老的明显标志。有一年，他从国外回来过年，摘下帽子围巾那一刻，蓝稚群眼中陡然出现一个秃顶的半老头儿，吓得蓝稚群心中惊悸良久。从那时候开始，蓝稚群就坚持要于北栋剃光头。

留那么一点点头发欲盖弥彰不是更丑吗？面对妻子的嗔怪，于北栋傻傻地笑，随即骄傲展示自己用电推子刨出来的光脑袋。头皮上分明还顽强遗留着几毫米长的头发茬子。蓝稚群无法用手去触摸丈夫的光头。他们在电脑两侧，视频两端，大洋两岸。于北栋的大光头在视频里变了形。他剃了头却忘记刮一刮胡子，语音断断续续，信息在不流畅地传递着。看着视频里表情夸张的于北栋，因为网络不畅导致的说话结巴，蓝稚群怀疑电脑里那个人根本不是自己的丈夫。偏偏那件快烂掉的科华 T 恤衫，依然执着地、毫无新意地穿在身上，它提醒着蓝稚群，这个光头就是自己的丈夫。

蓝稚群觉得，丈夫于北栋对这件衣服的偏爱，是一种偏执的爱屋及乌。他太爱科华了。

于北栋刚领到这件衣服那会儿，科华并没有这么多响亮的名声和耀眼的光环。它刚刚结束在宝安区西乡街道一间破厂房的艰苦创业，搬进关内，在南山科技园盖了自有办公楼。没过两年，又把大部分人马搬到关外的康田片区。

科华，世界五百强企业，是深圳市乃至中国的一张闪亮名片。这些年来，民间也好，媒体也罢，甚至在国家层面，突然对这个私营企业颇多赞誉之词。新闻联播宣传它是民族工业的象征，高科技行业的象征。于北栋进科华那几年，丝毫没察觉科华还有这潜力，在短短十来年间，企业发展到这么大规模。于北栋也完全没想到，自己二十五岁研究生毕业进入科华，一不留神就到了四十二岁，他人生的黄金期都给了科华。

科华大了，名气、影响力，包括员工人数，数倍膨胀。于北栋也老了，头发谢顶，腰上滚着几圈豪迈的肥肉。当年一起入职的老兄弟们，走的走，留的留，早就不在同一个产品线同一个项目组。论技术能力，于北栋并不是最强的。同组有个技术大牛，写代码从来不出错，别人要一周，大牛三天足够。因为不善于跟领导打交道，技术大牛始终没能谋到合适的位子，依然在基层做研发员。

于北栋算不得心思活络，也不是没本事只懂钻营人际溜须拍马之辈。他善于给自己的人生施加紧迫感。在石岩湖入职培训的时候，他担心自己会被淘汰，每天提早起床，反复背诵导师教授的知识。他团结同学，尊敬导师，勤学好问，乐意跑腿，很快就在团队中脱颖而出。正式入职后，于北栋依然很好地保持着培训期间的优良作风，分到了最热门的项目组，从研发写代码做起，花了一年时间，就成为项目组的中流砥柱。

这些往事，于北栋承认自己不如妻子记得那么深刻。那个时候，是他们恋爱最热烈的时候。是他们向新生活迈步的时候，是充满希望的时候；无论工作或恋爱，对于夫妻俩来说，是永不疲倦的时候。

2

当年，于北栋每天埋头于各种各样的程序和文档，长期作息不规律，脸上长满了青春痘。科华在康田基地有个配套的单身公寓，名字很好听，叫作百草园。有别于一般公司集体宿舍的逼仄拥挤，百草园的外形看上去就是欧式小别墅。内部采用酒店式管理。于北栋很幸运地申请到一套单间。每个月租金九百元。那时候的康田是鸟不拉屎的偏远地带。科华的百草园高档得像个公园，绿树婆娑，花团锦簇。欧式小尖顶跟周边城中村环境格格不入。寻常生活所需的热辣生鲜，在百草园中奇缺难觅。

轮到休息天，蓝稚群辗转从福田到罗湖春风路，去那家深圳老字号糖水店，买来头啖莲子绿豆银耳糖水，放进保温壶，在公交车上晃荡一个多小时，给于北栋送糖水。深圳天热，路上时间长，怕糖水捂坏，蓝稚群央商家给些碎冰块一起打包，这样好歹到地方糖水不会有异味。于北栋乖乖喝光糖水，不放过每一粒绿豆。热恋的甜蜜从嘴到心游走在全身各处。

吃完绿豆汤，于北栋喜欢带蓝稚群在园区溜达。百草园有几栋楼，会所里的台球桌、楼下的游泳池、洗衣店、理发店、眼镜店、华润万家小超市、中国银行，统统格局紧凑。难得的是，百草园中居然还藏着一间西餐厅。一份牛排套餐起价 268 元，两个人就要花掉将近 600 块钱，几乎是于北栋月工资的十分之一。于北栋倒是毫不吝啬，他知道蓝稚群喜欢吃西餐。女人，特别出身于城市的蓝稚群，喜欢小资气息浓厚的地方。他给蓝稚群点两三百元的套餐，自己只吃一份三明治，还解释说牛排吃不饱，不如三明治实在。

蓝稚群身材高挑，脊背挺直，五官是女孩中少见的明朗。她的美有一种英武之气。这跟她出生在一个军人家庭有关。与别的女孩相比，她纯真得像一块玻璃。即使她不化妆、不擦口红，她也是阳光下那朵最闪亮的花。特别那口整齐的牙齿，看她轻轻吃着牛排，总让于北栋燃起难抑的冲动。

于北栋出身农村，家里除了自己考上大学跳出农门，两个姐姐早已经嫁作农妇，父亲算是村里的文化人，也只是一名没有编制不享受福利的代课老师。靠着母亲养猪、绣花换些钱，还有姐姐姐夫们的鼎力相助，于北栋才能顺利从研究生毕业。学有所成，进入科华，拿到工资的第一个月，于北栋把七千元分成五份。两千元给了父母、两千元分别给了两个姐姐，一千元用来租房，一千元吃饭，另外一千元，花在跟女朋友蓝稚群约会所需的开销。

那时候，凤凰男这个称呼还不流行，但是于北栋清楚自己的出身。他并不自卑，也没有表现出任何不堪一击的自负。改变自己命运的强烈使命感，让他做事认真、待人诚恳。他倍加珍惜科华给他的这份工作，七千元的月薪在1998年不算少了。在他和蓝稚群交往之初，他就把自己的家庭情况一五一十交代清楚。他爱她，不想对她有任何隐瞒。也不想因为掩饰自己虚弱的自尊去伤害那个阳光的、未经世事的女孩。

蓝稚群去百草园公寓与于北栋相聚，那是他生活中最大的期待。公寓凸窗用的是白色纱帘，质感很好。蓝稚群喜欢这种简约的白色调。

“于北栋，以后我们有了自己的房子，你答应我，要买白色的窗帘哦。”蓝稚群光着身子，把自己裹在白纱窗帘里露出脑袋，冲于北栋呵呵笑。“我要跟这间公寓一模一样的白色窗帘。”热恋期的男女规划未来的点点滴滴，这种时刻总让人感到无比幸福。于北栋的心化了。他爱这个女孩，非她不娶。他在心里发誓，一定要让她住上自己的房子，房子里一定要配上这种白色的窗帘。

白纱窗在眼前一直飘啊飘，载不动沉重的回忆，带不走此时房中浓而不透的压抑。当年的那个女孩，把自己裹在窗帘中兴奋不已的女孩，对未来满怀憧憬的他们，这些年，到底去了哪里呢？

于北栋回到现实，189 平方米的大房子空旷闷热。稀稀落落的灯，每次回来好像又添了几盏。

“这个家，这个房子，给你。”蓝稚群爽快开出条件。她不期望于北栋能同样爽快地答复自己。她也知道于北栋在乎的不是房子，不是财产。她不想跟他在房产上纠缠，不是因为自己不在乎钱。189 平方米加上 30 平方米露台的房子，在房价高企的一线城市深圳，已经是豪宅。蓝稚群不想再等待。她只想尽早结束这种生活状态——婚内寡妇。

十天前，于北栋从 E 国出差回国，蓝稚群向他提议离婚。

蓝稚群不是文艺女青年，春花秋月什么的就要哭一下，她很少哭。也许因为她出生在军人家庭，在父母的要求下她坚强勇敢地长大。初恋遇上于北栋，那个不服输的毛头小伙子。没有复杂的感情经历，她就把自己全部交给了他。妈妈当年对他的家庭条件颇不放心，爸爸却以军人的敏锐直观地看到了于北栋十年后的发展。“出身是差了一点点，三辈兴旺三辈矬，我看这小伙有潜力。”父亲一锤定音，惯于服从的母亲也不好再继续反对。

于北栋娶了蓝稚群，裸婚。蓝稚群的父母有心赞助一笔首付款，想帮他们安个小窝。于北栋委婉却坚定地拒绝了。他想凭自己的能力，买真正属于自己的房子。不辜负妻子，也不辜负把女儿交给他的岳父岳母。

他干活就像拼了命，不是像，就是拼了命。他常常加班晚上不回家，新婚的蓝稚群，也不好意思撒娇总缠着他。在她从小到大的印象中，她的父母也总是忙于工作。特别是蓝稚群的军人父亲，一有任务就几个月不归家。在蓝稚群眼中，自己的父母是为事业而互相扶持的同志，不是生活中的柴米夫妻。在这种家庭氛围中长大的蓝稚群，磨炼出坚强独立的个性毫不奇怪。她知道丈夫为事业打拼，为了让他心无旁骛，蓝稚群只好自我隐忍，独自消化生活中细碎的喜怒哀乐。

3

2000年前后，科华所在的通信行业进入一个尴尬时期。一方面通信业迅猛发展，一方面研发力量没有跟上国外竞争品牌，导致科华在研发、生产、出货等各个方面面临严峻考验。科华创始人一再发文鼓励员工——直面科华的冬天。与此同时，某级以上的中高层领导，全部集体降薪。紧接着大规模裁人开始，一年前扩招进来的新员工，几乎被炒掉一半。于北栋幸而不在裁减之列。科华上下人心惶惶，或走或留，很多人都在纠结。

囤粮过冬的战略下，于北栋的直接主管耐不住焦灼，跳槽去了当时条件更好的竞争对手。他想把手下最得力的于北栋也带过去。于北栋几乎不假思索就拒绝了主管的好意，并非他具备高瞻远瞩的能力，能看到科华其后的大发展。他是舍不得放弃做到一半的项目。不论结果如何，他想坚持做下去。

“我不喜欢半途而废，也不是一个见异思迁的人。稚群，你是懂我的。”

他的执拗和固执，让他看起来有种理想主义的光辉。这种特质，说好听的叫执着，说难听点儿，就是轴和傻。

科华风云激荡、内忧外困，多少家庭悲欢离合，多少员工挣扎求存，不是当事人难以有同感。天涯等论坛上，员工家属都在议论这事，科华内外弥漫着悲凉气息。被炒掉的员工家属咒骂科华没人性，有些提早跳槽的员工暗自庆幸跑得快，一部分科华家属表现出幸灾乐祸，蓝稚群觉得恶心。于北栋没有被炒，也没有主动跳槽，对于蓝稚群来说，生活依然像从前那样。

“不抛弃，不放弃，老婆，你支持我吧？如果科华倒了，我也认了。你最喜欢的扶郎花的花语，有毅力、不怕艰难。”于北栋说着，把一束包好的扶郎花递给妻子。蓝稚群很惊讶，她没想到花店还有这种花卖。这种花没什么香味，喜欢的人不多，一般的花店不会卖这种花。

“这种花还有夫妇互敬互爱、妻子支持丈夫成就事业的含义。”于北栋清清嗓子，扭扭捏捏又动情地对蓝稚群说。

蓝稚群知道，于北栋打定的主意不会轻易更改，说征求自己意见，也不过是表面上尊重自己，走走形式吧。找到扶郎花肯定费了不少力气，他居然还查了花语。蓝稚群既感动又惊喜，一瞬间回不过神来。她心里想着，一个大男人花时间去做这些事挺不容易的。

嘴上却说：“送一把没有香味的花给我，就要我无条件支持你，我看你呀，不过是先斩后奏。”

“你知道吗，老婆，出征誓师大会那天，我感动死了，你要是在现场，你会哭的。”

接着，也不管蓝稚群要不要听，于北栋开始讲述令他难以忘怀的誓师大会。

誓师大会上，实验室的工程师、市场部的销售人员、后勤的秘书，还有基层的研发员，像于北栋这样的人，还有各个层级的大小领导，大家全集中在研发中心礼堂。

平时难得一见的大老板现身，亲自为大家斟上一杯壮行酒。他先是发表演讲，大老板口才真好，演讲稿言辞恳切又壮怀激烈，只是地方口音有点重。他说：“我和大家一起拼了！”真是掷地有声啊！然后他出其不意地将酒杯掼向地面，我听到麦克风里传出酒杯破碎的脆响声，一下子就被镇住了。

于北栋将手里的白酒一饮而尽，火辣的酒精味从口腔到鼻腔直冲脑门，整个大厅，被一种慷慨豪迈的气势笼罩着。没人指挥，于北栋用力将酒杯摔向地板。

“溅碎的酒杯像海浪，冲击着在场的每一个人。”于北栋说了一句文绉绉的比喻句。

“不破楼兰誓不还！”在场的每个人声嘶力竭喊着口号。于北栋说，那一天，他觉得自己像即将出海的勇士，踏上未知的征程，面对难以意料的风险，然而，这些都不足以阻止他乘风破浪的决心和勇气。

于北栋一不跳槽，二没有被炒，他把理由都做了分析，对妻子也算做足功夫，又是买花又是解释，蓝稚群一定是百分百支持自己的。

报名去海外这么大的一项决定，事先并没征得蓝稚群的同意。蓝稚群不是一个离开男人就哭的依赖狂，她自认是勇敢坚定明事理的女人。可是，丈夫不打招呼就报名去海外，意味着什么？他忘了他们才新婚没多久吗？

以于北栋对蓝稚群的了解，他以为妻子也一定会毫无顾虑地支持他出国的决定。于北栋飘乎乎地想着，让妻子给自己准备哪些行李……可他高估了女人的忍耐力，也低估了自己的陪伴对于妻子的重要性。

琴瑟和鸣的美好氛围转眼就变了风向。那天晚上，在他们刚买下没多久的小两房中，爆发了夫妻二人从来没有过的激烈争吵。绛红色的扶郎花包在透明包装纸里，多么可爱。蓝稚群想都没想，就把花抓起来冲于北栋扔了过去，凌乱的花瓣犹如慢镜头一般在空中飞舞。

“你根本不在乎我！”蓝稚群恶狠狠地说。

“你去破你的楼兰！”蓝稚群从卧室里，摔出于北栋的被子和枕头，迅速关紧房门。

她哭了……

也许，从那年开始，他们的婚姻便埋下了随时引爆的雷管。

只是一直没有点燃引线，不过度追究的话，他们的婚姻看上去四平八稳。

于北栋申请出国，蓝稚群反应激烈，依然没能阻止他。他的执拗和固执，不只是表现在事业心上。或者说，在事业和家庭之间，他不得不委屈妻子，他不得不偏重事业。

泰国的骨雕、德国的净水器、非洲的大钻石、日本的化妆品、法国香水……每去一地，于北栋都会给她带回当地特产。每次回国，他也尽可能陪着她。工资卡、奖金、分红也通通交到她手上。

“我的不就是你的吗？”于北栋是这么说的。

蓝稚群很想回答他，可你人不是我的。

于北栋以为，随着岁月推移，他们的婚姻之船，已经驶过最凶险的暗礁，驶入相对平静的大海，远处是一望无垠的海平面，等待他们的将是平静和悠然。

4

于北栋没想到，这次回国，妻子蓝稚群居然直接提出离婚。

没有任何回旋，也不像赌气随便说说。在此之前，他们的视频交流中，蓝稚群从来没有透露出这层意思。

“离婚又不是儿戏。”于北栋百思不得其解。他第一反应是，莫不是妻子起了外心，在外面有了人。但她回家从不上网，也不在手机上指指戳戳，没有额外的外出交际，甚至对自己的形象，也是没有过多关注的。每天穿着制服去上班，下了班就回家。

“嘀嘀嗒嗒嘀嘀，嘀嘀嗒嗒嘀嘀……”于北栋手机响起解放军打仗冲锋号的声音。这是他为公司来电专门设置的铃声。听到铃声就像听到冲锋号的号令，几乎是条件反射，于北栋迅速打起精神，他得把注意力暂时从妻子要离婚这件事情上转移开去。

灯光影映出蓝稚群的影子。她想让自己麻木，但是于北栋的铃声总是阻断她的思维。嘀嘀嗒嗒嘀嘀的声音无孔不入，迅速塞满 189 平方米的房子，蓝稚群无处可躲。她换了换坐姿，伸了伸腿，腿有些麻木了。

她的工作，怎么说呢，外人看来，充满着惊心动魄。偷渡客、走私犯、水客、查抄、没收、罚款，这些算简单的，还有那些深不见底的大案子。工作让她见识了人性的贪婪与险恶。每天下班回来，家里空荡荡的，没有一个人在等着她，给她端上热茶热饭，陪她散步聊天，让她倾倒心底的憋闷。回到家，她只有不会说话的灯光陪着她。

她从同事口中的“小篮子”，变成了蓝姐，虽然她从不为自己的外貌发愁，面对自然的衰老，眼角那几丝不明显的皱纹，鼻梁口唇处隐隐的法令纹，她有种冷酷的坦然。按说岁月应该是公平的，既然带走了她的青春，就应该适当补偿她一些饱满的人生体验。

她不理解那些为了隐藏老相去整容的人。身体上的衰老是谁都躲不过去的。她只是越来越害怕自己内心的衰老。它正以百倍于外貌衰老的速度，占据和蒙蔽自己曾经澄澈的内心。那颗心，从前充满希望，满溢爱意。

那个女人用胶带把自己从上到下绑了一圈又一圈，鼓突的肉上，布满胶带捂出来的汗。蓝稚群让她解开胶带。肥腻的手指掐住蓝稚群的脖子算是回应。同事冲过来解救她的时候，她已经快要休克了。

回到家，她没有办法跟灯光诉说自己白天的遭遇，也不可能把脖子上的掐痕展示给灯光。她还得用心防着父母知道。至于于北栋，只要他一忙起来，常常几天都没有音讯。她只好把自己放进浴缸，拼命擦洗脖子上那几条紫红的印子。她觉得脖子上好脏，好脏。

她每天接触的阴暗、罪恶太多，又没有日常的家庭生活干扰和切断她的这些负面感受。上班时戴着的面具穿着的制服，把她彻底罩住。她没有办法在业余时间里做第二个自己——生活中的自己。很多心事，她和丈夫，彼此间隔着电脑和手机屏幕，无法言说。那些曲折的、偶尔的心绪，兜兜转转，不得发泄、不得倾诉，憋闷在心，最终被强制按下，带来的后果，是她觉得自己失去了感知周遭的能力。

不记得在哪里看到那句话——爱情是皮肤的渴求，是对抚摩的盼望。四十岁的女人，俗话说如狼似虎的年纪，在蓝稚群这里，因为于北栋的长期缺席，她的欲求随之变得寡淡。这次他回来，头一晚上，他急迫地想要得到她，在她身上释放爱意和欲望。她由他发挥，自己的身体没有给出激烈回应，她不再心痒猫抓地想到他，也不再热切迎合他。她的身体也和心灵一样，失去了感受甜蜜、欢喜、酸楚，甚至悲伤的能力。

她足够信任丈夫，相信他没有在外面乱搞。科华的家属，三三两两，蓝稚群也加入过一些 QQ 群。她们中的大部分人是家庭主妇，她们的科华丈夫，有外派的、出国的，总是出差的，或者总是加班的，分离的密度与距离时刻考验着夫妻间的感情和忠诚度。

蓝稚群上班期间不能上外网，不当班的一点点时间，她偶尔会上这些家属群溜达一圈。蓝稚群很少说话，几乎都是潜水状态。科华家属群里的大部分人都没有上班，她们是专职家庭主妇、全职妈妈。家属们交流的最热门话题，除了怎么防小三就是谁谁又闹了小三。怀孕生孩子养孩子带孩子，全是婆婆妈妈，跟蓝稚群的生活八竿子打不着的事儿。在这些家属眼中，除了攀比各自丈夫的工资级别奖金收入，就是管控丈夫的招数，或者就是一些跟婆婆斗争的技巧。这些东西，蓝稚群都用不上。

蓝稚群打心底有些看不起这些家属，又有点羡慕她们。至少，她们有属于自己的空间，她们聊起最私密的话题，床上的，房中术，毫不顾忌。她们发牢骚，骂丈夫以及丈夫的上司毫不留情。她们琐碎而真实地生活着，她们充满着民间智慧。她们中的一些人抵得上性爱专家、育儿专家，她们还是持家理财的高手。她们活色生香泼辣鲜活，她们有自己的领地，她们不封闭自己，她们能自曝其短，她们沾沾自喜，她们彼此看不顺眼，也会在声讨某个小三的时候，众志成城，空前团结。她们的日子才叫婚姻生活。

她的公婆远在河北老家，来深圳语言不通，生活习惯不通，吃饭的口味完全不一样。蓝稚群在深圳长大，她从小吃米饭、吃鱼，口味清淡。公婆吃米饭根本吃不饱，吃面条得现擀，现擀面条很为难蓝稚群，挂面和港式伊面，公婆吃不惯。公婆喜欢浓油重酱，他们做出来的菜，样式粗糙，搭配混乱，盐倒是放得大方，每道菜都咸得要死。

与吃饭口味相比，蓝稚群和公婆之间，倒是没有任何的婆媳难题需要于北栋从中调停。公婆善良，没钱给蓝稚群，也很少过问，更谈不上干涉小两口的夫妻生活。大家南北各在一方，婆媳姑嫂之类的矛盾，在别的科华家属那里总是长盛不衰的话题。这些烦恼，在蓝稚群这里，从来没有出现过。

越是这样，对蓝稚群来说，这个家给她的牵绊就更少。

夫妻俩心底最大的痛，或许就是他们没有孩子。

准确来说，是他们不能再有孩子了。

刚结婚不久，于北栋被派到泰国出差，蓝稚群怀孕了。然而，他们夫妻俩对此毫不知情。

蓝稚群参加了单位那次打击偷渡客的行动。之前连续加班、劳累还有当时并不知情的早孕反应，让蓝稚群的身体濒临崩溃。那次行动由省高层直接部署，统一指挥。单位参加行动的人，手机上缴封存，不得向任何人包括家人透露行动。

蓝稚群严格执行了这项规定。

作为行动的外围辅助人员，她在红树林边境铁丝网处不幸遭遇漏网的偷渡客。出于职业本能，她拼命阻拦偷渡客逃走，付出的代价就是腹中两个月的胎儿不幸流产。

于北栋那会儿在泰国出差。得知消息后，第一时间赶回深圳。蓝稚群已经被送到妇产科医院，刚做完流产清宫手术。岳母在女儿床前抹泪，岳父阴着脸。蓝稚群单位送来的鲜花摆满病房，发出浓郁的香气。蓝稚群蜡黄憔悴的脸包围在鲜花丛中，眼睛布满血丝，眼袋浓重。

于北栋丢下手中的电脑包，冲到床前抱着妻子，连人带被子，把她狠狠裹在胸前。

“对不起，北栋……”蓝稚群眼睛更红了。

“我没有资格做母亲，我真蠢，我不知道自己有了……”强撑着的坚强在丈夫的拥抱中迅速瓦解。

“我们的宝宝……”蓝稚群压抑的啜泣终于变成大声放肆的哭喊。于北栋眼圈红了，泪水很快溢出眼眶，眼眶胀痛，视线模糊。他把妻子紧紧搂在怀里。蓝稚群眼泪鼻涕滚滚而出，很快浸湿了于北栋前胸。他慌神，又心疼，完全不知道该怎么安慰刚失去孩子的妻子。只得一个劲摇头，嘴里喃喃重复三个字，“不要哭，不要哭。”

“北栋，我们把稚群交给你了……”岳父岳母说完这话，轻轻带上病房门出去了。

于北栋抹了抹眼泪，打电话向上司说情，讨来五天假。他决定这五天要心无旁骛地陪在妻子身边。他连蜜月都没有时间陪她，这个时候，即使泰国项目火烧眉毛，他也只能先放下不去理会了。

那是他们夫妻俩从恋爱到结婚经历的最大劫难。除了安慰和陪伴，于北栋担心妻子过于自责。第一天，第二天，到第四天第五天，泰国项目组打过多次电话催他赶紧过去。他压低声音，冲主管咆哮，“难道科华几万人就找不出一个于北栋吗？”主管沉默了几秒钟，回答道：“是的，项目急需你归队，这个项目，到了最紧要关头，友商在使绊子……”再沉默几秒钟，主管又接着说道：“弟妹那边，我去做工作……”不等他把话说完，于北栋就把电话砸了。于北栋第一次感到无力。

他摔坏手机，不开电脑，还把家里固定电话的线也拔掉。“他妈的，大不了老子不干了。”他愤怒地想，他觉得自己从来没有像现在这么讨厌科华。

他硬顶了两天，不开手机不开电脑，让自己消失在同事和上级眼中。

直到陪伴妻子的第七天，于北栋终于忍不住打开电脑。无数封电子邮件争先恐后涌向他。邮箱里加粗加黑字体主题的邮件很快刷满一屏。要命的指标和工作任务幻化成带剑的武士，冷酷无情地刺向于北栋。

发自科华人力资源部的一封警告信，将于北栋彻底拖回现实。信中说，如果他再继续无故旷工，人事部只好请他走人。于北栋一直搞不清楚公司人事部到底是不是由活生生的人在运作。无论有关人力资源的哪个环节，招聘、面试、答题、审核资格、考勤、考评，甚至解聘等，人事部的表现，就像没有情感起伏的机器人。他们隐藏在看不见的角落，还时时刻刻监视着员工的一举一动，到底怎么做到的？

外界看来，这套系统可是了不得的智能。于北栋觉得好讽刺。

他也知道自己没办法继续逃避。他好不容易，付出那么多才打拼到现在的位置。如果就此离开科华，他不甘心。可是马上去泰国跟上项目，他又不得不放下妻子。这时候，他终于理解为什么周围那么多同事哥们，他们的太太为什么婚后不得不辞职回了家。

蓝稚群睡着了。于北栋坐在床边心情烦躁又焦灼，不知道如何是好，下一步该怎么办。

80平方米的两房一厅格局紧凑，卧室摆了大床、衣柜、穿衣镜，还有一个兼写字台的梳妆台。蓝稚群平时不化妆，特意寻了这款多用途的写字台。写字台上放着一对瓷器公仔，做成古装的新婚夫妻互相作揖对拜。这是他们领结婚证那天在商场买的新婚纪念品，花了三十块钱。蓝稚群把这对瓷人儿放在显眼处，隔三岔五抹去灰尘，瓷人儿的脑袋和身体由弹簧连接，轻轻震动，两个瓷人便摇头晃脑憨态可掬。

岳父岳母通情达理，从来没有给他施加过额外的压力。实在不行，只有厚着脸皮去求求他们，过来照应妻子一段时间，最主要的，是担心妻子抑郁，有人陪着，自己也好放心出去。想到这里，于北栋终于吁了口气，又觉得自己是不是太自私。瓷人喜笑颜开盯着于北栋，好像窥破了他此刻的心思。

于北栋去泰国不属外派，他的人事关系还在国内。只是他报名出征海外市场，而泰国项目恰是他们一直在做的，安排他去泰国合情合理。泰国到深圳距离不远，飞机也就三个小时左右。他踌躇满志欣然前去。出去两个多月，项目有些进展，跟泰国方的沟通渐入正轨，领导对于北栋越加看重。这个节骨眼上，妻子却出了这档子事。于北栋本能心疼妻子，怕她伤心，又隐隐担心泰国项目进展不顺。说到底，于北栋既放不下妻子，更放不下工作。

他得赶紧给主管打个电话，确认项目进度。

他确认妻子睡熟，蹑手蹑脚出了卧室，去书房开了电脑，戴上耳机开始打网络电话。

电话打通之后，主管干脆召集了一次项目全体成员的电话会议。项目组成员，国内总部的、泰国公司的，还有在家里的于北栋，在电话里各抒己见，交流信息，思维碰撞，气氛之热烈远超面对面的真人现场会议。

于北栋请假后，他的一部分工作分解给其他同事，但也还有一部分实在无人可以分担。本来嘛，每个人都已经一摊子事儿，每个人都在加班加点超负荷运转。于北栋感激同事，恨不得早点回泰国，完成耽误了几天的工作任务。

电话会议的尾声，按捺不住感激之情，于北栋说了几句掏心窝子的话："我家里没事，我会安排好，老婆一定会体谅我的……请大家放心，我争取明后天归队……"他的话感动了同事、主管，甚至感动了自己，就是没想到，蓝稚群倚在书房门框上，完完整整听到他的慷慨激昂。

不爱哭的蓝稚群，心中泛起一阵酸，眼窝跟着又湿了。她知道，于北栋给不了自己甜蜜蜜，他不是老婆孩子热炕头那种男人，指望他你侬我侬，是不现实的。她咬着嘴唇，忍着要滴下来的泪，转身缓缓走回卧室。

那一夜，于北栋不再辗转反侧，躺下没一会儿就睡着了。蓝稚群把自己挪到床边，尽量不靠近丈夫。夫妻俩的床上，好像有人在中间画了一条看不见的分割线。

5

第二天，于北栋很早起床，拖地、擦灰，拆洗被套床单。他很少干家务活，从前没干过，婚后忙工作也没多少机会干活。蓝稚群冷冷地看着他，丈夫用殷勤干活掩饰真实目的，不就是想减轻负疚感吗?

“老婆，我带你去顺记喝早茶，喝点老火靓汤补一补。”于北栋自以为掌握了妻子饮食方面的偏爱，投其所好地建议。

蓝稚群摇头。

“要觉得腻，或者我们去红荔村吃肠粉？”他又想当然地认为，妻子这几天猛补各种汤水，说不定嫌老火汤太腻。

蓝稚群轻轻叹了口气，不置可否。她静静地端着茶杯，望着阳台，外面赶工上班的人群，每个人都在急匆匆地赶路，无声的画面，让她联想到蚂蚁。

“我知道了，老公我决定亲自下厨，做一桌私房菜。”于北栋觉得自己的想法简直伟大，情不自禁拍了一下大腿。啪啪声打断了蓝稚群的观察，她收回视线，略困惑地看着丈夫。

于北栋手舞足蹈，等待蓝稚群首肯。

“我累了，去歇会儿，你打电话叫我爸妈过来吧。”话没说完，欲言又止，后半句生生忍了回去。她想痛快淋漓地质问丈夫，打算怎么安排工作，又怎么安顿她。但她没有，她没有这个泼辣劲，从来都没有。她一直是乖巧懂事又坚强勇敢的。哪怕在意外失去孩子的这个特殊时期，她替丈夫考虑的还是比自己想从对方那里得到的多。

每个科华打拼的男人背后，或许都有一个像自己这样的女人吧，又或许，自己能做到的，远不及家属群那些全职主妇那么多。她们中的有些人，也是上过大学、有学历、有思想、有见地的女性。现实的残酷就在于，她们嫁给了科华的男人，男人们全副武装上了前线无暇他顾，她们就被一个个拖回家庭。生养孩子、照顾家人，耗去她们的心力，渐渐失去在社会上应有的一席之地。

蓝稚群躺在床上安静地想，如果自己没有流产，如果孩子在自己肚子里待上九个月，于北栋又能为自己和孩子做些什么呢？除了挣回来钱，比其他行业稍微多一些的钱，于北栋给不了自己细心体贴的陪伴。他和他的工作，让他没有办法做一个知冷识热的丈夫。说不定到那个时候，自己会更加怨气冲天呢。于北栋出差做项目，一去就是三五个月，难得回来一趟，待不了几天还得走。他们的日常交流，她作为女人作为妻子的那些需要，被宠爱、被照顾、想撒娇的需求，于北栋是看不到的，也是无法及时回应的。

孩子啊，或许老天爷不愿意让你跟着妈妈受这些苦，所以，把你召唤回去了。你找个好人家再去投胎做人吧。蓝稚群突然悲伤到极点。她起身关了卧室门，拉了被子罩住脸，这才放出哭声……

两天后，于北栋回了泰国。他扭扭捏捏地把蓝稚群托付给岳父岳母。蓝稚群没有去机场送他。从这时候开始，每次离去、回来，蓝稚群都不再像从前那些短暂分开的时候，把他送到机场，看他过了安检，情意绵绵地目送他消失在自己视线中。

科华员工出差，去机场车站，公司报销的士费。于北栋不想劳烦妻子开车送他，一是两人时间难碰，二来也不愿意增加妻子“工作量”。他一个人，随时拎起行李来去自如。他善解人意又一厢情愿，以为自己是替妻子着想，“蓝稚群上班已经很辛苦了，有空折腾送他，还不如就在家多休息”。

他从来没想过让妻子辞职回家。他觉得这种想法太自私，自己潜意识中也不愿意太太做一个庸俗的家庭妇女，每天纠缠鸡毛蒜皮。他有自己的私心。有朝一日，自己功成名就，他要把妻子隆重地带出去，带着她出席各种社交场面。那些大人物带出去的太太，都不是庸碌的肤浅女人。这层野心，他不敢多想，但它确实存在，连同对妻子的歉疚一起，外化成他努力工作的动力。

他坚信自己有一天能达成心愿，哪怕为此牺牲掉夫妻间的朝夕相处，哪怕蓝稚群短期内不能完全理解自己，于北栋也会狠下心来，以事业的成功为人生第一导向。

想明白这些，他没那么纠结了。与他同期进入科华培训的那位技术大牛，工作能力没得说，工作态度却显得随心所欲，主要是不善于跟领导沟通。活儿做得再好，跟领导不合拍，在科华基本上就等于“闲人”，迟早要被淘汰。短短几年，两人的差距越拉越开。于北栋像搭上直升机，一直在往上升。而大牛呢，始终原地踏步，如果不是技术还过得去，以他那种清高孤傲的个性，早被科华开除了。在科华，能干活还要巧干活，干那些能看到成绩的，领导看得见的活儿，才有机会得到重用。

休养了七天后，蓝稚群坚持要去上班。没有丈夫陪在身边，80 平方米的小两房显得空旷。与其在家里徒增伤感，还不如把精力消磨在工作中。她不认为自己有强烈的事业心，只求做好分内事就够了。她不是没想过，假如自己辞了职，全身心陪着于北栋，以成就他的事业为自己的事业，牺牲自己成全他。这种念头一闪而过，带给她不小的惊吓。她才二十几岁，父母健在，又是独生子女，没有别的负担。缉私警察的工作虽然辛苦，但是国家机关工作人员的那份稳定，不是谁都能得到的。这份稳定多少人求之不得，怎么能轻易放弃呢？她不想把自己的未来全部拴在于北栋身上。

也许，就是从那时候起，她开始喜欢上各式各样的台灯。于北栋挣回来的补贴奖金、分红，每年都比头一年多。两人花了四百来万，买下后来那套 189 平方米的大房子，结婚时那套 80 平方米的小两房就出租了。他们夫妻俩的物质条件，比上不足比下有余。蓝稚群也不是物质欲望很强烈的那种女人。

亚洲的泰国、日本、马来西亚，再到欧洲的德国、西班牙，又辗转至非洲、南非、北非，一直到条件最艰苦的西非……三年、五年、十年、十五年……仿佛几个转瞬而过的镜头，于北栋级别越来越高，和蓝稚群聚得越来越少。

前几年，他们试着要过几回孩子，总是不能如愿。于北栋不像大部分的普通男人那样，要在合适的时间完成生儿育女的任务。他在老家小县城给父母买了房养老，每年还另给父母几万块生活费。公婆不像其他老人那样，总要逼子女生个一男半女。蓝稚群自己，除了工作，就是研究灯具。还报名去学了茶道、花道、面点制作等修身养性的课程。

年近四十，没有经历过生育的她，身形依然苗条挺拔。没有家庭琐事羁绊，没有子女教育带来的焦头烂额，外表看上去，蓝稚群从容优雅。这些年，她身边不乏优秀男人给她暗示，想往那方面发展。有些男人胆子大，表白既露骨又热忱。她的心思却完全不在男女之事，她认为男人都一样。男人的终极成就感并不是娶到一个好老婆，或者以拥有一个好老婆为荣，他们只不过把女人放在家里，替自己守好门户，好让他们往前奔事业。于北栋已经是这样一个人了，何苦再招惹另外的男人从头体验。

一些男人不自量力无来由地自信，他们以为，蓝稚群常年一个人，必定非常渴望男人的慰藉。你情我愿玩玩感情游戏出个轨上上床，彼此没负担，多刺激。蓝稚群当然能够看出他们的用心。她不点破不拒绝不应和，就像没看到没感应一样。渐渐地，对她有非分之想的男人就少了。

大部分同事都了解她的家庭情况。科华这几年声名鹊起。社会上把科华家属简称为“华嫂”。与她相熟的同事，也华嫂长华嫂短地叫她。电视上、网络上、报纸上，成天都有关于科华的新闻，她也跟着看一看，了解了解。老实说，她对自己的华嫂身份鲜有主动认知。家属群组织聚会，有两次就在自家附近，她也没有去参与。

她总觉得，自己跟她们，唯一的共同点就是华嫂身份，除此以外，她们之间差距太大。内心里，对全职的华嫂，蓝稚群还是有些不愿承认地看不起。

科华每次大动作，部门调整，工资奖金分配，以及内部股票分红，级别晋升这些事，家属群的太太们传得比科华员工还快。搞不懂她们是怎么做到的，也许因为科华太大了，华嫂们的老公分布在各个产品线、各个部门，消息有快慢之分。华嫂在网上互通有无，很快就把信息收集完整。

最近，华嫂们在调侃一个高频词“奋斗者”。看她们聊得欢快，蓝稚群禁不住好奇，便用心留意聊天内容。

华嫂 A 先挑起话题：大家有没有听说，科华要我老公签什么奋斗者协议。

华嫂 B 马上接上说，我家的回来也说了这事。

不明真相的呆萌 C 会在这时候插入一句，什么叫奋斗者啊，我们没听说呢。

一般，每次的话题，几乎都按照这种自发的模式完成起承转合的作用。然后大家你一句我一句开聊，并且都习惯以“我老公”作为主语。

看了大半天，蓝稚群还是追不上她们的节奏。她很好奇，就给于北栋留言，让他抽空说说公司这个奋斗者到底是咋回事。

蓝稚群和远在非洲的于北栋，有五六个小时时差。于北栋在那边忙到七八点钟吃晚饭，深圳这边已经是夜里一两点钟，蓝稚群早已经睡了。经过统一，夫妻俩把上网聊天的时间，约定在深圳晚间九点左右。

“我听说科华在搞什么奋斗者协议？”蓝稚群问。

“是啊，老总发文了。”于北栋回。

“到底是怎么回事，好像大家都在议论。”蓝稚群又问。

“就是提倡大家艰苦奋斗。”于北栋显然不把这个问题当回事，不紧不慢地应付着。

“那协议又是怎么回事，能不能详细说说。”蓝稚群加重了语气。

“就是自动放弃年休假、婚假、加班工资、丧假等福利吧。”于北栋依然轻描淡写。

“你会签吗？”

“我签不签有什么区别，反正我也没时间休假，天天都在加班，签了还给个名分。”

“不签会怎样？开除吗？”蓝稚群继续追问。

“不会开除，但是签了协议的奋斗者，在任职、配股以及在职业发展上，会比没签的人机会多一些。”

“你签了吗？”

“我签了……我们代表处都签了，签不签的，对于我来说，不都一样，没事的，不要在意。”

于北栋的解释和家属们说的大致差不多。大家都说谁敢不签，不签，股票没保障，搞不好连合同都悬。虽然家属们怨声载道，调侃连天，但是大家都清楚，在现实面前，随大溜才是最明智的做法。

6

蓝稚群以为奋斗者协议只不过是科华众多管理措施中的一种，她压根没想到，科华居然真对不签这个协议的人动刀。

动刀的对象，她隐约认识，就是与丈夫同期加入科华的那位技术大牛。

网上炸了锅，科华的内部论坛上各种消息满天飞。家属群成天都在议论这件事。整整讲了一个星期，有关科华的热点新闻很多，所以很少有什么信息能持续发酵一个星期。这次却不一样。奋斗者协议被大家调侃为“粪斗者”。公司 HR 对政策的执行，一向是坚定不移的。特别在政策实施初期，他们要考虑示范效应。蓝稚群觉得，杀一儆百嘛，丈夫曾经的兄弟，那位技术大牛，这次是躲不掉了。

几乎就在她替他不值和惋惜的同时，丈夫于北栋却开始动用人脉，为保住技术大牛的位子想方设法。这些是蓝稚群完全没想过的。她印象中的丈夫，为了任务和目标勇往直前不苟营私，怎么可能为了一个昔日同事搭进精力和人脉。搞不好，科华迁怒于他，连他一起收拾。当然这些都是后话。

和于北栋提离婚后，中间又经历了一些事，于北栋才把当时出手相助技术大牛的事儿告诉她。蓝稚群听故事一样地听完，那些曲折的剧情和转折，不输给任何一部商战小说。每一步采取什么办法，怎样的迂回，躲过或者绕过 HR 的明枪暗箭……蓝稚群完全相信，在事情进行当中，一切都是惊心动魄的。听完这些，蓝稚群觉得自己在某方面高估了丈夫，又在某方面低估了他。

她是在他们结婚的第十五个年头、分居的第十三年，于北栋从非洲回来公干的时候，向他提出离婚的。

那天晚上，于北栋习惯性地穿着那件破了 N 个小洞的科华 T 恤衫。189 平方米的大房子，夫妻俩各在一头，于北栋坐在工作台前，在笔记本电脑前忙活，遥控指挥手下干活。蓝稚群蜷缩在 L 形沙发上，懒得多说一句话，专心观察研究她的台灯、落地灯。

然后，于北栋好像说再宽限他一个月，等项目攻下来之后夫妻俩好好谈谈。再然后，是他拿着“嘀嘀嗒嗒嘀嘀”响个不停的手机去接工作电话，把自己一个人孤零零地留在客厅。

那天晚上风是闷的，吹得白色落地纱帘卷起蕾丝边。各式灯光也在风中改变了投射的光影。

于北栋的声音断断续续从里屋传出，蓝稚群依稀听到如下一些不成句的词：

我操、强攻啊，PPT，该请吃饭就不要想省钱……

常年在男人堆里打滚，于北栋学会骂娘，动辄以“我操”作为打电话的开场白。他早已经不是当年那个彬彬有礼的小男生。她记得，当年送给他的绿豆汤，他安安静静不带声响地喝完。

不知道过了多久，更深夜静，乱风飞舞，蓝稚群稀里糊涂乱七八糟地想着过去的事儿，甜蜜又心酸的过往，她分明看见年轻的于北栋伸着手向她走来，要抱她上床，她绵软无力，任凭他把自己抱了起来……

等于北栋打完电话出来，蓝稚群早已经在客厅沙发上睡着了。他小心翼翼地把妻子抱上床。开好空调，关掉几盏形状各异的台灯，留下一盏心形夜灯，粉紫色灯光安宁柔蜜。

非洲的项目迫在眉睫，是他苦战三年的收官之战。他不能在这个时候松懈，也不能让自己的家事影响项目成败。他沉吟良久，心中似乎有了计较。

安静的夜晚，突然传出一声响亮的鸡叫声。鸡鸣声引来宠物狗吠叫。喔喔喔与汪汪汪穿破夜空，久久回响。

于北栋忍住笑，养狗也就罢了，居然还有人在豪华小区养鸡。他担心鸡叫狗吠吵醒妻子，却见妻子嘴唇微张，露出点点牙齿，此时的她，比白天严肃的样子可爱。粉紫色灯光下，妻子一点都不像快四十岁的女人。带着怜爱的复杂情绪涌上心头，他给她掖好被角，在她脸上印上一吻，带上卧室门，坐回客厅电脑前继续工作。

7

一个半月后。

非洲，E 国，T 城 S 区，科华公司驻地。

一栋二层小楼，土黄色外墙赭红色半开放屋顶。四周两米高的铁栏杆，把小楼和前后空地围成院子。楼前空地停着几辆不辨品牌的车，有 SUV、皮卡等，看样子还过得去。一个当地黑人拎着水桶在擦车。阳光照着车顶，放射出刺眼的光。

楼后有大片斑秃草坪，靠墙堆着几堆杂物，几只脏猫躲在阴凉处舔毛、酣睡、打架。

草坪一侧，分明是新翻的土，红黄红黄的土，看上去没什么营养。土里刚种下什么植物，太阳把它们晒得蔫嗒嗒的。细看的话，有些枝条上，藏着几个小小的蓓蕾。

一楼右侧大开间，隔成国内常见的办公室格子间，放眼看去，一览无余。大约有二三十个人在里面忙忙碌碌。屋顶装着几个吊扇，哼哧哼哧卖力转着，也没转出什么风来。

“合同再过一道，不能有任何纰漏。”

“跟局方再确认一下时间。”

“大佬们的飞机能不能准点到？让司机再检查检查车辆情况。”

“西装呢，掉扣子的赶紧缝上，现在可以掉扣子，到时候可千万不能掉链子。”

“还有，后墙角那些花苗，今天浇水没？当值的每天浇水两遍，要是花干死了，今年的奖金就别想了。”

一个男人上身穿西装，衬衫下摆四处晃荡，领带歪歪斜斜，下半身却是一条夏天才穿的家居短裤，还是格仔图案的，脚上是棕色冲凉用的拖鞋。整个办公室就他一个人站着发号施令。他就是蓝稚群的老公于北栋。科华公司驻 E 国代表处首席代表。这栋办公楼里最大的官儿。

今天下午，于北栋就要代表科华公司，和 E 国通信商签约。前前后后几百号科华人的努力，将在今天下午得到见证。像更年期的妇女一样，于北栋事无巨细、婆婆妈妈、唠叨重复，提醒大家注意事项。

他本来想穿上全套西装，请大家评判如此搭配是否妥当，结果还没换上裤子，突然想起什么事，就从二楼宿舍冲下来布置任务，一忙起来，把换裤子这事抛在脑后。于北栋表情又是严肃认真的，看他这副模样，办公间里仅有的两个女同事忍不住笑出声来，两人对着他窃窃私语指指点点。她们觉得，此时的于北栋就像电影《泰囧》里的那个徐峥，于北栋和徐峥一样，是个大光头。

哈哈哈哈哈哈……其他人听到两位女士的议论，跟约好了似的，大家大笑不已。有个小伙不怀好意地说：“于总，你这副尊容，嫂子会不会不给你上床？”众人爆笑，办公室的气氛由此更加欢快。

外派的女同事凤毛麟角，E 国一下来了两个，这是男同事们一致认可的福利。到海外，特别是非洲这种欠发达地区，长得再丑的女同事也是香饽饽。单调的男人们，太需要异性调剂他们枯燥的工作和生活环境。

发达国家，家属带着孩子跟着丈夫出国的还比较多，非洲这种鬼地方，谁愿意带着孩子来受罪？特别是孩子的教育，在欠发达的非洲，根本耽误不起。所以，有家有口的科华员工，他们的另一半和孩子多半不会跟着非洲常驻。

外派非洲的艰苦补助，自然要比欧洲、亚洲地区高出许多。非洲条件艰苦，基建落后，配套设施稀缺，于北栋刚到非洲的时候，出了机场就是土路。大片荒地杂草丛生，几棵不成气候的椰子树歪歪斜斜的，举目望去全无风景可言。路上跑的车，放在中国，就是那种要强制报废的淘汰车。

许多年前，外派艰苦地区的科华员工，每人每天有 5 美金饭补。员工不在食堂用餐，这钱折现补贴给员工个人。5 美金根本不够吃饭。大家不得不自掏腰包，挪点工资来吃饭。2008 年以后，一方面节省费用，一方面又要提升员工待遇，科华就把每天 5 美金饭补提高到 15 美金，但是如果员工不在公司吃饭，这钱不退不折现。

这项规定具体落实到于北栋所在的 E 国，就成了空谈，原因没有别的，他们一直没有自己的食堂。艰苦地区吃饭买菜可一点儿也不便宜，菜、肉、配料、餐厨工具，不但价钱高还很难买到。三年前刚到 E 国那会儿，代表处没几个人，大家在附近其他中资机构搭伙，东一餐西一顿地混饭。

人少的时候还好说，科华派到 E 国的人渐渐多起来，搭伙公司的厨师、原料、配给都是固定的，给人家添了不少麻烦。再去混饭，就有点小媳妇看婆婆眼色吃饭的感觉，手下人跟于北栋嚷嚷不敢多吃，根本吃不饱。

外派已经够苦，没有妻儿父母亲人朋友在身边，也没有其他娱乐项目，从前形容农民苦，说的是“面朝黄土背朝天”，在科华外派员工这里，就变成了“面朝电脑背也朝电脑”。于北栋深刻了解这一点。十三年外派生涯于北栋几乎跑遍大半个地球。艰苦地区的后勤管理考验当家人的智慧。除了做业绩拿项目做维护，于北栋还得当好底下几十号人的大家长。兄弟们连饭都吃不饱、吃不好，怎么冲锋打仗？上次回国，他去找了总部领导，就差一把鼻涕一把眼泪地哭诉。他们的生活是如何的艰苦，工作又是如何的投入，不能让员工流血流汗还吃不饱饭……希望上面批准他们建个食堂。

蓝稚群跟他提离婚那个晚上，他听到小区里大半夜鸡叫，突然让他灵光一闪，觉得除了食堂以外，他们完全可以在驻地小院里养鸡。养鸡下蛋，随时能吃上新鲜土鸡蛋，还能孵小鸡，养大了煲鸡汤做白切鸡……那个滋味，不要太美妙，想得他口水直冒。

他的工作能力和业绩领导看在眼里，跟各个部门的关键人物，也算关系熟络，领导很快就批准他的申请，同意给他配个食堂，但是，公司不提供厨师，他得自己解决。

对于于北栋来说，这既是难题，也不算。有了许可一切都好办，他还不用发愁场地。至于厨师嘛，科华那么大，员工那么多，外派那么久，他丝毫不担心解决不了厨师的问题，他想要的，是一个精明能干独当一面的复合型厨师，光会抡铲子炒菜的，不能吃苦的，总讲条件的人，给他他也不想要。

去E国，于北栋背了电饭锅、压力锅、鸡精、方便面、老干妈、十三香，粉丝粉条腐竹香菇等一大堆干货。这些储备，开个个人小灶绰绰有余。到了办食堂的时候，再把电饭锅、压力锅等工具贡献出去。外派的同事，每人回国都养成习惯了，很自觉地背些中国特色的干货、副食去E国。E国T城算大城市，有些中国人开的小超市，卖价很高，订货周期也长，科华的人，很多时候宁愿自己多背一点，以备不时之需。

上次回国后背去的东西，大部分是蓝稚群帮他采购的。他想不明白，自己的老婆一方面提离婚，同时又愿意为他做那么多事。出来这一个半月，他比从前上了心，每天有话无话不管多忙，都要跟蓝稚群在电脑上视频通话聊一会儿。他不相信老婆真要跟他离婚，内心却终归忐忑，毕竟他是爱她的，他不愿意失去她。

蓝稚群话少，也很少主动问他什么，不再像从前那样，对科华的政策、新闻充满好奇，要于北栋给自己解释说明。老婆一副超然物外的感觉让于北栋紧张起来。他真得做点什么，改变两人之间目前的状况。

蓝稚群表面上看上去冷冰冰的，缉私警察的职业加重了她外表的冷漠。于北栋知道，她也曾经热情如火，对生活和自己充满信心。如果现在还来得及，他愿意努力，他愿意在自己可以支配的范围内做出改变。

他思来想去，想出一个主意。他通过曲线救国的方式，先取得岳父岳母的信任和支持，继而让蓝稚群同意了他的建议。

就在今天，科华E国首席代表于北栋的太太——蓝稚群，将大驾光临E国。

所以，大家应该理解，他为什么早早穿上西装，还打上领带，不光是为下午的签约仪式，也是为了表示对妻子到来的隆重欢迎。

“不能总穿那件破T恤衫了。”他在心里想着。

8

今天下午要去签约。蓝稚群的飞机也差不多下午才到。两件重要的事儿碰在一块儿，于北栋分身乏术。哪头都离不开他。昨天晚上的视频，他反复交代老婆带好物品、证件，又花了更多时间解释今天不能去接机的理由。

“老婆，我恨不得现在就把你抱过来……”他嬉皮笑脸地说。

“明天，你也知道，我确实没办法去接你，请老婆大人开恩、责罚。”

“对了，我给你开的清单，你搞定没？”于北栋得寸进尺。

蓝稚群淡淡地笑了笑算是回应。

“老干妈、十三香、尼罗非、花椒、八角、草果、桂皮、香叶、陈皮都齐了；小磨香油芝麻油花椒油只能带一小瓶；菜种、黄豆、芸豆、赤豆、西米、挂面，也备上了；保济丸、肠炎宁、清凉油、驱风油、双飞人、防蚊液，这些都是抢手货，也统统备齐了。”蓝稚群在心里对老公一一汇报。

“其他七七八八的工具，勺子、铲子、调羹、叉子、不锈钢碗筷、磨刀石，也都放包里了。”网购的面条机也已经送到，这是她给丈夫准备的秘密武器。

“于北栋，我看你更关心你的厨房家伙。”蓝稚群还是无声地对屏幕那头的丈夫说。

蓝稚群回过神来，赫然发现屏幕上的丈夫只剩半个脑袋半边脸，好像是扭头跟旁边的人说着什么。镜头有些摇晃，抖了几下之后，于北栋终于露出全脸。

“一想到明天好事成双，我好激动，今晚睡不着了老婆，那帮孩子说，等你来了，给你接风洗尘弄烧烤吃。”于北栋的兴奋劲儿好像溢出电脑，就要将蓝稚群整个人包裹起来。

蓝稚群回头看着 189 平方米的大房子，大件家具、平板电脑、冰箱、柜子、箱子，全都罩上防尘布。她喜欢的那些灯还是开着的，她兴奋夹杂着不舍，还有对新环境的紧张。有部电影叫《走出非洲》，自己反过来，走进非洲。

非洲大陆，遥远的异国他乡，未知的前方，蓝稚群突然有点同情丈夫。是啊，自己很少从他的角度去想，去感受。十三年前，打起包袱远赴异国的丈夫，走的时候，到底是怎样的心境。对自己、对这个家，他肯定有深深的眷恋和不舍吧。E 国那栋土黄色的小楼，于北栋给她看过照片的，虽然看上去又土又简陋，可那是丈夫辛苦打下的“江山”。

她陷入沉思。电脑上，于北栋已经下线，给她打了几行字留言，说他去开会了，祝她一路顺风，末了，还配个红嘴唇的亲吻图标。

他们约定给对方一个月时间，一起生活认真相处，检验彼此是否值得依恋，婚姻是否还能继续。给他机会，也是给自己机会，不管结果如何，不留遗憾才好。

蓝稚群在对话框打出留言：“那么，就让我真正走近你的生活吧，老公，我们明天见。”犹豫了一下，她还是把这行字删了。

还是这个白天，于北栋上身西装领带，下身还是格仔短裤。他的手机不停响。嘀嘀嗒嗒嘀嘀。总部的电话，地区部上司的电话，几乎每个人都在关心签约的进展。

科华公司E国驻地空前的忙碌，忙碌中透出喜气。一会儿他们得兵分两路，一路三人去机场接蓝稚群。大队人马则要去T城最好的酒店，今天的签约，将在那里进行。所有的环节一再落实，确认，千万不能出岔子。

终于清静下来，电话又响了。不明号码，不是嘀嘀嗒嗒嘀嘀的冲锋号铃声。他犹豫了一下，还是接了起来。

“啊？哦，也是今天下午？哪个航班？怎么不早联系我？”他冲着电话问道。

少顷，他挂了电话，找来负责接待妻子的两个手下，其中一个是刚才取笑他的女员工，财务小秦。他对他们交代着什么，足足说了十分钟。

两个手下一会儿频频点头，一会儿又满脸疑惑，最终明确了任务，出了办公室奔楼前而去。

黑人司机早就擦好了车，在门卫室闲坐。

一男一女两名员工不一会儿就坐上司机的车，出门奔机场。

没过一会儿，楼里出来十来个人，男的西装，女的穿工装裙，非常正式。几个人提着公文包。于北栋也换上西裤，衬衫领带笔挺到位，光头让他非常显眼，增添了几分大人物的气派风度。一行人分乘三部车，出铁门往相反方向开去。

汽车驶过，烟尘四起，路旁的非洲妇女头顶重物丝毫不觉得负重累累。光屁股的黑小孩追逐打闹而过。菠萝蜜结了不少果子，丑陋笨拙地挂在树枝上，椰子树还是歪歪斜斜的，树木、植物和人，都是一副随心所欲的样子。

“哇、哇，真的很土，我看网上攻略，一点没说错，你看那边，蓝姐，你一定没想到吧……”说这话的人，圆脸、大脸，小眼睛挤在短短的眉毛下，小平头，脸和脖子连接紧密。看得出这人非常兴奋。他口中的蓝姐，就是坐在前座上一言不发表情矜持的蓝稚群。

蓝稚群先从深圳到香港，又从香港转机，大包小包的行李把她折腾得够呛。父母不放心，说要亲自把她送到香港，她怎么舍得老人家舟车劳顿。她第一次出国，因为职业的关系，她的出国手续，相当烦琐，历经层层申报审批，终于成行。不巧的是，她的航班恰好是于北栋签约这天，丈夫不能亲自到机场接她，虽然有点失望，还是以大局为重吧，现在也不是计较儿女情长的时候，也不是二十岁的年轻女孩，四十岁的女人，再“作”就有点滑稽了。

在香港机场办手续的时候，有个圆脸小眼睛的男人，因为行李托运的问题，跟机场地勤发生争执。他死活不愿意行李寄存。

“我信不过你们，弄坏了你们赔不了。”他抱着他的大行李，那行李看上去圆不溜丢的。

地勤小姐努力地解释着，可是声音小，普通话不怎么样，越急越表达不清楚。

“这是什么？这是我吃饭的家伙什，我的招牌。”小眼睛男人得意扬扬。

香港机场说普通话的人很少，突然来了这么一位，声音大、气场足，语气还很拗，大家都好奇围过来。

蓝稚群管了这档子闲事。她会讲白话，三两下把男人的意图给地勤小姐解释清楚。她又转头用普通话把机场方面的管理规定向男人做了说明。一来二去地聊了几句，就把这事解决了。这个圆脸小眼睛的男人，自称道哥。他抱着不肯托运的行李，并不是什么贵重物品——三口大小不一炒菜用的铁锅。

两人惊奇地发现，原来他们要搭同一班航班，并且将去同一个地方。E国T城S区，科华公司驻E国代表处。男人自我介绍说，他是科华外派的员工。他的气质和蓝稚群印象中的科华员工差距太大了。科华的人，不苟言笑的占多数，不善言谈的又去掉一部分。而且，最重要的，科华人当中，不管是做技术的还是做市场的，很少有这种咋咋呼呼的性格。蓝稚群由衷地怀疑，并在心里迅速梳理跟这男人认识的过程。她不是阴谋论者，只是，男人出现得太蹊跷，也太巧合了。

结果，还没等她询问，男人说："我，道哥，去外国，当大厨，给科华打工，为祖国的高科技事业贡献力量！"先前，他之所以死活不肯托运那三口大铁锅，就是怕托运丢了，或者摔坏了。E国几乎买不到这种中式大铁锅。

"我那锅，姐姐，你是没见到，两个耳朵还有长柄。"他连说带比画。

嘿，蓝稚群瞎想半天，原来一切就是这么巧。她只好简单介绍了自己的身份。

不得了，这个小眼睛男人自此就缠上了她，将她视为女神。姐姐长姐姐短地热烈攀谈。

蓝稚群总觉得这小眼睛的圆脸男人有些面熟，似乎在哪里见过，想来想去，突然发现，原来他长得跟岳云鹏有几分神似。

啊——啊——啊，五环，你比四环多一环……于北栋喜欢小岳岳，还模仿过小岳岳这首成名曲。想到这儿，蓝稚群觉得这趟旅程，开篇良好，颇感安慰。

代表处派来接他们的一男一女两个员工，司机是当地黑人，讲法语，也会几句简单的英语。道哥自来熟，三下五除二把自己的底儿交代得清清楚楚。这不，掏出手机就跟大家要加微信。马上又想到，哦，还没连上网呢。

于北栋的两个手下，异口同声都管蓝稚群叫嫂子，这下，把大家的关系又拉近一步。虽然大家都是初次见面，车上的气氛倒也欢乐祥和。

到了地方，他们把蓝稚群领到于北栋的房间。在二楼端头，推开门，就是一个大敞间，床铺居中一目了然，简直没有任何隐私。床上乱七八糟堆着衣服、书，电推子、刮胡刀，横七竖八占了大半个床。蚊帐摇摇欲坠，胡乱用夹子夹在横杆上。红红绿绿的洗脸盆，底部还印着还珠格格小燕子的大头像。凉鞋、拖鞋、老北京布鞋不成双也不成对。写字台上就更乱了，方便面袋子，纸笔、鼠标、键盘，无一不蒙着一层黄土灰。桌上唯一摆放方正的，是蓝稚群的一张穿制服的艺术照，她伸手摸了摸，镜框上居然没有灰尘。

蓝稚群的眼睛不知不觉有些潮了。

这就是丈夫日常的生活环境，让她心酸的环境，可他却从来没有在她面前抱怨过。

谈恋爱时的百草园单身公寓，结婚时 80 平方米的小两房，以及后来 189 平方米的豪宅，和眼前的一切比起来，恍如隔世。

她打开箱子，整理行李、衣服，慢慢收拾丈夫的房间……

几个小时一晃就过去了。于北栋还是没回来。接她的那位小秦姑娘来敲门，问她饿不饿。蓝稚群没有胃口，她得赶紧把屋子收拾出来。科华在全球那么多办事处、代表处，三四万外派员工，除去条件好的地方不说，大部分人的生活环境，应该跟这里差不多吧。

丈夫这么拼，放着自家大房子不住，放着妻子红颜老去，蓝稚群心情复杂。

要说冲着钱，我们的钱紧着点儿，够花了。她不明白，丈夫图的是什么？

晚上九点，道哥敲响了蓝稚群的房门，给她端来一碗面，面条上盖了几片肉。

“将就吃点吧，蓝姐，你都大半天没吃东西了。”道哥诚恳地要求。他戴着厨师帽，穿着厨师的白色制服，胸前挂着围裙，比白天看起来严肃多了。

“我们刚才吃了，怕吵你休息，没敢叫你，赶紧吃吧，要不下楼吃，我那里还有榨菜什么的。”道哥热切地望着蓝稚群。

蓝稚群没说话，用力点点头，就随道哥下了楼。

院子里很安静，接他的黑人司机，估计应该下班回去了。他们本地人都不住在公司。

E 国的气候跟深圳差不多，不是传说中的那么热，因为纬度高，早晚有些温差，晚上还算凉快。

只是，空气不一样了。蓝稚群认真地深吸一口气，又吐出来，她结结实实踩在他国的土地上，再一次等待晚归的丈夫。

一楼右侧的大办公室，亮着灯，还有员工在加班，上网，做资料。

蓝稚群抬头望天，天空星群密布，繁星闪亮。

9

时差搅得蓝稚群一会儿睡一会儿醒，大约在半夜，于北栋终于回来。脱下来的西装领带袜子衬衣扔了一地。肯定是喝了酒，哈喇子流得满嘴都是，浑身酒气冲天，像蛤蟆一样趴在床边睡着了。一只手试图拢过妻子，半途失去力度，就轻轻搭在蓝稚群腿边。

窗帘外面，时近破晓，远处传来鸡叫声。蓝稚群恍惚间不知道自己身在何方。

她轻轻起身，悄悄穿衣出门，下楼。

院子里似乎道哥已经开始忙活了。

昨晚，她隐约记得道哥说今天要做顿大餐，给于总庆功，为蓝姐洗尘，并且隆重庆祝食堂成立。

道哥一个人进进出出在忙活。一楼左侧大通间即将改造为食堂。

今天要去买瓶装气、燃气灶具等一应餐厨用具。飞机带不进来的东西，都得在当地采购。

“我崇拜我自己，多么先见之明，炒菜的宝贝大铁锅带得明智。为了带它们，我还减了自己的行李呢。”道哥也没冲着谁，就这么自顾自说着。

蓝稚群返身上楼，把自己带来的那些调味品、干货搬下来。

她和道哥，俨然组成E国代表处后勤处。

采购任务繁重。说法语的黑人司机开车接送、拉货，还兼翻译。道哥把想买的东西告诉蓝稚群，蓝稚群翻译成英语给黑人司机，司机翻译成法语询问卖家。一个上午跑下来，效率不高，缺货也多。

蓝稚群很累，也很充实。她在国内潜水上科华家属群的时候，听说在海外办事处，随军家属就承担了大量的后勤管理工作。有个专用名词，蓝稚群想了半天，好像叫作“伙委会”，全称大概就是伙食管理委员会。在伙委会工作的家属有一点工资作为补贴，要做的事儿也不少。采购、招标、食品安全、厨师，食堂经营、用餐秩序……说起来简单，具体做起来，都是琐碎的细致活儿。

蓝稚群觉得，自己结婚十五年，好像从来没干过这些活儿。之前的自己，好像全然生活在另外的维度。她离真实生活的柴米油盐太远了。她太不接地气了。

出国前，她了解的一部分科华，就像新闻联播上宣传的那样，高科技，严谨。说到企业文化这块，她觉得科华不近人情。而眼前的科华代表处，她的丈夫日夜奋斗的地方，每一瓶调料都来之不易。

直到下午，跑遍了几乎整个 T 城，他们才勉强买到需要的物品，大部分东西得下订金订货，再等发货。时间长的，得等上 50 天。

她听到的大部分解释是“Come from China.”

国货早已走出国门，占领非洲了。

回到驻地，蓝稚群累瘫了。圆领 T 恤衫湿了个透。

于北栋眼巴巴地盼着她赶紧回去。用小年轻们打趣的话讲："嫂子，你再不回来，老于要登寻人启事了。"

有些人更加放肆，说："于总没有嫂子，连午觉都睡不着。"引得大家哄堂大笑。

于北栋挺享受大家的玩笑话，并不制止他们。他们好像也不怕他。起码在蓝稚群看来，这时候的他们，上下级的严格层级，表现得并不明显。

于北栋含情脉脉地看着她，身上的酒气没有完全散掉。他又变回随性衣着风，T 恤衫加短裤。只要不出去见客户，大家都这么穿。

道哥一刻也未歇息。于北栋从几十个应聘者中看中了他，目前为止，道哥没让于北栋失望，甚至还让他有些小惊喜。看上去大大咧咧的道哥，性格乐天随和，粗中有细，最难得的是，不像他表现得那样玩世不恭，他有理想。

没有理想的人，于北栋是看不上的。有理想，甚至有那么点儿野心，才会让人有持续的动力。不管他是想做厨师，还是工程师，或者什么别的职业。于北栋坚定地抱着这种观点，并且身体力行。

在强手如林的科华，一个没有任何背景的穷小子，十五年连升七级，做到今天的位置，并不容易。个中艰辛，他都不敢回顾。回顾这些，当中应该就是理想在支撑自己吧。

昨天的签约还算顺利。对方只挑了几处小条款，于北栋佯装为难，实则早已预留底线，装模作样争取了一下便给对方做了让步，皆大欢喜签了约。原本一直担心友商使绊子坏事，好在具体跟单的人，平时与客户关系维护到位，这家非洲通信商认准了科华，信任他们。这几年，科华在海外市场疾风突进，迅速占领一些重要地区，也给客户树立了信心。

签约仪式后，于北栋赶紧向深圳总部大佬电话汇报，那边说："于北栋，你这个名字哈哈哈，具有欺骗性，我看你一点都不被动，总是很主动哈哈哈，恭喜你，又下一城，哈哈哈。"

于北栋尽量让自己不要表现得过于兴奋，他握紧拳头又松开，默念了一百多遍"Yes"。

项目签约成功，项目组成员今年的奖金、分红、股票，都会很好看。于北栋觉得，自己对得起手下的弟兄和他们的家人。唯一的歉疚，就是对妻子，有那么一段长长的时间，他对妻子疏于沟通，过于冷淡。钻戒送了两三个，自己和妻子却越来越远。

"于北栋，接下来该搞定你的婚姻大事了。"他给自己打气。

然后，他就和同事们一起，跟签约客户喝酒，再然后，就是喝高喝醉了。

一觉醒来，妻子不见踪影，房间里清清爽爽，他嗅到妻子的味道。

他拽着妻子，不厌其烦地跟她讲签约。他急切地想让她知道，这么多年来自己到底在忙什么，在做什么事。

因为厨房工具还没完全到位，道哥又想做一顿完美的庆功宴，商议后，他们决定，等一周后再正式举办庆功宴。

签约只是拿到项目的第一步，后面的工作会更加繁重。据说总部还要往这边增派人手。研发工程师、售后工程师、项目交付工程师，甚至法务人员、财务人员，还将源源不断地充实进这栋小楼来。

于北栋挺着他的肚皮，肚子上几圈豪迈的肥肉圆鼓鼓的，他把蓝稚群拉到楼顶，像个大人物那样指点江山挥斥方遒。然后把妻子拉近怀中，紧紧抱着她。

“老婆，你看到后院墙角那些花了吗？那是我专门给你开辟的私家花园。你知道是什么花不？本来我想卖个关子等开花给你个惊喜，可我实在忍不住，它们是你最喜欢的扶郎花。我安排了人每天浇水，你有空可以去看看，已经有些花骨朵了。”

蓝稚群感受到丈夫的心跳，扑通、扑通，有力，扎实。他没比她高多少，蓝稚群修长挺拔，习惯性站得笔直，又担心被员工看见，她就有些扭捏。远处看过去，夕阳下，这对夫妻的剪影，女的并不小鸟依人，男的也不够高大威猛，就是一对普通的平常夫妻。

几只大鸟凌空飞过，蓝稚群觉得，此时此地，此情此景，用当时流行的一句台词来说，大约就叫作——岁月静好。

10

食堂的桌椅板凳、厨具，这些天都往小楼里陆陆续续送来。

道哥做三十个人的一日三餐，还要兼顾采购。于北栋批准再招一个本地人，洗碗搞卫生。

道哥那么忙，居然还抽空给院子里流浪的几只猫咪都取了名字。这些名字统统以中文命名。每天听他在院子里高一声低一声叫唤，菜刀、砧板、老坛子、醋瓶……来吃饭了。全院子的人都知道，到饭点儿了。这几只外国猫能不能听懂他们的中文名字，好像没人研究过这个问题。

蓝稚群到E国，已经两周，她好像完全适应了小楼生活，不知不觉，她也能跟大伙开开玩笑，兴致来了，还帮着道哥用中文招呼那几只猫来吃饭。

道哥不得了，买不到蒸笼，他往不锈钢脸盆上凿了些小洞，改造成蒸笼。他用它蒸包子、蒸馒头，出锅的时候，身为北方人的于北栋口水都快掉锅里了。

另外一个员工捧着馒头哭着说："三年了，我居然在非洲吃上了活着的馒头，呜呜呜。"他是真哭了。活馒头的意思当然是指现发面蒸出来的新鲜馒头。

道哥被他们抱着像揉面一样揉了个遍。道哥奋力挣脱出来，爬到椅子上站着，高喊："科华大品牌，值得信赖！"又提高音量说了下半句："道哥，大品牌，值得拥有……"然后用新闻联播开播那段音乐，"噔噔噔噔"响个不停……

一个馒头，承载着多少乡愁。这是蓝稚群在国内从来没想到过的。

这天是个大日子，说好的庆功宴将在晚上举行。

上午闹够了，中午大家回屋休息。风突然刮起来，卷进来黄灰阵阵，蓝稚群忙着关门关窗。不一会儿，外面浮灰阵阵飘上天空，天阴了下来，接着黑云和雷电咆哮滚过。闪电亮得瘆人。不远处有棵木制电线杆应声倒下。

于北栋走到窗边，大声对蓝稚群说："就是这种天气，说变就变，别的不怕，就怕停电停水。"话没说完，手机急促响起，还是嘀嘀嗒嗒嘀嘀的专设铃声。

没一会儿，于北栋急匆匆地跟蓝稚群说，要出去，山上有一个实验设备出了故障，局方要求迅速抢修。于北栋换上凉鞋，抓起笔记本就要下楼。"老婆别怕，那地方不远，晚上能回来。"他的声音消失在楼道里。

蓝稚群跑到走廊上，看见四五个人，于北栋在前，往车上搬设备。该死，雨衣。蓝稚群突然想起来，抓了把伞就跑下去。刚出楼道，手中的雨伞"嗯"一声就被风挂上半空，很快飞出院子。雨太大了，风更大。打伞穿雨衣无济于事，都得湿透。于北栋冲她喊，蓝稚群听不清楚，于北栋比画着手势，大概是让她赶紧回去吧。

蓝稚群躲回走廊，看着丈夫和手下几个人上了车，车子很快消失在雨雾中……

她没着没落地走回办公室，想找个人问清楚具体情况。办公室只有三五个人，叫小秦的那个女孩倒是热心，只是她也不清楚情况。两个女人只好干巴巴地交换几个无奈的眼神。蓝稚群走到一个看着稍微年长一些的员工面前，求助似的望着对方。那人扶了扶眼镜，叫了她一声嫂子。蓝稚群张张嘴，发现自己无从问起。她只有等。小秦劝她上楼换下湿衣服。她倒是照着做了。然后，她又无事可做。他们的工作，她完全插不上手。留在办公室，反而碍手碍脚。她只好去厨房找道哥。

道哥在给鱼刮鳞片，准备裹上面粉炸松鼠鱼。

“蓝姐，我看老大他们出去了，去干啥呢，这种天？”道哥的问题比自己还多。蓝稚群怎么回答得出来。

看蓝稚群不说话，道哥小眼睛转了转，分配她干活。蓝姐，你是愿意洗菜，还是剁肉馅？我们今晚包饺子。蓝稚群木然地洗了菜，剁了一大盆肉馅，手有些酸胀，心慌。她又帮道哥包饺子。办公室里的人也到了厨房，也开始包饺子。她不能让自己闲下来，心慌的感受越来越强烈。她离开熟悉的城市，离开现代化的豪宅，到了这里，原本只是完成约定。来之前她完全设想不出，来到 E 国，她和丈夫会是怎样的生活状态。

雨声如锤，砸在屋顶和墙壁等一切实体之上。院子里淹了水，水快没过脚腕子。有人冒雨出去捅了捅被杂物盖住的下水道。一个惊雷跟着他打进厨房把两个女员工吓一跳。

“这种天以前也有，就是怕停电、停水。大家还是分头先把水储满吧。”这人经验丰富，大家纷纷依言行动。蓝稚群也上了楼，取了大大小小的桶、脸盆去走廊盥洗室接水。

从于北栋离开到现在，七个小时过去了。其间就来过一个电话报平安。之后再无后文。能不让蓝稚群担心吗？在国内的时候，两个人两地分居的时候，遇上恶劣天气，蓝稚群的牵挂并不像现在这般沉重真实。她曾经坚定地以为自己失去爱的能力，她以为自己无欲无求了呢。从来没有像今天这样，她坐立不安，烦躁不已，想做什么又无法下手。

道哥的菜一道一道做好了。他还煲了一道经典的广式靓汤，用的是当地人不吃的猪肚，和白果放黑胡椒一起炖。道哥征询蓝稚群的意见，要不要开饭。蓝稚群左右为难，她很少担任领头羊的角色，不管是工作中，还是生活上，一直以来，她不习惯担任主心骨。她是想等丈夫平安归来，她一点儿都不饿。可是那些留守的年轻人，他们忙了一天，早就饿了。

“吃吧，给老于他们留一点儿就行。”蓝稚群终于下定决心。

“嫂子，我们吃馒头就行，不饿。”小秦回应她。大家好像达成共识，纷纷说道，对，不饿，不饿，等老于他们吧。道哥眼明手快，揭开锅盖，抓了馒头挨个送到大家手上。

嫂子，吃点儿吧，老于吩咐过，让我们照顾好你。小秦举着馒头递到蓝稚群面前。

蓝稚群的眼泪决堤而出，她终于忍不住哭了出来。丈夫从来都是在乎自己的，只不过，平时各在一方，他够不着。视频聊天，那些普通平常的好好睡觉，好好吃饭，并不是完全没有意义的应付。

“我想去找找他们，谁可以跟我一起去？”蓝稚群管不了那么多，也不想顾忌他人的想法。

我们也想过去接应他们，只是，不能让嫂子去。我们必须保证嫂子的安全，嫂子难得来一次。嫂子不用担心，这种事常有。有一次，那个雨比今天还大，我们也是去抢修。主要是这边的公路太不给力了，一下雨就各种坑坑洼洼，路上又没灯，车也不敢开太快。

“离这里多远，老于他们去的地方？蓝稚群一刻也不想耽搁。手机始终打不通，这太不正常了，肯定出事了。”蓝稚群平复了一下情绪，整理思路，“要不，你们帮我接通总部负责人的电话，我来跟他汇报，听他安排。”

这个点儿，那边怕是联系不上人。再等两个小时，不行，我们就去找他们，怎么样？这个建议得到大部分人的附和，蓝稚群也只好同意。

道哥掰下松鼠鱼的碎渣，喵喵喵地引逗那几只流浪猫。“菜刀、砧板、老坛子、醋瓶快来吃鱼啊，猫咪最喜欢的鱼。”

蓝稚群头发蓬乱，两眼通红，嗓子干得冒烟，身上又酸又痛。湿衣服贴在皮肤上，让她一阵阵打着寒战。她不知道自己是病了，还是出于紧张，她从来没有这么紧张过。拦截偷渡客的时候没有，在医院做流产手术的时候，也没有。现在，她紧张得坐立不安。

“咔嚓”一声，厨房陷入黑暗。眨眼间，应急灯亮起来。“停电了。”有人惊呼。“我们有发电机，现在暂时不用吧。”一个人回应。

蓝稚群盯着应急灯，一定是国产货。她想，产地多半是中山小榄，便宜低价，用的是很差的荧光粉，所以射出来的灯光惨白惨白的，还泛青。想着这灯，又想到 189 平方米家里的那些灯。蓝稚群突然想明白为什么这些年来，自己会痴迷于灯。

小时候她很怕黑，家里只有妈妈陪着她。为了省电，妈妈经常不开灯。爸爸经常不在家，不是去集训就是去比武，行踪不定。原来，神奇的命运，早在儿时就已注定，自己的婚姻和妈妈的婚姻，不都是守着一个老公不在家的空房子，任寂寞包围、胆战心惊地替丈夫操心吗?

我从来没有逃脱过命运的安排，甚至是主动走进命运的魔阵。

可是，我爱这个男人啊，他走那么远，我够不着他，我还是爱他的呀……这场雨，是为了惩罚我醒悟得太晚吗？蓝稚群无声地悲鸣。明明是应该报应在我身上，为什么要为难他？于北栋，你给我滚回来，我学会做面条了……

懊恼、后悔、担心、酸楚，涌上心来，令她难以自持，她虚虚地歪倒，眼前模糊闪出道哥的白色厨师帽。

大门口隐约响起汽车喇叭声，人影奔踏，应急灯的光线惨白泛青，照不真切。

一个光头，凉凉地，抵在蓝稚群胸前。

老婆，我回来了，我饿了……

马虹玫，女，毕业于云南艺术学院戏剧文学专业，文学学士。《证券时报》专栏作家，《女报》特约撰稿人。小说《开盘》获第六届深圳网络原创文学拉力赛冠军；小说《扶郎花（二）》获首届中国工业文学中篇小说推荐奖；小说《扶郎花》获深圳市群众文学征文大赛一等奖，小说《合唱团》获三等奖；小说《冷焰》获第四届“睦邻文学奖”福田区十佳。

凤　凰

佛　花

1

全天下都知道我丑。有人说我，丑就算了，还要丑得尽人皆知、厚颜无耻，丑得连父母都受万人唾弃，也算是人中“龙凤”了。他们说得没错，的确如此，且还真的叫凤。母亲给我取名叫凤凰。怕是指望有一天我能飞上高枝，高人一等。

可小时候我就知道，不可能。母亲的美梦终会化作泡影。男同学打我，揪我头发，喊我丑八怪。女同学躲着我，仿佛我是瘟疫。老师把我放在最后一排，最角落的位置。也好，远离黑板和讲台，保护了眼睛，避开了老师的唾沫星子，还可以偷偷看小说。

落地的凤凰不如鸡。首次看到这句话，我心里一震。觉得，汉语真好，真微妙。寥寥数字，道尽辛酸潦倒。老师喊，凤凰，你起来说说看，这句话什么意思。全班哄堂大笑。我双唇紧闭，半天憋不出一个字来。老师也笑了，心满意足地让我坐下。我的脸滚烫、肿胀，眼泪在眼眶里打转。可我清楚，不能让它们掉下来。死也不能。它们只会让我徒增耻辱。

窗外，大榕树胡须茂盛，白云闲散，阳光在树叶间错落斑驳。操场尘土飞扬，几个上体育课的班级在掷铅球、跑马拉松、拔河。我把眼泪生生地咽回肚子里。从没做过万分之一秒的凤凰，谈何落地？有何地可落？由始至终，我都是匍匐在地的“鸡”而已。

可一个人，再低微，再丑陋，我还是一个人。镜中，我看见自己：扫把眉，蒜头鼻，炭色大嘴，龅牙，突眼，两撮唇毛，褐色皮肤，四方脸。肩宽，身板厚，脖子粗短，臀圆如鼓，双腿肥壮。我知道自己没机会了，书上讲，女孩子，一经初潮，基本定型。我上初三，已行经三年，覆水难收。

我常常偷偷地打量父母，细究自己到底遗传了谁。确切地说，是遗传了谁的丑。父母都偏瘦，虽在家务农，经年累月风吹日晒，糙皮糙肉，但骨架这东西不会骗人。母亲脖子细长，凹凸有致。父亲也眉目舒展，挺拔硬朗。二人那张 1981 年的黑白结婚照，乍一看，不但不丑，还算得上郎才女貌。我怀疑自己不是他们亲生的，可没有半点蛛丝马迹支撑我的怀疑。

家族中的七大姑八大姨，都能说出一两处关于母亲怀我的细节，绘声绘色，声情并茂。姑姑说，你妈怀你，累坏了，从早吐到晚，吃什么吐什么，喝水都吐。大姨说，当时我们还以为是个男孩，你妈肚子尖尖的，人家都说，肚子尖的是男孩，圆的是女孩，你倒好，明明是女孩，却伪装成男孩的肚子……她们都是亲戚，不忍和外人一样直截了当地嫌我丑。话说三分，留了七分余地。

她们若真的和别人一样嫌弃我，我也不在乎，我在乎的是她们描绘我妈怀我的细节是不是真的。我总是盯着她们的脸，关注她们眉毛是否刻意扬起，嘴角是否细微抽搐，食指是否掠过鼻子……多年之后，优酷上风靡一部美剧，里头那位志得意满的博士，就专门研究人的微表情。可是多年前还在闭塞小镇的我，并未经过任何训练。我只是本能地知道：人在撒谎时，表情会发生微妙的变化。这是天赋。

遗憾的是，天赋并未助我发现半丝破绽。她们几十年如一日地坚持一种说辞，严丝合缝，壁垒森严。如果她们说的是谎言，那她们就是天底下最伟大的演员。就连哥哥也说，接生婆把我从妈妈房里抱出来时（那个年代，草莓镇大多数孩子都在家里出生），我的头发黏糊糊的，像家里那只小黑猫。我可以不信全天下，却不能不信哥哥。哥哥不会骗我，他是这个世界上，除父母外唯一不嫌弃我的人。后来我想通了：揣着怀疑过日子，没意思。一个人竭尽全力想要证伪一件事，无聊且可恶。如果大家都想让你对现状信以为真，那就信好了。何苦那么拧巴？

我出生的地方叫草莓镇，荒凉空旷，人烟稀少，就连春天都带着深深的寥落气息。稍有本事的，早早搬到县里或市里。留在镇上的，要么老弱病残，要么是注定被命运抛弃的人。不是谁都能赢。我的父母注定不能赢。他们善良、恭顺、忍辱负重。他们在家里供奉神像，祭拜祖先，祈求的不过是人丁兴旺、六畜平安。除此之外，他们没有别的指望。

冬春之际，草莓镇的田地里都是草莓，人们从四十公里外的县城，甚至更远的地方驱车来摘。车子停满一路，本田丰田奔驰宝马，横七竖八、肆无忌惮，如车主一般时尚、傲慢，财大气粗。采摘季过了之后，小镇重返死寂。我在草莓镇上小学、初中，闭上眼睛，我都能清点出草莓镇的点点滴滴：一个卫生院、一所小学、一所初中、一个邮局、一个水电站、三个小卖部、一个菜市场、一家打铁房、一家榨油坊。派出所和镇政府都在一个大院里。镇上还有一个傻子和一个疯子，以及两个受人唾弃的女人：一个是寡妇芙蓉，男人谈起她眉飞色舞，女人们背地里喊她“婊子”；另一个是我，虽然我还不是女人。不用背地里，大家都喊我阿丑。偶尔听到别人正儿八经地喊我凤凰，反而不惯。

我常常在下雨时搬一张小板凳坐在家门口，看远处的青山如黛，云遮雾绕。我知道，只要从这里走出去，左拐五百米，再右拐三百米，就是镇上那条最宽阔的马路：水泥板，双车道，通往县城和未知。每年春夏，雨水丰沛，道路上的小坑洼，都被填满，偶尔驶过几辆车，轮子飞转，溅起亮晶晶的水花。

九岁那年冬天，我第一次迈出草莓镇。出门那天，空气中有股让人清醒的凛冽，阳光透亮稀薄，荡在人的脸上。我照了照镜子，觉得自己似乎比平日里好看。希望让人显得神采奕奕。哥哥从不照镜子，他说，镜子都是骗人的。他早早起来收拾妥当，坐等出发。妈妈忙里忙外，喂完鸡鸭鹅，做好早饭，准备到地里锄番薯。冬天的番薯甜入心，妈妈用它给全家做柔韧的番薯饼，一张锅底般大小的薄饼，软糯香甜，色泽金黄透光，我能一口气吃上三个。奶奶则喜欢把番薯切成条，晒成干。等待番薯干制成的过程很磨人，我常常忍不住，晒到一半，就把它吃光了。哥哥总是骂我“馋猫”。

妈妈郑重交代说，不要到楼里买，楼里的东西贵死了。楼背后老市场那条街，是临时搭建的年货档，东西又多又便宜。爸爸连声答应。往年置办年货的差事，都是妈妈的。今年爸爸自告奋勇说他去，顺便带我和哥哥见识一下外边的世界。我和哥哥为此而雀跃了很多天。

交代完，妈妈匆匆跑进房里，翻箱倒柜，抱出一堆衣服。一件灰色的夹克，一条黑色灯芯绒裤，还有一套深宝蓝的西装。“都换了。不要邋邋遢遢地出门。”她把西装塞给爸爸，裤子给哥哥，夹克归我。爸爸和哥哥领命，各自进房，动作火速。只有我在磨磨蹭蹭，满脸不情愿。

“在家我不管，出门必须听我的。”妈妈盯着我，提高音量。

“那衣服不舒服。”我嘀咕。

“你那身乞丐装就舒服？”

我刚想顶撞，爸爸从房里钻出头来，对我使眼色，示意我闭嘴。任何时候，爸爸都站在妈妈一边。平心而论，夹克很酷，左右各一个大口袋。衣襟处，一排银色金属扣寒光凛冽。咄咄逼人的时尚。可我知道，时尚只会让我显得更丑，更像个怪物。张牙舞爪地怪。明目张胆地丑。我气嘟嘟跑到房里，把里里外外的衣服都换了，再气嘟嘟地跑出来。

我暗地里耍了个小滑头：把一件可以外穿的红毛衣套在底下，这样，出门之后就可以把夹克脱下来，单穿那件衣服了。我不能和妈妈战斗。我很清楚，和她战斗，输的一定是我。每年去外公家，如果我违抗命令，不按她的旨意穿戴，那么我铁定会被扔在家里，和奶奶在一起度过百无聊赖的晨昏。

一阵忙活，经妈妈检阅之后，爷仨终于得以顺利出门。哥哥的灯芯绒裤的确比他之前的校服好看。至于爸爸的西装，就显得有些大了，爸爸瘦瘦的身体在衣物中显得更加单薄。这些妈妈逼我们穿的衣物，都是姑父姨父寒暑假背回来的香港货。姑姑和大姨，都嫁给了香港人。衣物要么是亲戚们穿过的旧衣服，七八成新，要么是他们掏钱买的，作为年节的手礼相送。港岛繁华，从衣服就能看出来。新衣结实紧致，精神抖擞。旧衣则散发着柔顺剂的香味。奢侈的柔顺剂。只有用洗衣机的家庭才会往里头放柔顺剂。我们家没有洗衣机。我们的衣服只有一股浓重汗味儿。

有时候，妈妈会给邻居们分发几件衣物。左邻右舍既欢喜又嫉愤，恨不得自家也有几个香港亲戚。所有香港货，妈妈都喜欢，说它们贵，要好几百块。可我不喜欢。我厌恶那些要好几百块的家伙。为什么贵就是好呢？不穿它们时，我已丑得千夫所指，穿了它们，怕是丑得人神共愤了。我只希望淹没于滚滚红尘，不为人知地活着。然后，像我的父母一样，毫无奢望地过完一生。可是，事与愿违。

那个冬天，如果爸爸不带我出门就好了。某些门，一旦打开，就再也关不上了。光透进来，尘土翻飞，无休无止。距草莓镇约四十公里，便是老市场，是稻花县最繁华的商贸地，辉煌了整个二十世纪八九十年代。不少后来发迹的达官贵人都曾在早年于此大手一挥，买下了这块风水宝地的只屋片瓦。有远见和本钱的，则大肆圈地。“他们敢赌，所以赢了。”爸爸说。爸爸语气平静，没有不忿，没有赞许。我似懂非懂。

妈妈逼我穿的夹克被我早早脱下，抱在臂弯。面前是五栋建筑，楼体方正，四层，齐刷刷，傲然挺立，一字排开。“老市场”三个招牌字悬于楼顶，黑体，敦厚老气，乌金发亮。外墙贴满粉色马赛克，小格子密集如蚁，让人眼乱。边角有些剥落之处，露出暗灰的水泥墙体，却霸气不损，一副任你风吹雨打，我却兀自繁华地硬挣。五栋大楼西侧，是个小斜坡，一排音像店。大喇叭林立于各店门口，音浪层峦叠嶂，此起彼伏。粗制滥造的新年歌曲反复播放，震得人耳朵发麻。店里人潮涌动。“够热闹吧？”爸爸说，“跟着，别走丢了。”我们点头。

放眼望去，每一条过道都水泄不通。垃圾满地：糖果纸、烟头、饮料瓶，以及四仰八叉的烟盒和东拉西扯的口水痰。人群被人群包裹，呼吸相向、肩踵相碰，空气中飘荡着一股热烘烘的人肉味。转了许久，我们终于买齐了冬瓜条、糖果、瓜子、梅肉、椰子片、番薯干，外加三包大海虾。零食自家吃及用以招呼登门之客，大海虾送人，一包给姑姑，一包给大姨，还有一包孝敬外公，每年皆如此。我和哥哥只有在外公家吃饭时才能尝到大海虾的味道。

七弯八绕之后，一个人更密集、场面更乱的大卖场在眼前荡开。红白蓝油纸布，支棱起大卖场的天，长两米宽一米的大方桌一拼，摊上绒布，档口就铺排出来了。档档相邻，一线之隔，五六十档严丝缝合，挨得紧紧，不分彼此。左邻右舍之间，有的脸上笼着客气，有的眼中不掩恶意。我们一档档走过，爸爸问了问价钱。干货海产，瓜果零食，衣服鞋帽，大楼里有的，这里一样不少。爸爸拍了拍后脑勺，满脸懊恼："完了完了，忘了。你妈千叮嘱万吩咐说不要在大楼里买的。我还是蒙了。这里的确比楼里便宜好多呢。"我和哥哥没说什么，我们都忘了。来到花花世界，溺于声色，哪儿还记得起便宜贵贱。

"买香皂选舒肤佳！舒肤佳！杀菌除臭顶呱呱！走过路过不要错过，五块钱一块，五块钱一块！不好不要钱！不好不要钱！"一串吆喝扑面而来，老板瘦如鸟雀，却中气十足，嘴皮子溜得像打了蜡。不好不要钱，怎么证明它不好呢？又怎么不要钱呢？难道用了之后还能拿回来退吗？我心底里嘀咕。爸爸掏钱买了一块舒肤佳，继续领着我们往前走。

转角处，有一家饰品店。招牌插在档前。那是废弃纸箱撕下的一块硬纸板，四边毛糙。上面，赫然几个大字：西施饰品。笔墨不均，笔画凌乱，笔顺忤逆，没有起承转合。“太丑了，这字。”哥哥说。爸爸瞪了哥哥一眼，不高兴他乱说话。哥哥喜欢书法，写得一手好字。他说，字是有生命的，只有笨蛋才写不好字。而我就是他说的那个笨蛋，把字写得和我一样丑。

西施饰品是整个大卖场中最整洁的一档。头花、头箍、珠子项链、耳环、手表、手镯、戒指等分门别类，放在一个个红色胶筐里，摆放得满满当当，眉目清楚。整个场子，人声鼎沸，花花绿绿。扫了一眼，只有一眼，那朵红色玫瑰就那样蹦了出来，在一篮子的头花中。丝绒布，缠绕得紧致，双蕾并簇，用热熔胶粘贴在自动弹跳的发夹上。艳丽、妖娆，让人坠落。我伸出手，抚摩了它。很快又缩了回来。

“中意吗，阿妹？”爸爸的声音带着被焦油熏过的喑哑。我咽了咽干燥的喉咙，摇头。再摇头，带了狠劲。那根本不是该属于我的东西。我不配。档主是个胖墩墩的女人，四十岁上下，一双丹凤眼，滴溜溜地转，紧紧攫住全场。不到三秒，她的答案就了然于胸了。她火速扯下一个白色塑料袋，把头花往袋里一塞，按到我手里，眼睛却锁住爸爸，说：“这个款式今年最流行了，只要十块钱！”

“能不能便宜点？”爸爸讪讪地问。

“现在是没几天就过年了，亏本卖，早个十天八天，十五块也不卖。”说完，她满脸堆笑，见牙不见眼。

爸爸看了看我，腼腆地笑笑，手伸进裤兜，摸出一个红色塑料袋，松开层层包裹，一沓零碎钱开始逐一亮相：一毛、两毛、五毛、一块、五块。终于搓到一张十块的，抽出，递给胖女人。女人欢喜，一时嘴快，话像珠子般滚出来：“你家姑娘真俊。”

我愣了一下。没错，她说“俊”。我的脸火速地烧了起来。利令智昏，口不择言。可我喜欢她的昏，她的不择。我的脑海成了一块幕布，“俊”这个字一遍遍地投射到上面，引发了身体某一部分莫名的痉挛。我把头埋得更低了。

“你妈问起，就说花了两块钱。”没走几步，爸爸还是不放心，对我和哥哥慎重嘱咐。一九九四年的草莓镇人，花十块钱给孩子买一朵没用的头花，确实称得上十恶不赦。家里一天的肉钱，也不会花上十块。我感觉自己就像一人独食了一家人两天的肉。

回家后，见到妈妈，我有些躲闪，觉得对不起她。可是多年过去以后，当我对大多数人趋之若鹜的奢侈品司空见惯之时，还是无数次怀念起那朵十块钱的头花，还有斥巨资给我买它的爸爸。我怀念我的罪。

我一次都没戴过那朵头花，而是把它悄悄地藏在书包里。课堂上，趁老师不注意，一遍遍打开书包偷偷瞥一眼。班长小青也有一朵类似的，只是颜色有异：我的深红，她的粉红。花蕾也不甚相同，她的花苞闲散蓬松，我的花苞细密紧致。小青戴着它跳绳时，头花一颤一颤的，像只灵动的蝴蝶。小青的脸，像水蜜桃一样粉嫩光洁，被男孩子欺负了追着别人打，也是好看的。

她坐在第二组，第一排，离讲台最近的位置。老师喊，傅小青，你来朗诵一下第三自然段。她站起来，声音洪亮，情感充沛，普通话流畅好听。草莓镇是客家话和闽南话混杂的地区，就连老师们，都讲不好普通话。每一次，老师都会大大地表扬她说，大家要向小青同学学习。这次也不例外。小青坐下，双手叠放，身板挺得笔直，傲气凛然。

“柳凤凰，起来！”我一惊。本能从座位上弹起。“你在干吗？”老师从讲台上下来，走到我跟前，从我手里拽过书包，打开。“半节课不到，书包看了一万次，看什么？”我双唇紧闭，包住牙齿。头花被抖了出来，老师瞪了我一眼，眼睛暴突，“不专心听讲！天天做小动作！缴了！”随后，头花被带到讲台上。又是哄堂大笑。下课了，它被夹在教案和课本中带走。

老师姓孙，中年妇女，身材圆滚短促，走路左摇右摆，像企鹅。她的脸，长年累月怒气冲冲，仿佛所有的不顺心都被她遇上了。好几次，我们都看见她眼睛红肿地出现在早读课上，一副刚刚哭过的样子。班长小青给她递上纸巾，还有一杯热水。这是我永远都不可能做到的事情。虽然我很想这么做。后来，头花出现在小青头上。爸爸送我的，深红色，花蕾紧致，花了十块钱的头花。我不会看错。老师把从我那里缴获的头花给了小青。我的心，跌入谷底。

2

只要百度，就能搜到我铺天盖地的照片和新闻，还有谩骂。“我要是柳凤凰，一头撞死得了……”“柳凤凰这种外星怪物，纯属丢人类的脸……”他们在咒骂我这件事情上殚精竭虑、死而后已，甚至有人给我提供各种死法的精妙建议，还有人爆粗口骂我父母以及祖宗十八代。直至现在，他们仍是群情激奋、前赴后继。他们是 21 世纪的网络水军，举着拳头，拉着横幅标语，相信自己就是正义和真理，而我，一个歪瓜裂枣丑八怪，居然无端蹿红，必定邪恶，当遭天谴。

我喜欢看别人深信自己是在替天行道的一脸蠢相，就像别人喜欢看我长得一脸蠢相却还不忘兴风作浪的无耻。我打开台灯，点燃一支烟，抽起来。墙上挂了一面大镜子，玻璃店定制的，高一米八，宽八十厘米，欧式雕花边框金漆脱落，露出斑驳。除了镜子之外，我还常去定制画框，把自己从大芬油画村买回来的凡·高、莫奈拿到画框店，配以简洁黑框或仿木纹，几十元一幅的赝品瞬间上了档次。我固定往一家叫“老木头”小店跑。店小，仅一个人，老板是师傅，师傅是老板。每次他都色眯眯地盯着我的胸脯看，对我的脸忽略不计，仿佛除了脸，其他才是重要的东西。五六十岁的老男人，心有余而力不足，意淫一下，随他去吧。

镜子里，我的五官变了。如果你问我，何为现代性，那么我会毫不犹豫地告诉你：二十一世纪的整容技术，是人类最值得骄傲的现代性。我的牙齿箍了整整两年，直至平整。鼻翼是半年前削的，鼻梁和下巴也做了填充和铺垫。眉毛文得有点像美国女星朱莉。为了调整下巴，削下颌骨两侧的咬肌时，我有些担心：不会死在手术台上吧？可很快，这个念头显得微不足道了。能为自己身体的某部分变好而赴死，也算是死得其所。只有眼珠子，没动。我不信任突眼矫正术，万一瞎了呢。老话不是说，眼睛是心灵的窗户吗？虽然我已没有心，可还是需要窗户的。窗户助我看见众生百态。毕竟人不是佛，不用眼睛也能洞悉人世。

对着镜子卸妆，擦掉口红。张开嘴，细看一口牙齿：真是冷、光、美、白。不知何时起，不管他们如何咒骂，我都不再难受。我平心静气，透过二十八楼的落地大窗，与窗外的漆黑冷眼相对，不惧深渊。尼采说，当你在凝视深渊的时候，深渊也在凝视着你。可是，你凝视不凝视，深渊都在那里，对吗？想到这里，我笑了。遥控一按，电视开了，满屏聒噪的综艺节目。一对男女主持拿腔捏调，喋喋不休，废话连篇。我倒在沙发上，四仰八叉，无所思无所想。堕落让人幸福。

我盯着天花板的水晶灯看，有种恍惚。灯花了五千块。暖黄色，层峦叠嶂，水钻繁密。最底下的那层，伸展出十二个俊秀优雅的天鹅头，她们知晓我的过往、此刻和未知。有时，外出回来，推门，看见她们，我总会心生喜悦，还有骄傲——这是我应得的——我的房子、存款、自由，以及那些想要把我打垮却反而塑造了我的故事。这是我的第四套房子。一套在鹅城，两套在柠檬市，还有一套在稻花县。那都是于大可走后买下的。

可我也知道自己就是拥有再多的房子，也分身乏术，不可能这个屋子住三天，那个屋子住两晚。人越活到后面，越希望精简，懒得折腾。柠檬市的两套房子都在最中心的位置，北边是莲花公园，南边是市民广场，东西两侧有大型购物商圈。至于鹅城和稻花县的那两套，投入的钱只相当于柠檬市一套房子的零头，也分别在市中心和县中心。除了一套自住之外，我把其余的都租了出去。

从前我只有半套房子，在柠檬市龙城区，一个离市中心三四十公里的地方。在那属于我的半套房子里，我和于大可一周见一次面。这是规矩。所有能够持续的游戏都需要规矩。全世界都以为我们是情侣，是夫妻，是说不清道不明的关系，是捆在同一条绳子上的蚂蚱。可是，全世界的以为都不过是“以为”。人皆好自以为是。事实上，我们只是搭档。是厚颜无耻的男盗女娼。

于大可的至理名言总有本事让我倒吸冷气，既叹服又战栗。他是对的。如果不是他，我哪来的今天？如果不是他，我也许还在那个破落小学做一个穷兮兮的代课老师，入不敷出，青黄难续。

那是二〇〇七年春天。我刚大学毕业，在柠檬市郊外的一个破落小学代课。第一次见他是在学校的门卫室。下午放学，做班主任的我照例送学生出校门。一帮孩子，小麻雀般叽叽喳喳个不停，仿佛世界是为他们而存在的。他的声音很大，穿过孩子们的喧哗，长驱直入："我不过要给校长一份简历而已，你这人怎么这样。"门卫也不示弱："我这人就是这样！校长根本不认识你，你去了也没用！"他大声说："我告诉你，你会为今天的事后悔的！"边说，他边看向我——别误会，那时我还是阿丑，还没整容。任何人看我，可以有全部理由，却绝不会是这个：被我吸引。

可他知道，我会被他吸引——至少，被他的声音吸引。我瞄向他：胡子拉碴，眉毛浓密，瘦、憔悴、斜挎于身的黑色包包蹭了颜料，一身黑衣，咖啡色皮鞋，鞋头夸张向上翘，齐耳的头发中分，浑身上下一股浪子气。也许很多天没好好洗过澡了，他的身上有股浓重的汗味儿，只是他很聪明，喷了不知名的香水。他的左手攥着简历，右手抱着一本大大的素描本。艺术掩盖不了一个人的落魄。只有声音，他的声音在努力地替他不羁、张狂。

"这位老师，你可以把我的简历和这个素描本拿给校长吗？"他看准时机逮住我。一双乌黑发亮、超出我边界的眼睛，在半框眼镜背后，坚定、有力、抓人。见我怔在那里，他没来得及等我张口，又把话语权抢占了："我知道你要拒绝。算了，不强你所难了。像我这样画画的，大把。想必贵校也不缺美术老师。"他转身出门。后来我才知道，以退为进是他的专长。"拿来！"我斥道，"等着！"我把他手里的东西奋力一夺，转身就去了校长室。

校长是个五十多岁的老头，由于自己是半路出家的，用人就不按常规出牌，学校不少代课老师都是毛遂自荐来的。没人知道于大可到底是从哪儿得来的消息，或只是误打误撞跑来自荐。此后我亦没有问过他。二十分钟之后，我返回，领他去校长室。我在校长室替他呈上简历和画作之时，校长言简意赅：见一下，无妨。是才就用。

跟我进门时，他到门卫室，伸出手，对门卫说："不好意思，刚刚火大了点，您不要放心上啊。"语气诚恳，态度温和。门卫见状，也正好顺着台阶下，呵呵笑两声，说："唉，大家都不熟悉，一场误会一场误会。"说完，瞥了我一眼。转圜、退让，握手言和，于大可完成得行云流水。人在江湖，都不笨，不知进退，他日如何好相见？

"你怎么知道我是老师？"我问。

"你的凌厉写在眼里。哈。"他半打趣半认真地说。

"好吧，从现在起，你欠我一顿饭了。"我朝他翻了个白眼。

"嘿，一顿饭算什么？以后我养你。"他继续油腔滑调。

我心中一声冷笑。养我？口气真大啊。不过，人活于世，不要凡事当真。人家说，就听着呗，要有点娱乐精神，对吗？于是再朝他白了一眼，爽朗一笑，说："好啊。"没想到这句轻亵的玩笑话，竟铸成我们之间一部分的命运。一周之后，他出现在学校，和我同一个办公室。校长录用了他。

"我要报答你。"那是第一天，全体师生在操场做课间操，他凑到我耳边轻轻地说。

热血往头上蹿，兵荒马乱，这个流氓，没完没了。后来的每天中午，他都和我同桌而食，在我们学校那个小饭堂。不避忌众目睽睽，不管我是否自在。我虽丑，却不蠢，知道自己几斤几两。他绝不会是因为看上我。我亦从不允许自己对任何异性心存幻想。世间虽大，永远不会有谁真正喜欢我，爱上我，与我共度余生。我从未设计过我的余生。

可我不能骗自己。日复一日，我开始对他，或他以外的某种东西心怀希望。希望如虫，一点一点地蚕食我的理性和努力扮演的冷酷。周末放假，或者哪天见不着他，心居然空落落的，宛如醉后虚空。希望让我绝望。

终于，那个下午来临。办公室空无一人，阳光透过尘斑点点的玻璃，洒得满室辉煌。办公桌上，仙人球的刺儿显得通透明亮。桌子右侧，作业本堆积如山。教案写到一半，我的笔停下来了，突然感到莫名的悲伤——为一眼看到头的余生：备课、上课、改作业，送走一拨又一拨的孩子。我将在此老死，低如尘埃，毫无意义，就像从未活过一样。

这时，于大可进来了。抬头，与他四目相对。头发比我初次见他时更长了，胡子也是。黑框眼镜背后，一双眼睛庄严肃穆，蓄谋已久。那是于连的眼睛。司汤达的于连。《红与黑》的于连。他把他座位上的椅子拉到我面前，坐下，椅子老旧，弹簧疏松，尴尬地打了个踉跄。他正了正色，盯住我，开口："凤凰，我们可以联手干一件大事。"

他没像平时那样喊我柳老师，而是直呼凤凰。我硬着头皮故作镇定，不想自己看起来一脸蠢相，却无能为力变得好一点，哪怕好一点点。我的耳朵、嘴脸，以至于我整个人，都像被保鲜膜裹住，隔绝了空气与声音。我看着他的嘴一张一合，却完全不懂他在说什么。脊背发凉，四面楚歌。

他说："凤凰，你该相信，你是独一无二的。"这句话，我听到了。不知为何，眼泪涌上来，悬而未决，在眼眶里打转。独一无二，好一个独一无二。我用得着你告诉我吗？这时候一个黑影闪了进来，是英语老师黎小田。三人六目，瞬间交汇，胶着僵直，我企图站起来，解释些什么。于大可一把拉住我的手，将我拽下。黎小田放下作业本，转身出去。

百口莫辩。我愤恨地瞪着于大可："你到底想干什么！"泪水也终于跑出来。我恨他，这个野心勃勃的该死的于连。他存心毁我。他洞穿我，吃定我，步步紧逼。他让我兵临城下，无处可逃。他顺势抱住我，亲吻我。我确定黎小田看见了。我也确定于大可是故意让她看见的。

"凤凰，你该相信，你是独一无二的。"于大可老师的经典台词几乎每天一遍。持之以恒，锲而不舍。每天中午，在学校那个简陋的小饭堂，他和我同桌而食，孜孜不倦。众人的眼光围剿我们。确切地说，是我。于是，我这个"独一无二"的人，常常手攥调羹或筷子，掌心冒汗。我想躲起来，却终究没躲。我享受他坐我对面的虚荣。

英语教师黎小田对我满脸不屑与讥讽。她，以及所有人，都认为我不自量力，横刀夺爱。我无从解释，也没法解释。于大可确实吻了我，可并不代表他追求我，爱我。后来，根本不想解释了。庸人多自扰，由着人家怎么想好了。再后来，他们越是质疑，越是不怀好意，越是愤愤不平，我越是和于大可靠得近，任由他在我的身旁或是对面坐着，任由他对我窃窃私语，偶尔，我还会荡起笑声，掐好分寸不差毫厘的笑声。不出半秒，我的身上，又会重新聚拢目光，齐刷刷、恶狠狠，机关枪般扫射过来的目光，寡不敌众，可是，这“众”，多可笑啊。

“你到底怎么想的，凤凰？”终于有一天，于大可急了。

“我没怎么想，我只是还没想好。”我说。

实话，至少是部分的实话。还有一部分，我当然不能对于大可说：我要让观众急，黎小田急，于大可急。我要让看这些自以为无所不知，其实却一无所知的，蠢蛋们，急。

“不要自欺欺人好吗，柳凤凰？你如果安分，就不会出来代课了。”某天，于大可提高了音量。他终于连名带姓地喊我了，抑扬顿挫，气急败坏。

“我知道你担心什么。可是你知道吗，我们一不偷二不抢三不杀人放火，我们不过是利用互联网这个平台而已，这有什么呀……”

“这当然没什么，反正丢人的不是你……”我掐好火候，终于出招。

“你有什么人可以丢呢？”他倏地站起来，青筋暴突，分贝陡增，一剑封喉。

啪的一声，我掀翻了桌子，汤菜倒了一地。我从没那么凶过。我掴了他一巴掌，在众目睽睽之下扬长而去，把观众撂在背后。不用回头，我也知道他们心满意足。

于大可赢了。他注定能赢。你只需要百度搜索我的名字，就会找到那条我在柠檬市最热闹的地方派发征婚广告的新闻。宣传彩页是于大可做的，他发挥了一个美术老师的才华，图文并茂。我的肖像是他手绘的。我的龅牙、厚唇、突眼在他的笔下竟有了艺术范儿。我怀疑蒙娜丽莎也不过是个庸常之妇，是达·芬奇让她变得高贵起来。于大可创作了一个柳凤凰：五官魔幻，眉眼坎坷、卑微，却有傲慢丝丝入扣。我暗地里看了一遍又一遍，仿佛，那才是真正的我。

“我九岁博览群书，二十岁达到顶峰。我现在都是看社会人文类的书，例如《知音》《故事会》……往前推三百年，往后推三百年，总共六百年没有人超过我。征婚对象：某某大学硕士、经济学专业、有国际视野、身高一米七六至一米八三、无生育历史、东部沿海户籍、年龄 25 至 28 岁。”

也许怕我反悔，在交给我之前，于大可握住我的肩膀，说：“凤凰，你是你，她是她。”他点了点我，又戳着宣传单上的“柳凤凰”三个字说。“这是我们的第一步，相信我。”他双眼猩红，声音嘶哑，孤注一掷。没错，他说“我们”。可是，他没再吻我。他的眉毛乌黑、旺盛，每一根，都亦步亦趋、紧锣密鼓，和他的眼睛一样野心勃勃。我笑了笑，又赶紧收住，差点忘了包住自己的牙齿。得意，就会忘形。我派传单时，他躲在旁边的肯德基，二楼，窗边的位置，居高临下，隔岸观火。我知道那双眼睛，那双于连的眼睛。

果然，声名如期而至。互联网神通广大，数日之后，柳凤凰之名传遍大江南北。大大小小的网站和纸媒都是有关柳凤凰的新闻。可不管网友怎么骂，热衷于摆各种S造型的“某某姐姐”还是被我远远地抛在身后，各大媒体开始约我做采访。有些收视率奇低，岌岌可危的电视栏目也迫不及待地约我上节目做访谈。指望一个人神共愤的丑角能挽回他们的面子和里子，扭转他们急剧下滑的命运。眼球经济在这个荒谬而又喜感的时代显示了它的巨大价值，没有人管你用了什么方法。钱开始一笔笔进账。当然，是进于大可的账。

我从不问他钱的问题，甚至不知道具体的数目。可我知道，那是一笔笔不小的数目。作为柠檬市二〇〇八年的代课老师，我们一个月的薪资不过三千，而已。“凤凰，你是你，她是她。”于大可说，“他们咒骂得越厉害，就表明我们越成功。”他用的还是“我们”。于大可天赋异禀，即便不做老师，也可以成为传销头目。他成功地粘连了“我们”。他也成功地分离了柳凤凰和网络红人凤姐。他成功地塑造了一个让世人兴致勃勃的故事。任何时候，他总是竭尽全力做我的人生导师，循循善诱，不遗余力。只是，他再没说过：“凤凰，你是独一无二的。”

3

晚自习课，有人在桌边喊我：“下课后，你到我办公室来，带上作文本。”我一惊，有些诧异，脸涨得通红。我低声答应，不好意思抬头看他。作文本昨天才发下来。上面用红笔标注了个大大的A，没有评语。自从上了初三之后，就没停过晚自习。语文老师是个中年男人，四十岁左右，头发稀疏，戴着茶色眼镜，眼睛背后，一双阴郁的小眼睛，猪肝色的嘴唇包着一口被烟熏黄的牙齿。他叫黄木柱。

下课，人散，偌大的校园，显得空旷寂寥。教室门口有一株繁茂的夜来香，每天走过，我都忍不住折下一小枝放书包里。那天也不例外。夜来香和白玉兰不同，后者清冷素雅，前者浊郁浑浓，香得纸醉金迷。两种香我都喜欢，只是夜来香让我有种隐秘的欢喜，那种我永远不好意思示人的欢喜，我不配的欢喜。此生，我都不会成为夜来香，我知道。

黄老师的办公室在三楼。走廊里，年久失修的小灯泡忽明忽暗。终于穿过长而阴晦的走廊，到了办公室门口。“黄老师。”我从喉咙里挤出声音。他朝我招了招手，示意我进去，并给我挪来凳子。他的颈椎处有一个隆起的富贵包，颈纹层峦叠嶂。侧面看去，他的耳垂丰硕，像弥勒佛。他不好看，却谈不上丑，就是普通而已。上帝造个男人，也比造我用心。我想。

“想什么呢？”他的声音有种海枯石烂的干涩。我回过神来，把作文本递上，战战兢兢。他问：“你知道自己的问题在哪里吗？”我耳根滚烫，满怀惶恐。我的问题？我不知道自己有什么问题，还是我的作文有什么问题。我企图张嘴说点什么，却半个字都蹦不出来，两片嘴唇仿佛上了锁。夜晚的办公室空空荡荡，办公桌一张张挨着，连成排，作业本堆积如山，一片狼藉。只有少数几张桌子，放了绿萝或白掌，收拾得干净清爽。

好一阵子，我再次听到他的声音：“你写了根本不是你这个年龄应该写的东西。”他拿过我手中已攮皱的作文本，打开。“你的思想很成熟。比如这句：‘我从不相信灰姑娘的故事，因为世上所有的灰姑娘原本都是个好命的公主，她们坠入凡间烟熏火燎不是苦难，而是命运的装饰，因为最终，总有王子来解救她们。’还有这句：‘站着受难和坐着受难，都是受难。那就受难吧，把他人恶意的伤害想象成是命运驱使，把自己的悲惨想象成是必经的救赎。’”

我的心咚咚乱跳，如果不是有骨骼皮肉护着，怕是要蹦出来，碎一地。从没有人对我这么做过。关注我，当着我的面，念出我的句子，撩拨我那点无耻的虚荣。“这是你自己写的吗？”他问。我点头。他说：“坐下，别那么拘谨。”我赶忙于一侧坐下，虔诚地面对那摊字句。他从他的座椅上站起来。细小如线的眼睛被茶色镜片染得发红，呼吸浓浑局促，鼻息熏人，身躯庞大，挡住灯光，投出一片阴影。

一股寒意窜过全身。可我无法动弹。一丝一毫都无法动弹。我的身体如同雕塑，粘在座椅上。很多年过去之后，再想起那个夜晚，我想，那一刻，我为何没有拔腿就跑呢？我卑贱得连逃跑的勇气都没有吗？我憎恨我的卑贱。

一九九九年，我终于考上县城的重点高中，迈出了远离家乡的第一步。我考上高中，在别人的意料之外，却在我的意料之中。我知道自己会考上，也必须考上。我要到一个全新的地方，全新地开始。我要脱胎换骨，洗净风尘，掩埋那些肮脏的秘密。

离开草莓镇的那天，妈妈罔顾我每天都要穿校服的规矩，硬是往我的背包里塞了几件她认为好看的衣服。“妈，我不需要这些。”我说。她没吭声，却始终未停下手中的动作。不知为何，一股火气开始在我心头氤氲。我想遏制它，扑灭它，它却噌噌往上蹿。“都说不要了！”我咆哮，连我自己都被吓了一跳。“你发神经啦！”妈妈吼我。我把背包抢过来，唰唰地抽出那几件衣服，冲进房间拉开抽屉，拿起剪刀，咔咔地剪了个狗咬状。

一巴掌刮过来，掷地有声。我从不知道妈妈有那么大的力气，她恼羞成怒：“不明白你为什么从小到大一直要丢我的脸！”我也没有示弱，说：“好，终于说出来了！还会有你更丢脸的日子，等着瞧吧！”我把门摔得山响，冲了出去。门外抽烟的爸爸惊惶失色地冲了进来，以为出了什么大事。他追了出来，死活把我拽住。“干吗这么大脾气？”爸爸压低声音责难我，“你妈有心脏病你知道吗？”

我的眼泪涌了出来。我从不知道妈妈有心脏病。我居然从不知道。最亲近的人，却藏着最多秘密。就像我的父母，从不知道，也永远不会知道我的老师黄木柱对我做的事情。有些秘密，只能烂在自己肚子里，带到坟墓去。可是，我多么想让他们知道。我恼怒他们的无知如同我的父亲恼怒我的无知。我的眼泪噼里啪啦地掉下来。

高中学校在稻花县城，正大门斜对面是青河公园，稻花县唯一的公园。山小水浅，景观寥寥，却要两块钱门票，且炙手可热。两年，我去过两次，都是学校组织的春游。湖边，一排杨柳风情万种。我很少回家。即便周末。爸爸常来学校看我。偶尔带来一盒炸得酥脆的带鱼或是一瓶香港橄榄菜。每次来，有两句话他都轮换着说，“你妈让我来看你”或者“这是你妈给你做的”。

寒暑交替，一晃就高三。我的数理化，难以置信地差，三科考试成绩加起来不到一百分。语文却是出奇地好。我身边的大多数同学还在忙着分析段落总结中心思想的时候，我已经开始了文学创作。我把姓氏去掉，用真名作笔名开始发表作品。如果那时你在天鹅市的《中学生作文》上看过署名凤凰的作品，那一定是我的。

每晚十点，宿舍统一熄灯之后，我打着手电筒在被窝里看书，从未早于子夜一点躺下。每天早上六点，我准时起床，还是看书。中午为了不打瞌睡，午饭只吃七分饱，晚饭不吃。适当的饥饿能让人保持清醒。我看大小仲马、福楼拜和莫泊桑；看果戈理、托尔斯泰、普鲁斯特和乔伊斯；我也看海明威、福克纳、艾米莉和伍尔芙；看加缪、卡夫卡。当然，我也看汤显祖和曹雪芹，还有琼瑶和金庸。阅读让我忘掉耻辱，忘掉这个世界对我的虎视眈眈，忘掉同类对我的践踏。

高三那年秋天，我在全国最权威的文学杂志上发表了一篇题为《丑小鸭》的小说，一时声名鹊起。高级中学里几乎每个人都听过凤凰这个名字。于是，有人开始打听，“哪个是凤凰啊？”有人指，“喏，那个。”“啊，那个啊？真是凤凰啊……”一阵笑声。诸如此类的窃窃私语和指指点点日益增多。我的视力不好，耳朵却像狼一样机敏。他们先是好奇，然后是失望，再后来是怀疑和鄙薄。“那个小说不是抄袭的吧？”最后，说法终于进化成这样，“铁定不是她写的，怎么可能呢？”

我从不辩解。埋头，穿过学校那个尘土飞扬的操场，穿过众目睽睽的审视，穿过千百年来亘古不变的人心。从宿舍到教室，从教室到饭堂，从饭堂再到宿舍。我是他们眼中的异类。

4

我和于大可终于组成了“我们”的那一晚，是在我们合购的第一套房子交房后的第三个月。房子在柠檬市龙城区，总价不到一百万元，首付二成。钱是于大可支付的，我没想到他会写上我的名字。购房之初，和于大可坐在售楼处签署一大堆合同时，百感交集。这个声称养我的流氓，这个永远不会给我一丝半点的真情实意的野心家，他给了我半套房子——至少是象征意义上的半套房子。首付款是他的，主要贷款人是他。他是为了把场面做足吗？还是动了点恻隐之心，施舍我一点零星的安慰？

可不管怎么说，我是高兴的。我从未想过自己会在这个茫茫城市拥有只屋片瓦。我知道，于大可占有的，远比我多。可不知为何，我还是无法跟他提钱。虽然我知道，那都是我出丑换来的。没有谁不需要钱，可我还是希望在某个自己可控的事物上，维持那么一点微不足道的自尊——那早就不值分文的自尊。

房子在顶层，十八楼，适合远眺。龙城区算是郊区，在二〇〇九年的柠檬市。西边是大片农田和荒地，数十栋稀稀拉拉的民房高矮不一，杂乱无章。东南边是另一栋与此栋楼比肩的高层。几乎住满人，万家灯火星星点点。阳台上，晾晒着各色衣物，风起，就呼啦啦飘荡开来，宛若春之原野，百花盛开。我们的阳台没有衣物，而是布置成一个阳光花房加书房。毕竟，这算不得我们的家，而是我们的财产。财产，是数字，不是生活。生活乌烟瘴气、鸡毛蒜皮、指鹿为马。数字一成不变、万无一失。那时的柠檬市，还没缔造出土地稀缺论，房价正常而温和，房子也大多建得不算太高。非市中心区域的很多楼盘，普遍容积率低，空气舒畅。就连聪明透顶的开发商们也没有料到，不出几年，柠檬市的房价会像坐了火箭般一路飙升。

微醺之际，于大可和我东倒西歪散在沙发上，身体靠近起来。肩踵相碰，箭在弦上之时，我倏地站了起来。“我头有些晕，得到房里睡一会儿，你在沙发上也休息一下吧。”临阵脱逃，这是我唯一擅长的。于大可把我拽下，转身把我压在沙发上，粗粝的布艺沙发擦得我皮肤滚烫。他胡子拉碴的嘴开始顺着我的脖子往下，急骤、狂暴，阵脚大乱。我愤恨转身，把他压在底下。他对我说："凤凰，我们可以联手干一件大事。"再也无法居高临下，隔岸观火，再也无法恬不知耻地羞辱我："你有什么人可丢呢？"

这一次，我没有干呕。我平静地在洗手间漱口、刷牙、洗澡，检查了一遍上衣，没有污渍，再穿上。出门前，我吻了吻正在昏睡的于大可，就像亲吻自己名正言顺的男人。我轻轻地带上房门，走出去，从十八楼回到地面，回到这个城市熙熙攘攘的车水马龙。

老子说：天地不仁，以万物为刍狗。我知道，作为一只刍狗，我无力对抗命运，可我还是忍不住想要奋力一搏。如果说此前是于大可牵引着那根线，我是那个被他牵引的木偶，那么从现在起，我不这么想了。我想做那个牵线的人。我给于大可打电话说，把房子给我单独使用三天，我想好好一个人待一待，静一静。他爽快地答应了。可他并不知道，我会在这里干什么。三天，三天足矣。我本来想说一个星期的，可是话到嘴边，改口了。夜长梦多，兵贵神速。我怕自己优柔寡断、举棋不定，我受够了自己左右摇摆的矫情。

一切布置妥当之后，我给于大可打了电话，让他周五晚上回来，吃个晚饭，我负责买和做，他负责吃。我用了"回来"这样的字眼，仿佛他是我的丈夫或家人，仿佛我有权要求他这么做。他依旧爽快答应，还调侃了一句："看来你良知未泯啊，居然会主动请饭。哈哈。"我匆匆挂了电话。我不能让他听出我的局促，以及紧张。

周五晚七点，他进门，还捧了一束花，不是玫瑰，而是满天星，象牙色的满天星。我知道，他永不会给我送玫瑰。这一点，从一开始我就清楚。“我需要你策划出更吸引眼球的事件。”我接过他手上的花，没等他把鞋脱完，就张口提要求，简单粗暴。我不能在饭桌上或是饭后提。我必须立马提，单刀直入、发号施令。

“为什么？”他挑高眉毛，问。

“不为什么。”我的声音干冷。

“你以为你可以对我颐指气使吗？”他提高音量。

“我没有对你颐指气使。”我说。

“可是你现在正在这么做。”他的脸难看起来。

“那你想我怎么做？”我轻佻地抬起下巴，盯着他看。

“柳凤凰，你他妈的越来越不知足！”他被我成功激怒，恶狠狠骂道。

“于大可，别忘了，你也不是什么好鸟！”我知道如何进一步激怒他，并把他引到沙发边，趁机推了他一把。他倒了下去。

我望了望沙发三点钟方向的电视背景墙，看了看中间的那个小置物架，确定那个小小的信号灯正在闪烁。于是我动作了，把身体倒在他身上，既愤怒又疯狂，堵住他的嘴，吻他，用舌头撬开他的舌头。他的愤怒和欲望如熊熊烈火，燃了起来。

柳凤凰，你他妈的。于大可没有说出来的那句话，我在心里说了一万遍。一点不错，我就是个厚颜无耻，且还会更厚颜无耻。他不知道，我从未这么做过，甚至从未真正做过，我从未在任何人面前褪去所有的衣物。他以为我不知道黎小田的存在，他太小瞧我了，就像他以为只要给我半套房子就能轻而易举地打发我一样。

一周之后，网站上出现了我的裸照，关键部分打了马赛克。标题是粗壮的黑体字：凤姐的秘密。瞬间，我的手机被打爆，一个接一个电话。有些号码我认得，是此前我去做过嘉宾的电视栏目。其他的，我虽不认得，却心里明了。除了媒体还能有谁呢？这么不依不饶、前赴后继、掘地三尺想找到我的，只有媒体。我一一掐断。继续浏览各大网站。他们都在争相报道，用他们的猜测来取代求证。

第二天，各方电话继续打进来。我没再掐断，而是把手机调到振动，直至手机没电自动关机。我在阳台忙里忙外，给植物浇水，剪掉发黄的叶子，往土里撒几颗肥料或陶粒。白掌的花开得没心没肺，鸟巢蕨绿得似乎初来乍到，不谙世事。只有常春藤，绿得老成世故。我坐在阳台上望了望远处，天空真空啊，空得让人不知所措。我知道，现在还不是我的时间。我需要的只有等待，静静等待。飓风过岗、伏草唯存。

于大可疯了一般冲进来时，已是第二天晚上。“柳凤凰，你他妈的是疯了还是鬼上身！你他妈的想做什么！”于大可把“柳凤凰”三个字喊得抑扬顿挫、咬牙切齿，仿佛这样就能撕碎我的名字或我。

我把浇花的洒水壶缓缓地放在地上，又重新捋了捋常春藤缠绕在一起的叶子，抬起眼皮问：“发那么大脾气干吗？什么事嘛？”

“你少在那里给我志得意满！不知道什么事？你还在那儿装？！你有脸给我装？！”于大可发起脾气来额头上青筋暴突，很不好看。

我没回应。给他留了足够的一气呵成、排山倒海、气势磅礴的训斥、辱骂、声讨和诅咒。

“你等着被唾沫星子淹死吧！可要死你一个人死，不要拉我垫背！”于大可把桌上的两只高脚杯狠狠地摔在地上——那曾为“胜利”相碰过的高脚杯。

“呵，唾沫星子！于老师什么时候在乎过唾沫星子啊？可有一点你说得不对啊，我拉你垫背？你什么时候给我垫过背？我向来是你的木偶，任你摆布任你操纵，你让我向左，我从不敢向右。我们这是你情我愿，情投意合。我没嫌自己亏，你又有什么好嚷嚷的？何况昨天不是愚人节吗，你怎么没有一点娱乐精神啊？”我瞄都不瞄一眼地上的玻璃碎片，面带微笑，慢悠悠地吐出这些句子。

“你他妈的立马把网站的账号密码给我，删掉这些照片！还有电脑上的，统统给我删了！”

“你是在对我发号施令吗？”我挑起眉毛，问。

于大可连脖子的血管都凸显出来，仿佛下一秒就要爆裂，他用虎口卡住了我脖子，力道狠，下手重。这个曾经瘫软在我身体里的男人，在面对自己的身家性命时，可是一点情面都没顾。这个为了达到目的不惜用一切手段的男人，这个声称要养我一辈子的男人。哈。我的整个身体被他抵在墙上。我闭上眼睛，不做任何反抗。

很快，他的手放了下来。“好，你赢了，柳凤凰，你赢了，你他妈的赢了，好吧？”他气喘吁吁，一字一句。前额的头发掉了下来，遮挡住右眼。汗涔涔的额头，还有脖子。认识他以来，从未见过他如此：颓丧、破败，如一棵遭了台风的树。当年毛遂自荐的于大可不过是落魄而已，并不破败。我的心有些发酸，微微地疼。“把原始录像给我好吗？”他换了语气，开始祈求。

“行，只要你配合我。”我伸了伸脖子，用手掌抚了抚被他掐过的地方，避开他的眼睛，平静地说，“不过，于老师，要记住，现在，轮到我出牌了。我保证，只要你听我的，不会有你什么事，好吗？”我微笑，轻轻地拍了拍他的心口，盯着他的眼睛说，“还有一点温馨提示：我已经设置好 20 封定时发送邮件了，不管是哪家媒体，如果收到这封邮件，都会高兴坏的。那是爆炸性猛料啊。我将每隔 24 小时重设一次。也就是说，如果我出了什么事，没有在 24 小时之内及时撤回，那就对不起了，你和我的一切都将天下皆知。不是威胁你，于老师，我只是不希望你采取任何错误的方法。要知道，我们是并肩作战的战友啊。”

于大可的脸扭曲起来。可我知道，自己安全了，他不会蠢到要杀我，不会。我们是捆在一起的蚂蚱。不要怪我，你该为我骄傲，于大可，我是你最优秀的学生。我在心里说。离开屋子的时候，我对自己说：柳凤凰，从现在开始，你要打好每一张牌。

事实上，流到网上的艳照只是我一个人的，并没有于大可。可谁都看得出来，完整的画面必还有另一个人，另一个吊足了大众胃口的人。全世界开始陷入无法抑制的猜测，相比于看得见、确凿存在的事物，人们往往更关注看不见的事物，这是人性有意思的地方。多么可爱的人性啊。不久，有些网站开始竭尽所能地发挥想象力，信口胡诌了许多子虚乌有的故事，仿佛那就是真相。越来越多的网站转载。我打开微博，粉丝已由此前的 300 万元涨到了 2000 万元。只是图片无法点开了，有消息称警方已开始介入调查。我知道自己还得等，我也知道这样的图片属于淫秽图片，这样的行为属于传播淫秽物品行为。

警察找到我，板着脸做笔录已是艳照流窜于世的第四天。几天下来，我把眼睛哭得又红又肿。盘问我的是个老警察，脸上沟壑丛生，五官比我的还要鬼斧神工。看起来是一把快要退休的年纪了，眼睛里是经年累月训练出来的凌厉，右手的尾指甲盖被烟熏得黑黄。他咄咄地逼视我，仿佛我是个十恶不赦的罪犯。

照片是你拍的？

是。我直言不讳。

把事件详尽地说一说。

那是存在我电脑里的。可是我的电脑十天前不小心丢失在网吧了。我再回去找的时候已经找不着了，后来我还报了警，可电脑就是没有追回来……然后照片就流出去了。

我把满脸泪水埋在我的臂弯里，还有羞惭。

为什么拍这些淫秽照片？

我们要分手了，我想留个纪念。我这么丑，恐怕这辈子都找不到……找不到……爱我的人了。我一把鼻涕一把眼泪，哭得凄然，话也说得断断续续、前言不搭后语。

可是你一个姑娘家，也不能这么没羞没臊啊！老头虽然还是板着脸教训，但语气变缓和了。

是啊，警官。我肠子都悔青了。以后没法做人了。爹妈的脸都被我丢尽了。死了干净哇。我号啕大哭起来。

做笔录的是个小年轻，看起来二十出头，粗眉大眼。一见我情绪失控，他们有些不淡定了。看得出来，这样的案子对他们就像是烫手山芋，不管查出个什么来，都意义不大。一个丑八怪的裸照而已，能有多大事啊？若我真一时想不开自杀了，他们会更麻烦。何况他们查过了，照片出现在网上的一周前，我的确打电话报过警，声称自己在网吧丢失了一部电脑、一个夹着身份证的钱包，为此我还到龙城派出所做过笔录，报失身份证和补办身份证的回执我还用手机拍照存了底。

自始至终，我都没牵扯于大可半点。警察不是没问男主角，但被我以这是保护前男友隐私为由搪塞过去了。我也相信于大可，即便他被问话了，他也会死死咬定自己一无所知。他怎么会那么蠢呢？主动承认自己是照片中看不见的那部分？我知道他不会。不用打招呼，他也不会。至于我们联名购买的房子，也被查出来了，可是这并不代表什么，用任何一个普通的理由都可以说得过去。没有哪条法律规定两个普通朋友、老同事不可联名购房。

再后来，事情的真相终于水落石出了：拿走我的电脑和钱包的是一个长期泡网吧的无业游民，趁我上厕所的空当，神不知鬼不觉地把东西给掳走了。等我回到桌前，惊慌失措地问前台时，他早已不见了踪影。回去之后，他发现那是一部崭新的笔记本电脑，没有任何加密设置，没有任何障碍，里边所有的文件夹，都可以一览无余。电脑的D盘上，有个文件夹，就叫：凤姐的秘密。里头就是那些被我剪过的艳照，没有男主角的艳照。在电脑的F盘上，还有无数篇日记，那些日记，足以表明那部电脑就是凤姐本人的。

有哪个年轻人能抵挡得住这样的惊喜和诱惑？谁能克制住想和全天下分享的冲动？所以，当他把那些照片发到网上的时候，他没觉得自己做错什么，他只是一个正常人罢了，一个无法独守秘密的正常人。他太年轻了，年轻得不会去思考，为何一部崭新的电脑能够那么轻易被他拾得，为何那么要紧的个人隐私那么容易就被他看到。所幸他未满十八岁，惩罚要轻微得多。他落网的新闻在各大媒体持续发酵，看着他单薄的背影，我的心一阵苦涩，每个人都要为成长付出代价。

我开始接电话。报纸、网络、电视，甚至电台。各大媒体都像苍蝇嗅了腐肉般蜂拥而至，有的还蹲守在我的出租屋外面。我和于大可已经很长时间没联系了，我知道，这一次和以后的每一次，我都要孤军奋战了。好几次，我差点拿起电话打给于大可，问他，我该去还是不去，关于那些对我提出独家专访的媒体。不去的话，如何拒绝，去的话又该开价多少——关于出场费。是的，出场费。要自己拿捏火候真孤独啊。无数个瞬间，我深深地想念于大可。

我不知道他一次又一次地说“凤凰，要记住，你是独一无二的”，或是握住我的肩膀说“凤凰，你是你，她是她”时有多么的孤独。那种无所依托、赤裸裸、需要无耻且强悍的内心的孤独。虽然我知道他从艳照出现的第一天就卖了我，把我的手机号给了所有打电话给他的媒体。他急于和我划清界限。我的手机此前只存了少数媒体的电话，此前所有约我采访或是做节目的电话都由于大可操控，所以当我的手机被打爆的第一天，我就知道是怎么回事了。

我不怪他，相反，我需要他这么做。就像当年，我在柠檬市最繁华的地方派发征婚传单时，我需要他那双眼睛。那双隔岸观火、野心勃勃的眼睛。我还需要他自以为是我的救世主，我的导师，我的恩人，我的上帝。我需要他相信他塑造了我，至少是开启了我。他永远不会相信，人都有短板，都不愿意承认：每个人所相信的事物都不过是他愿意相信的那部分，而已。

我逼迫自己列出时间表，有条不紊，从周一排到周日。时间背后，是我的价码。我就像一件商品般有了价码。能给自己明码标价的感觉真好，又讽刺又过瘾。五万、三万、两万、一万……什么价钱都有。对那些财力雄厚、表现急切的大媒体，我的要价最高；对影响力一般，不过是为了在事件中蹭点热度的小媒体，我则酌情稍减，但也不能太低。反正，我知道，要低了是自降身价，要高了又容易把事情搞黄。可还是有百分之九十的媒体接受了我的要价，为了让我接受采访，为了获取所谓的第一手资料，为了他们声称的事件真相和他们从不承认的骨子里的八卦和媚俗。还有广告商闻风而动，让我代言他们的产品，给的价格是这些零碎钱的十倍，甚至更多。

二十天不到，我的银行卡账户上数字骤增。有些是老实巴交地按规矩转账，有些直接给现金。给现金的既为避税也为掩人耳目。为了一个毫无意义的非主流、非正能量的新闻而大肆花钱，这是什么价值观？要作死也要作得低调点吧？我喜欢现金。密密实实被扎成一捆一捆的钞票，装在一个大大的牛皮纸文件袋里，递过来，沉甸甸，豪气。那是我做梦都没想过的数字。

我还代言了一款珠宝广告，那款价值二十万元人民币的“海洋之心”钻石项链在我粗短的脖子上闪着寒光，我一回头，波浪式卷发倾泻下来，广告词一蹴而就：请相信，只有我，愿意真“心”待你。代言费税后五十万元。五十万元，足以在二〇一〇年的柠檬市首付一两套地段不差的房子，足以在我的家乡稻花县一口气全额付清三套上百平方米的房子。

我终于在沸沸扬扬的艳照事件之后扳回了一局，从此前彻头彻尾的丑角，变成“毁誉参半”了。人活于世，再正常不过的“毁誉参半”，于我，却需要拼了命，掉了皮，才勉强得了个一二。吐口水、掷鸡蛋、谩骂诅咒的人依旧大把，却也有人看见我“金子般”的心。这不是我说的，这是热心网友说的。偶尔浏览各大网站，看看网友们为我在打的各种口水战，我哑然失笑。爱我恨我，褒贬毁誉，都不过是浮云。衰草枯杨，曾为歌舞场。乱哄哄你方唱罢我登场。一出戏罢了，傻蛋才会较真。

数日之后，病重的外公在哥哥的操持下转到了省人民医院，住在一个还不错的病房，等待着手术。这一切费用，我的父母、舅舅、大姨，还有外公，永远不会知道真相。这是我和哥哥的秘密。在和哥哥商量之前，我早已胜券在握。因为我知道，他比我更了解妈妈。以妈妈的个性，宁可外公死，也不会用到我的钱，给她蒙羞的钱。如果是现金，她也许会扔出窗外，让它们漫天飞舞，或直接扔进火堆，把它们烧成灰。妈妈绝对做得出来。我给了这些钱一个漂亮的说法：那是计算机专业出身的哥哥赚的，他开发的网络游戏报酬不菲。至于多少，妈妈无须知道。她只需要相信，凭着哥哥精湛的技艺，他还可以开发出更多的游戏，并把它兑换成能吃喝能救命的钱，源源不断、永不枯竭。

后来，我和于大可卖掉了那套共有的房子，赚了近三十万元。于大可全部给了我。“我们之间的恩恩怨怨，一笔勾销吧。

你不要怨我，我也不怨你。”于大可说。那一刻，我们正儿八经地坐在一个叫麦哲伦书吧的咖啡馆里，四目相对，平静而羞赧，仿佛这是我们第一天认识。书吧屋顶，悬满了装饰书，有些已经开裂，张开嘴，蜘蛛网在其中横亘。吧台后，是戴着无框眼镜的女店长。每次来，她都对我轻轻点头微微致意，从不曾打搅我，从未对我表示出任何窥探和好奇，虽然我相信她认得我这张脸。

目送于大可的背影渐行渐远之时，我竟忍不住哭出声来。像一出低劣的韩剧。女店长轻轻地在桌子给我放了一盒纸巾，拍了拍我的背，然后悄然走开。晚上的麦哲伦空空荡荡，没有别人。多年前，那个跟保安在校门口较劲，一股脏兮兮的浪子气，野心勃勃油嘴滑舌的于大可，从此别过。我想起他恬不知耻地说：“我养你。”我拿出手机，给他发短信：“你爱过我吗？”我为自己问出这句话感到羞耻，却还是把它发了出去。他没回。一直没回。

直到第三天，黎小田打来电话说，于大可出事了。于大可坐在一辆前往机场的的士上，红绿灯处，一辆泥头车失控闯过，从的士侧身碾压过去，的士司机和他，当场死亡。黎小田趴在我身上哭得昏死过去，似乎我是她的挚友或亲人，而不是她曾恨之入骨的人。我不知该如何安慰她，我知道，她微微隆起的腹部，怀着于大可的孩子。我无法替她作任何决定，我无法像于大可一样果决坚定地告诉另一个人：你该如何，或不该如何。

重新走在马路上人群中时，我突然感到深深的疲惫，那种深入骨髓的疲惫。柠檬市冬季的上空，没有飞鸟，没有太阳，只有铅灰色的暗淡和漫无边际的阴冷。

在省城住院的外公，手术做得还算顺利。只是，切割了一部分肺部的人，性情变得暴躁，他说：自己已经活够了，不想在痛苦中忍耐余生。他把大姨、舅舅、妈妈轮番大骂了一遍，说他们都是恨不得他死才会把他往手术台上送。手术后的第二个月，他无论如何都不愿意继续待在医院里。他给他的儿女们下跪，磕头，逼迫他们把他送回家里。他说自己不想死在医院。

二〇一二年十二月二十二日，那个玛雅人预言的世界末日虽未到来，却成了外公的忌日。在外公的葬礼上，妈妈异常平静，见了我亦没有任何过激。她对我说，在家里多住几天吧，别那么急吼吼地往外跑。我点头应承。那是我大学毕业后唯一一次在家长住，待足了一周。那也是我整容前在家的休整期，我想让彻底改变前的自己在家多待一阵子。此生，我注定忤逆，注定对不起他们。

远离手机、网络以及那些永无止境的是是非非，让我在每天醒来时都生出恍如隔世之感。

奶奶每天早上煲一锅白粥，煮几个咸蛋，炒一个咸菜或青菜，偶尔蒸点马鲛鱼或排骨，做全家人的早餐或午饭。哥哥因为工作原因只在家住了一天就匆匆赶回天鹅市，他说过，他会选择那里作他的终老之城。他说他是个到不了远方的人，眼前的苟且就足以让他安度此生。这句话是他的微信签名，不知为何，看到这句话，我的心里忽然碾过一阵疼痛。临出门前，哥哥偷偷地把那张银行卡塞回我包里，抵达天鹅市之后他给我发了一条微信：我到了。卡在包包内的夹层，密码没变。那原本是给外公的病做长期治疗准备的钱。

某天，奶奶支使我去草莓镇上的豆腐坊买油豆腐。在那里，我遇见了黄木柱。他颤颤巍巍地拄着拐杖，嘴巴七扭八歪，秃顶，哆哆嗦嗦、一瘸一拐地从豆腐摊上接过那袋油豆腐，和我迎面走来。他根本没有注意到我，似乎我就像空气一样透明而自然。即便注意到，想必也认不出我。我快速地掠过，像风和影子。

豆腐坊生意很好，人多，排队，却都是些新面孔，我不认识他们，他们也不认识我。我松了一口气。接过属于我的那一袋油豆腐时，我用嘴朝着黄木柱走远的方向努了努，装作不经意地问："刚刚那个拄拐杖的人是怎么回事？"豆腐摊老板是小年轻，很生疏，估计是接了上一辈的班的后生，他忙得连头都没抬，说："哎呀，这还要问？中风了呗。原本是学校的老师，中风之后就提前退了。"我以为自己会高兴，至少会觉得他罪有应得，可是，我竟一点也高兴不起来。

所有的罪与孽，都终将无足轻重，消逝在日复一日的时光里。

佛花，文学硕士，曾供职于报社、杂志社等媒体，深圳作家协会会员，麦哲伦书吧发起人之一。有小说、诗歌、评论发表于文学刊物。出版诗集《人间》。现从事小说创作及时尚研究。

杜鹃的忧伤

戈　铧

每种疾病都隐藏着一种需要。

——题记

1

尹城是没有秋天的。

夏季在最后的冲刺中，顽强地挺守在傍晚仍高达三十度的纪录，被冬季接管的时候，已经是第二天清晨嗖嗖冷冽的寒雨，窗外树叶的迎风挣扎，行人冻得竖起的衣领和抵御寒冷而佝偻的腰背，态势完全吻合气象台的预报，已经到了十度以下。

每年似乎都没有来得及怅惘早秋的落寞以及晚秋的凋敝，诗意的秋季在某个夜晚像被抽掉了脊骨的鱼，软塌塌地滑得无踪无影。

杜娟娟在家里。

被妈妈禁足后，这十来天，她终日不出门，掩在自己的小房间，看季节的交替在一昼夜间的来势汹汹和迫不及待。她还是穿着夏天的衣服。被严禁出门后，她每天仍旧会换装，打扮得干干净净，耳朵后面抹些香氛——她自己闻不到那个味道，但妈妈说过，很赞赏地说过，那味道着实好闻。

紧闭着的房门和窗户也挡不住外面逼人的寒气，裸露着的胳膊和腿，有点禁不住，终于开始打起哆嗦。杜娟娟坚持着，瑟瑟地发着抖。她一遍又一遍地看着桌上的小闹钟，猜测着妈妈现在的位置和状态。她做好了最坏的打算，如果那最坏的打算真的在几小时后变成了事实，她可能已经冻得病倒，硬挺挺地杵在小房的实木地板上，虽然不至于像瓷砖地面那般让人冰凉得难以忍受，效果仍旧会在满腹怒气的妈妈那里得到升华。杜娟娟甚至能想象得到妈妈慌张的脸，手足无措，大呼小叫地拨打“120”。当救护车来到院子里，被抬进车里的躯体僵直地对着妈妈，眼睛微微睁开，轻柔地唤一声“妈”，所有的过错和惩处都将烟消云散。

前途算什么？杜娟娟不关心那至关重要的“将来”，那是妈妈口中和心里的对她的“将来”，她丝毫不在乎。她只在意，眼前，妈妈又把她视若珍宝，失而复得的珍宝。

杜娟娟咬着手指，单薄的衣服再也挡不住越来越凛冽的寒气，她勇敢地躺下来，找到书桌边的位置，这样不至于顶着门。她抬眼望着天花板，这个角度，天花板显得特别高也特别白，只有一片米粒大小的奶黄色污渍巴在东南方向，她琢磨着那个可疑污渍的来源，用了各种解释，好像也给不了完满的答案。她放弃了，现在一切都极其安静，甚至邻居家那条讨厌的法斗也没了吠声，只从遥远的书桌上传来闹钟的嘀嗒声，一下，两下，杜娟娟闭着眼睛，她绝望地感受到堕入地狱的漫长过程。

杜娟娟听说她刚来到尘世的时候，全家还是欣喜若狂的。爷爷奶奶爸爸，还有外公外婆，都守在医院外。妈妈说她挣扎很久，从头天中午羊水破开，作死作活地疼了足足十多个小时，终于在午夜时分产下这个小闺女。

奶奶已经算过，说这个时辰出生的女孩子命最好，民间有说法的："男子要午不得午，女子要子不得子。"而且娟娟五行属水，命里是温柔可人，聪明伶俐，将来绝对非富即贵，嫁个好人家不成问题。

杜娟娟每回听到这里都觉得羞。奶奶就是这种老脑筋，还是机关的退休干部呢，爷爷的头衔也不小，奶奶的另一个身份是名正言顺的官太太，多少从前的觉悟，就退化到如今的封建迷信里。也许潜意识中，奶奶觉得其实是她自己的命好。妈妈也免不了俗，杜娟娟甚至在妈妈淡淡的描述里，也能寻觅到妈妈为自己命好的某种得意。

她们都是命好之人，所以希望她们的传承，也会是如她们一般的好命吧？

可外婆不是这样认为的。如果当初家里有人对娟娟的落地表示过一丁半点的失望，那应该就是外婆。外婆始终认为，只有生个男孩子，妈妈的命才是真的好。有时候杜娟娟真心不相信，从小带大她的外婆，除了妈妈之外对她最上心的外婆，竟然是唯一对她的到来流露出失落情愫的。

爷爷奶奶当时刚退休，抱着红紫小脸蛋的杜娟娟，禁不住地呵护和宠爱。他们反复申明一定要带好这个孙女，但是在两三个月后，终于被嚣张乱闹的小婴儿弄得百般无奈，多病，只吃母乳，夜哭郎……而且，小孩子原来这样麻烦啊——这是爷爷奶奶的原话。在生育过一子一女三十年后的今天，已经养尊处优无法再回到革命状态时的从前，上班下班做饭洗衣，那激情燃烧的年月，那年富力强的青葱岁月，那总有一股子使不完劲儿的时光，怎么回不去了呢？奶奶摊手，放弃曾立下帮妈妈带孩子的豪言，妈妈只好在自己休完四个半月的产假后，把小娟娟托付给自己的亲娘。

外婆接管这女儿送过来的小累赘，语气里只咻咻，一语道破：“哼哼，如果是个男娃娃……”

杜娟娟在妈妈下班后从外婆手里被抱走。外婆总是唠叨：“外孙是狗，吃完就走！”夕阳的余晖打在外婆刚直的身躯里，那个有着朗朗笑声的老人，总能把一些藏着掖着的话头，从嘴里毫不留情地吐露出来，曝晒在太阳光下。

妈妈的工作不算太忙，中专读的是幼教，本来一直辗转在几家民办的私立幼儿园上班，和爸爸谈定婚期后，就调到尹城的县公立小学，担任美术老师一职。杜娟娟看过妈妈在幼儿园的照片，还挺时髦的，长披发，白绒绒的毛衣，短格子裙，一双长过膝盖的靴子，笑靥里全是天真和自信。到小学后就变化了，头发剪短，总是正式套装，有些严肃的样子，照片里也会笑，但是拘谨得多。杜娟娟没问过，妈妈是因为成了小学老师后变成这样呢？还是因为嫁给爸爸后才变成这样子的？毕竟，奶奶家的规矩多，奶奶家来往的人家，规矩也多。

这么多年，杜娟娟从抱在外婆手里的婴儿，长成牵着大人手能行走的幼儿，再到背着书包上学的学生，好像轨迹一直没变化过：一早起床，洗漱，吃着奶奶做好的早餐，被匆忙去上班的妈妈紧紧地放在自行车座上，迎着夏天的太阳或者冬天的冷风，甚至冒着湿淋淋连绵不断的春雨，送到外婆家、幼儿园、然后是和妈妈一起的小学校里，中午又被忙得火急火燎的妈妈送回外婆那里吃中午饭，小小地休憩后，她又被妈妈带回幼儿园或者小学校。

杜娟娟回忆起来，几乎没有一天离开过妈妈：早上，下午，晚上，寒暑假，甚至妈妈单位每两年一次的旅游。她依稀还记得妈妈的好闺密刘阿姨，在某次去江南的水城旅游时，对一定要赖在妈妈怀里的她，取笑过：“你就不能让我抱抱你吗？你这个小包袱！”杜娟娟扭着小小的身子，不想让这个其实自小就熟悉的阿姨从妈妈怀里夺走，她哼哧哼哧地左歪右闪，那个拿着桨橹的划船老者，都用吴侬软语生硬地斥责她们的闹相。

她一直和妈妈形影不离，像袋鼠一般，妈妈的怀抱是她的家，永远也不想离开的地方。妈妈的怀里是她出生的地方，后来杜娟娟知道，那个地方，妈妈也会和她分享不为人知的秘密。

有一次，妈妈甜蜜地问她："如果再给你要个小弟弟或者小妹妹，你想想，你要个啥？"

那会儿杜娟娟才过三岁，刚上幼儿园的年龄，杜娟娟惊奇地盯着妈妈的怀抱，用小手扑棱扑棱地拍打几下，想听听那里面的弟弟或者妹妹叫唤叫唤。当时在家里，奶奶刚布好一桌丰盛的饭菜，饶有兴味地研究着妈妈的胃口，就此猜测妈妈肚子里那个娃娃的性别。奶奶看见杜娟娟的动作，脸色都变了，有点凶地厉声呵斥她。杜娟娟很少见奶奶严肃的模样，奶奶虽然没怎么带过她，但一个屋檐下，奶奶对孙女儿的舐犊之情总是有的。这下子突然地发火，把杜娟娟吓到了，她一边哇哇大哭，一边倒在妈妈怀里，嘴里还说："不要小弟弟，也不要小妹妹，我要小狗，妈妈，我要刘奶奶家那样的小狗，凶我奶奶！"隔邻院子的刘奶奶家有条法国斗牛犬，据说是纯种的，其实并不凶悍，只是模样有点不受待见。奶奶不喜欢刘奶奶家的这条法斗。也是巧，别人倒罢，好像那条法斗知道杜家奶奶不中意它一般，每回它见着奶奶，就狂吠个不停。

餐桌上的人听杜娟娟这样说，都大笑起来，掩着嘴开心不已。爷爷还就势抱过杜娟娟，叮嘱她千万不要对外人说，这可是个秘密啊，家里的大秘密。爸爸也严肃起来，对抹着眼泪仍旧撒着娇的女儿说：“要是讲出去妈妈肚子里的秘密，爷爷奶奶爸爸都要倒霉了。特别是妈妈，娟娟就永远看不见妈妈了！”杜娟娟本来停住的哭声，被爸爸的这番话放大了想象力，又大哭了一场。

妈妈肚子里的秘密，在五个月后刚有动静的时候，就永远被埋葬下去。

杜娟娟记得妈妈躺在外婆怀里哭泣，泪眼婆娑地慨叹自己的命运不济。外婆在旁边给妈妈炖着乌脚鸡汤，一勺一勺地劝妈妈小口小口地喝下去。外婆劝着：“留得青山在，还怕没柴烧？你俩还这样年轻，总有希望的。下次一准是个男胎，你信我的，我天天拜菩萨，保佑你给杜家生个男娃娃。”

妈妈小声地啜泣：“真是疼啊，您没受过那罪，都成形的娃娃，硬是拽了下来……比生娟娟那会儿疼一百倍啊。”

外婆叹着气：“所以你的身体要养好啊。刮一个，抵得上生三个，瓜熟蒂才落，瓜好，秧也能保全，祖上说的话，都是有讲究的。所以，唉，你自个儿得注意身子。女人的命都这样的，他们家就小杜一个独子，这传宗接代的担子，只能落到你身上了……”

妈妈还在嘤嘤地哭：“还以为是读过书、上了大学的人，他娘老子骨子里还这么封建……”

外婆叹口气，不吭声，把碗里的乌脚鸡挑出最嫩的部分，用勺子碾断成小块，一点一点喂给妈妈，堵上女儿抱怨的嘴。

风声还是被传出去了，爸爸进县人大的机会被人告密状取缔了，妈妈晋升的名额也被刷下来。有群众举报说他们偷偷准备生二胎，妈妈大过肚子，还去地区医院找熟人做过彩超，因为是女胎就做了人流手术，暑假的时候躲在自己家里养小月子。有人去看过她，大热天的，躺床上不敢吹空调，还用头巾缠着脑门。

爷爷拍着桌子对妈妈说："出什么事，我来顶着！你就只管做好你自己的事！"

奶奶的女儿嫁到省城，是杜娟娟的小姑，在省城的一个机关里有一官半职，每年回娘家省亲的那几趟里，逮着空儿告诉妈妈生儿子的秘密。妈妈笃信小姑的话，小姑是大学生，还是大城市的，见多识广，而且小姑讲的那些方子，充满了专业术语，应该全有科学根据，最主要小姑自己生的就是个儿子。但是妈妈坚持不下来，熬了两三个月，妈妈苦着脸对爸爸说，这样每天掐着秒算，我实在坚持不下去。爸爸挺体谅："没事，无所谓的。我们听天由命，看上苍给我们送啥？"

很多年就那样过去了。妈妈一共怀过多少胎，三胎？还是四胎？杜娟娟也不记得了，从开始时懵懂年纪的满心欢喜，变成某种嫉妒，或者恐惧。

刘阿姨有次悄悄地问杜娟娟："你说，妈妈肚子里的是弟弟还是妹妹？"

这是妈妈的第几次？妈妈花容失色地说刘阿姨："作死啊，你让她知道啥？！"但是杜娟娟兴高采烈地盯着妈妈的肚皮，虽然刚进冬季，穿了厚厚的毛衫，但隆起的肚皮和妈妈整个瘦削的身材完全不适。杜娟娟认真地说："是个女孩子！"妈妈的脸色立马变了。

奶奶这时走过来，淡淡地盯着杜娟娟："她都九岁了，说话不作数的。"安抚着绝望的妈妈，又叮嘱刘阿姨，"可千万别走漏风声啊。这段，抓得越发紧了，听说，县里已经开除了几个干部呢！"刘姨认真地点着头。

奶奶像扫帚一般，匆匆地有力地从杜娟娟身边扫过去了，好像想要带走所有晦气，奶奶走过的那阵风劲，差点把杜娟娟拽倒了。

外公有天跑到院子外，大闹起来。街坊邻舍都过来看热闹，吐着瓜子皮，甩着花生壳，围着三四圈的人。刘奶奶的法斗虽然老了，还是能咻咻地叫唤，苟延残喘地要着狠劲。大家嬉笑议论，不见散去。人声，狗吠，夕阳下强弩之末的日光，热闹纷争的人群，外公喝醉的酒话里，句句的实情，让杜家不敢出面劝诫。

爷爷晚上在终于消停了的院子里，看着散去的人和狗留下的一地狼藉，缓缓地踱到爸妈的房间里。爷爷说："我也是为你们好，这是古训，养儿防老，你们身后没留个一男半子，如何安享晚年呢？"爷爷顿一顿，饮着泪的妈妈不知如何措辞为给自己打抱不平的亲爹赔不是，但爷爷沉重地挥挥手，"这也是你们自己的命。这次，无管是男是女，生下来吧……"

妈妈的泪终于出来，委屈地叫声："爸……"

爷爷打断她：“这是你自己的命，上天这一次给的是什么就是什么吧！”

杜娟娟在初一上学期结束的寒假里，有天还在做着作业，爸爸的车已经开进院子来。

那天飘了小雪，雪花落在地面上。尹城并不算北方，中部的气候就有这尴尬，冷且潮，又湿，诗意的雪花一挨着大地，就被洇成了水，肮脏的泥土把纯净的白雪扑哒过的地面变成让人厌恶的泥泞，在那个飘着小雪本该浪漫的日子，几秒后速成的污渍把记忆都弄得一派邋遢。

妈妈穿着一套鲜红的衣服，红棉裤，红羽绒服，戴着红色的棉帽子。她的怀中抱着一个同样红彤彤的包袱。他们慢慢地移近家门，爸爸打头，爷爷奶奶在身后，隔着垂着厚厚棉帘的窗户，杜娟娟看见爷爷气呼呼的脸拉得老长，奶奶唉声叹气、无精打采，爸爸面无表情，还有妈妈，杜娟娟看不见妈妈的脸，但感觉到妈妈抱着那个红包袱的无力与虚弱。

也是五个月就听说还是个女胎。这一次，没有像往常那样做掉。奶奶断荤，每天吃素，家里早请了观音，奶奶起誓言，说一直食素拜佛到生产落地的那天。奶奶还有点不信邪：“彩超也不是准的。小郭家的，当时照过彩超说是个女娃娃，硬生生地做掉了，结果，就是个男娃，真是作孽！出来时腿脚还蹬了几下子……苍天保佑我的一片心，哪能次次都是女娃娃呢？如果可怜我的一份诚心，落地时给我们杜家一个传宗接代的吧……”

奶奶的虔诚也枉费了。

杜娟娟开门迎着妈妈，接过妈妈手中的那个宝贝，她至亲的小妹妹。

只有杜娟娟觉得幸福，从知道妈妈开始给她准备一个小亲人起，她就天天祈祷。妈妈当年怎么说的？妈妈蹲下来，循循善诱地温婉地对杜娟娟说："娟娟，等我和爸爸都老了，他会让你在这个世界上不那么孤单。"

三岁的杜娟娟哪里孤单了？别的小朋友都不要弟弟，也没有妹妹，他们都是和她一样的独生子女，他们都是小伙伴，他们都有来自所有亲人的爱，他们全都独享自己的那份独一无二的爱，他们不需要旁人的分享。

妈妈在说假话，她哪里是想给她一个不觉得孤单的亲人，她只是想要一个儿子。如果当年杜娟娟是个男娃娃，妈妈还用得着费这么多年的劲去给她准备一个至亲的亲人吗？她才不要和别人不一样！

你，一定要赐给我一个妹妹！

杜娟娟每天的祈祷比奶奶更要虔诚得多，她心无杂念，没有多余的渴求。上苍厚待了她。当她接过妈妈手中那个和她一样的女婴时，感觉从没有过的胜利和骄傲。她的祈祷，终于换来了某种她不可能改变的命运的一个妥协的平衡。

2

妹妹到来后，妈妈还在月子里，家里已经紧锣密鼓地安排杜娟娟去省城读中学。妈妈躺在床上，身体很虚，一条心地照顾这个每天哇哇大哭的小婴儿。开始是爸爸来劝说的。

“已经初二了，尹城的学校，你可能不知道，和省城的没有可比性。你姑姑那边已经安排好，是省城排在第三的中学，一般人没办法进去的。你姑姑说，那所中学的英语，都是外国人给授课的。乖乖，外国人，真正的外国人，我们尹城，除了电视上，哪里见到过一个外国人？！”爸爸眼望着远方，视线越过寒天雪地的院落，充满向往。爸爸是从这个家里走出去的，在省城上了四年大学，兜了一圈又回到县里。不清楚爸爸当时回来的感觉，打小的环境，多少年没变化的家乡，从穿开裆裤就认识的邻居，到死，可能也得在一起了。

奶奶也过来劝：“省城多好啊，还有你喜欢的图书馆，新华书店，还有电影院，你姑姑说，省城的中学都是讲普通话的，操场铺的地和你们现在的学校都不一样，跑上去摔一跤，都不疼的……”

杜娟娟又不是没去过省城，那个离尹城两个多小时高速公路的地方。乱，挤，堵，到处在拆、拆、拆，灰尘遮天蔽日，所有的人走在大街上，都是行色匆匆。在破旧的还没拆完的老楼旁，全是拔地而起高耸入云的摩天大楼，把路上的行人吃进去，吞下去，再囫囵地吐出来，倒出来。

她当然还是向往省城的，那种纷乱中的热闹劲，那种吵吵嚷嚷的自信，那种省城人特有的底气，那跋扈的街道，那霸气的男人女人，甚至连大道两旁的法国梧桐都充满了嚣张的气焰。

为什么她就只是一个过客？为什么她就只是姑姑家一个走亲戚的小女生？她也愿意成为省城的一分子。

但是妈妈呢？妈妈不和她一起吗？

妈妈好累的样子，歪在床上，搂着那个刚停止哭闹的小婴儿，小声地对杜娟娟说："真心是为你好。省城的教育要比尹城好太多了！你去省城读书，将来才有可能考个好高中，才会有机会上个好大学。上个好大学，你也知道意味着什么了……"

"那你什么时候过来看我？"杜娟娟咬着嘴唇，想出自己最关键的一句话。她现在得注意自己每句话对妈妈的作用和影响力。那个每天只知吃喝拉撒睡的小妹妹，占据了妈妈太多的时间，她几乎没办法留意大女儿的声音。

"一周一次。"妈妈还没说完，小婴儿就拱了几下，妈妈有点害怕地专注地盯着小妹妹，观察着那个刚来家的小生命的一举一动，生怕她睁开眼睛，再闹一场。杜娟娟得到妈妈的答复，满足地离去了。

全是骗人的。

说好的一周一次，变成了遥遥无期。

在省城过的日子，从最初的梦幻之美，跌落到现实之痛。

杜娟娟虽然进的是省城排名第三的学校，而且入学考试还因为成绩不错，当场被副科老师拉到重点班，但因为属于借读，被不情不愿的班主任安排在了教室的最后一排。

最后一排啊！杜娟娟可是近视眼，个头还没开始发育，在女生中只是中等个儿，前排那些高高壮壮的男生，就把她的视线完全遮蔽了。而且，最后一排，学习不好自我放弃的后进生，脚上涂着鲜红指甲油的女同学，满嘴下流话的男同学，还有被老师用鄙视的眼神斜睨的某批开后门进来的差生们，全部安排在了教室的后门边，和那些办墙报的绘画工具、臭烘烘的运动鞋柜、大扫除用品，一起成了教室最低端的角落。

杜娟娟觉得羞辱，觉得无地自容，不甘于甚至耻于和这样的学生成了同学，挨得如此近，就像他们的缺点也沾染了她一样，他们的顽劣和不上进，他们让所有老师的忽视、鄙夷，深深地伤了她，伤了她自视是个优秀生的自尊心。

她给妈妈打电话，一天一趟。早晨六点钟，她准时拨通妈妈的手机："我不要在这种班级里，我不要和那些学生同流合污！

"你把我接回去吧，一个班七十人，我坐最后一排，眼睛看不见，同学挡住了黑板，我要站起来抄笔记，老师还骂我！

"根本不讲普通话，他们明明讲的是省城话。他们老是笑话我，我讲普通话他们笑话我，我讲尹城话，他们更笑话我，说我是乡下人！

"他们会跳箱，你懂不懂？跳箱你见过吗？我根本就不知道还有这种体育运动，我跑过去，看到那些叠起来的箱子就愣住了，每回都停住，我不知道怎么还有这种东西？！他们笑话死我了，老师也生气，让我不用上这种课了。人家上课，老师因为我不会跳箱，就让我站在旁边，把他们蹬翻的箱子一只只拾起来，再叠上去。你知道那是什么滋味吗？

“什么外教？明明是非洲的黑人，牙好白，脸可真黑。就这样，还得成绩好的英语小组的成员才能分到和他对话。他取笑过我，说我的英语有尹城的口音。大家就一起哄笑，说我的普通话也带尹城口音，还装蒜，每天和他们说普通话，以为自己是首都来的吗？”

她嘤嘤地哭，妈妈在那边小心地哄，“再坚持一下，适应就好了。”总是这几句话，还没说完，小妹妹就在那头山崩地裂地号起来，妈妈的电话挂断，听筒里传来急促的忙音。

杜娟娟不记得原来像小妹妹那样黏过妈妈，一刻也不能离开地这样黏过。她有记性的时候，是和妈妈在一起的阳光灿烂的时光，妈妈早上叫她起来，她揉着惺忪的睡眼被妈妈摆弄着穿上衣服，妈妈耐心地喂着她早餐，妈妈把她紧紧地束在自行车的后座上，妈妈教她认菜市场的蔬菜、肉市场的鱼虾，还有各种让人恶心的肉类——妈妈那么开心地取笑她，拈着一块带着皮毛的肉在她脸上晃，亮出她每天吃下的这种食物的原形……妈妈记得她所有的伙伴，所有的老师，所有的幸福和委屈，她们一起分享她的童年和少年，每一天快乐或者不高兴的时光，晚上，妈妈会偎在她的小床上，给她讲睡前故事，安徒生童话、伊索寓言，还有皮皮鲁和鲁西西。然后，第二天她被妈妈叫醒前，她都不记得妈妈头天晚上是何时离开的。可是现在，妈妈好像放不下那个小妹妹，妈妈的眼里心里只有她，她在哭，她要吃奶了，她尿了……

有天傍晚，姑姑很严肃地坐在厅里的大沙发上。厅很黑，姑姑很少开厅里的吊灯，每晚为了省电费，姑姑只开一小盏角落里的壁灯，壁灯是白炽灯泡，裹在一层污黄的塑料壳里，灯光洒下来，总有一种脏相。姑姑的脸被脏相的光罩住，脸色便是一种邋遢的凶。

杜娟娟非常怕姑姑，从小就怕。姑姑只比爸爸小两岁，考上大学后留在省城，在这家机关里一路过关斩将，终于得到现在的地位。因为是个管事的女干部，风风火火，说一不二，省城话也讲得地道，就有一股霸气在她的身上滋长，慢慢地网开来，像蜘蛛的丝一般，轻轻地绕着猎物，随时有可能在你不经意的时候，把你蚕食光。

姑姑挥着手上的一张单据，让杜娟娟过来读。杜娟娟怯怯地移过去，看清是张话费单，数据显示这月是四百八十多块钱。杜娟娟只好低着脑袋不说话，书包很重，每天都背着一大堆的课本和参考书还有作业练习册去学校，杜娟娟不敢取下书包，让那山一样重的包裹压在她的双肩上，她驼着背，让自己显得可怜些，能快点结束姑姑对她的教育——她知道姑姑要讲的是什么。

“你每天都给你妈打电话？你有那么多话要说吗？你家的钱是钱，我家的就不是，对吧？将近五百块啊！你每天和你妈叨咕什么呢？是说我对你不好？还是说我虐待你了？”姑姑怒气冲冲，她坐在沙发上，挺直脊梁，就像对部下完成的工作表示出极端的不满，有理有据，数落着每一条不得分寸的进度。

奶奶说过姑姑的不容易。姑姑在尹城的时候，学习其实一般，当年应届时，分数只够三类。当时爷爷还没退休，让姑姑读完三类大学，给安排进县里的一家银行，女孩子嘛，这样的一生，也是会让多少人羡慕的。但姑姑不答应，倔了劲，硬是改考文科类，三更睡五更起，天天抱着书本背，都快背傻了。还真是苍天不负有心人，愣是进了省城的一所重点大学，虽然专业不理想，但姑姑已经很满足了。姑姑对奶奶说，她的人生会自己掌握的。

杜娟娟立在厅的侧边，眼帘一直垂下去。“小女孩冻死在墙角，她脸上放着光彩，嘴边露着微笑，在她周围撒满一地的火柴梗……”杜娟娟想着小时候每回听了都要哭半天的卖火柴的小女孩的故事，但这次，她哭不出来，怎么悲伤地想象那可怜的小女孩冻死街头的情形，她的泪还是掉不下来。

姑姑的腰仍旧挺得直直的，她今天穿了件浅灰色的连衣裙，本来有个黑色小外套，到家里，她嫌热，把小外套脱下来，姑姑的体态就暴露出来，浑圆的胳膊，粗壮的胸脯，由于热或者生气的缘故，她的胸膛起伏着，杜娟娟羞得眼睛都不好意思往姑姑那儿看。

杜娟娟再努力一下，拼命想着刘奶奶家那条老死的法斗，真的太老了，到最后它都开始掉毛，眼睛也糊了一层霾，整天蹲在院子角落里，咻咻地喘着粗气。它死的时候，杜娟娟没在身旁，刘奶奶好像也没太难过，都跟了她十年，真不知道刘奶奶的心怎么会这样硬。刘奶奶轻描淡写地告诉杜奶奶，嗓门挺洪亮：“老了也就这样，就手把它扔到过路的垃圾车里，眼不见心不烦，人和畜生，也就那一场缘分，你说呢？还有那么多人吃不饱呢，我算对得住它的了。”刘奶奶过两天又领了条法斗过来，听说是她女儿给她谋的，找了好多地方，终于有条一模一样的，和老法斗年轻时一个长相。但处了半个月，脾气就显出来，没有原来那条老的好，不大懂规矩，老在人家午睡的时候狂吠。刘奶奶踢它，它吠得更厉害。刘奶奶说：“原来没觉得，现在品出来了，还是老的好。”刘奶奶说话的口气像讲一个腌咸菜的老坛子，或者论一床盖了多年的旧褥子。杜娟娟当时刷地眼泪就迸出来了。现在她拼命地想这件事，眼泪却还是没有挤出来。

表弟这时候回来了，看见厅里的这幅景致，也不太敢作声。杜娟娟和表弟处得并不好，表弟比她小三岁，挺皮的。别看他平时怕姑姑，见着人好有礼貌好有教养的模样，但背着姑姑，龌龊得很，喜欢打小报告，偷懒，爱捉弄杜娟娟，他的口头禅是：“你个乡下妹！”姑姑见表弟放下书包，在厅里转着圈，完全不想回屋做作业，她厉声吼起来：“还不赶快干你自己的事？！皮子痒了？找打吗？”表弟吐下舌头，回到自己的房里。就是这个时候，杜娟娟的眼泪扑簌簌地下来了，像止不住的雨水，像姑姑气得汹涌澎湃的身体，像过了初春的天，省城湿潮的汩汩上升的热气。

姑父也终于出来，在黑黢黢的厅里，人影晃得有点眩晕的光线里，姑父摊着手说：“哎呀，算了，不就四百多块钱吗？你给她说一声不就得了，用得着像审嫌犯那样审她吗？”

姑父从来没正眼瞧过杜娟娟，他从来没进过杜娟娟的那间小房，他在餐桌上只自顾自地吃，声音响亮，有时会意识到自己的响亮而且感受到姑姑轻蔑地瞥眼时，会戛然而止地停住。姑父在偶遇杜娟娟时，那个不算狭小的三房两厅里，大厅里，卫生间前，姑父总觉得杜娟娟像个影子似的，或者他想让杜娟娟觉得他是个影子似的，一倏忽就跳开了。从小到大，在每次来姑姑家的日子里，杜娟娟都能觉察到姑姑才是这个家的一家之主，姑父只是个附属，什么都是姑姑说了算。

奶奶说过姑姑的不容易，大约也包括姑姑的这场婚姻。姑姑的恋爱是很平庸的，不知道曾经有人追求过她，抑或是她追求过别人没？没听奶奶说过姑姑有什么惊天动地或者浪漫的爱情，姑姑留在省城的机关单位后，就陷入一场接一场的相亲中。姑姑像妈妈领着杜娟娟在菜市场闲逛的感觉一样，她对婚姻抱着明确的价码，对爱情有着格外理性的分析：她不要背景好的，因为她不能嫁给一个家境优越的人家做低头垂目的小媳妇；她也不要长得好看的，因为她不能嫁给别的女孩也惦记着的帅哥；她也不能要背景太差的，因为她自己来自一个小县城，将来的打拼还是得靠一点双方的人脉；她也决不要长得太差的，因为她得为将来的子女的五官负责，不能让孩子从一粒受精卵开始就输在起跑线上。真就有这样的，长相稀松平常，一家省城三甲医院的中药配剂师，甚至连家世——省城郊县某局第三副局长的二公子，姑姑拍手称喜，如同中了大奖。二公子？幸亏不是独儿子，不然便是郊县，母亲也得把这公子给惯成油瓶倒了都不扶的妈宝。姑姑喜气扬眉地嫁了，一如她规划的人生，她的事业。姑父偏隅一旁，偶尔看点中药类的参考书籍，考核，拿职称。一个三甲医院的配药房的，想来最大的出息，也就只是个中药调剂师，没有什么大的指望。

杜娟娟哭得简直需要倚着墙才能立住，那肩上巨大沉重的背包，让她的委屈分明加重了不少。姑父随口的一句劝诫，也许只是想按时吃餐晚饭，杜娟娟觉得感动。此情此景，人家一家三口在享受天伦之乐，而自己的妈妈爸爸还有小妹妹，他们把她抛开了，丢她到这边，寄人篱下。

姑姑嗖地起身，甩下那份电信单据，生气地说："还不能说了？！有这样娇气的吗？我又不是你别的什么人，我是你姑，和你同一个姓的！你还委屈了？你花了我这么多钱，你还委屈了？！"

3

刘明丽是大家公认的太妹。她和杜娟娟是同时转学过来的，然后同时分到最后一排。刘明丽当时穿着鲜艳的一件连衣裙，全身嫩黄色，只在领口那里缀朵白色的蝴蝶结。那个黄真有些刺眼，和白蝴蝶结衬在一起，疑心是没煮熟的蛋芯流出液来，把刚凝成固体状的蛋白全盘侵袭了，散发出原始的腥味和不羁来。班主任大约也有这种感觉，皱着眉让刘明丽马上换了刚领到的校服，她抱着一大摞书本分在最后排最边角的位置。

杜娟娟算是好的了，她至少在最后排的中间！

第一天杜娟娟就发现了，刘明丽还涂指甲油！不是在手指上，而是在脚趾上！染成血红色的脚趾显得非常白皙，偎在一双大红色的凉鞋里，散发着挑衅的光，那十只脚指头一动不动，排列整齐地招摇着，夺目地炫着自己的不可一世，杜娟娟瞥着那双被红色充溢的双脚，龇牙咧嘴，明目张胆。杜娟娟愣了好半天，才发现它的主人正带着一副凶狠犀利的眼神，直逼着自己。

杜娟娟定下神来，告诫自己，千万不要惹上这血红颜色的主人了。

然而，与事实相反，刘明丽虽然在班上跋扈霸道，而且还当着众人面甩过她同桌一个大嘴巴，却不知怎么，和杜娟娟成了好朋友。

最主要的原因，两个人放学后要走好长一段的同路程。刘明丽还蛮巴结杜娟娟的，总撵在她的屁股后面："你住哪里啊？""作业能借我抄下吗？""你是哪里转过来的？听口音不是这个城市的呢？""哦，尹城啊？小时候我和爸爸去过一趟呢，有座鸡脚山，哈，你看我这记性，还不错吧？"

在孤独的省城，如果唯一有点温暖的话，那应该就是刘明丽身上那种让人舒服的血淋淋的红了。她只是对所有想侵犯她的人具有攻击性，对所有瞧不起她的人剑拔弩张。有时候，杜娟娟会想，是不是因为自己是尹城过来的，让省城长大的刘明丽有些优越感，所以反而不欺负她了呢？

同路只有一个公交站的距离，她们不太说话，放学后，收拾书包，出学校，杜娟娟始终头低着，刘明丽问什么，她尽量简短地答。然后挤上人满为患的公交车，还是各占各位，一起下车，再走上一截，就分手了。有时候放学的孩子挤在一处，公交车上不去，她们也会默契地等着稍微松散些的下一趟公交车，再默默地同路。

有一次，刘明丽带她开始走远一点的道，“放学回去，稍微晚点能行吗？”刘明丽征求地问。想想姑姑那个家，度日如年的家，像林黛玉寄宿的贾府，杜娟娟抱着书包，客气地回复说“不要紧”。刘明丽就带她出学校，往南直走，上堤，走将近两个公交站的距离，然后下堤，再往西，她们分手，杜娟娟离姑姑家也就只有两分钟的路程了。

杜娟娟喜欢上这段路程了。因为堤上，有江风袭来，江水浩淼地过来，堤头上还有绿莹莹的草丛，野蛮滋长着，葱葱绿绿地有原始的生命力，偶尔还有装运废料的船只慢慢地驶过，船上的人不知对着堤上的人讲些什么，大声嚷嚷，引来船头他们自己的伙计们一阵狂笑。杜娟娟站在堤头，有种浪漫和感伤的情愫从遥远的童年和少年慢慢滋生过来。

妈妈喜欢给她读故事书，很小的时候就给她讲过完整的《红楼梦》，妈妈最喜欢里面的林黛玉，妈妈说，只有黛玉才是最有才华的，才是最真实的。后来听好多人提过《红楼梦》，杜娟娟知道林黛玉其实是最不受人待见的，比方奶奶喜欢宝钗，爸爸喜欢湘云，而姑姑喜欢贾母，他们的班长最喜欢的是王熙凤。杜娟娟和妈妈一样，最爱恃才傲物的林黛玉，因为只有林黛玉，才最像古书里标榜的士，屈原那种士大夫，不肯随波逐流，不肯曲意逢迎，如果世不容我，我毫不犹豫地献出我的生命！

妈妈原来是多么高洁的一个女人，却为了二胎想要个男孩子，生生地把自己这么多年作践成了现在的一种俗人，一个宝玉嘴里最鄙夷的婆娘！

“你怎么哭了？”旁边的刘明丽问。

江风把眼泪巴在脸颊上，弄得生疼。杜娟娟站在堤头，看着白练一般的江水，“你读过《红楼梦》吗？你最喜欢里面的谁？”

刘明丽愣一下，“我没读完，我读不下去了，我们上学期不是学过节选的一段吗？我最喜欢里面的，那个当皇妃的，多气派！连她亲娘老子都得给她下跪！”

刘明丽小时候也是幸福的独生子女，一家人都宠她，姥姥疼舅舅爱的，别提爸爸和妈妈了。直到小学四年级，爸妈离了，然后又各自飞快地成家，她就成了嫌死狗的一个多余儿。

刘明丽躺在坡上，青草被晒了一整天，潮气早没了，她懒洋洋地卧在自己的书包上，眼睛闭着，受不了夕阳最后一点攒足了劲照耀的力度，她把自己完整地打开，让大自然的一切包裹着她，清风，晚霞，江水的腥气，野草的芳香。

爸妈各自成家后，好像比着赛一般，又分别生了娃娃，可巧，还都是儿子，这在每次不期而遇的相逢中，两张脸都翘着，骄傲得不行！她是随着爸爸过的，因为奶奶不许她跟着妈妈，不然是拖油瓶，而且要改姓！她怎么能改姓？太丢人了！行不更名坐不改姓，是古训，不是吗？可是爸爸忙他的新家，讨好给他生了小儿子的新老婆，忙得不亦乐乎地挣钱。爸爸举着弟弟说：“我现在赚钱才有意义了！买房，存钱！我得给我儿子置下家产啊！”刘明丽想起来，爸和妈没离婚的日子，他们举家过得确实悠闲，爸当时老说的一句话是：“女孩子家，我们多省心啊！不用操心给她的将来……”这才明白，爸当时的话里有多么懊丧，泄了气的皮球般一蹶不振。弄了半天，女孩子是没有将来的？

杜娟娟迎着江风，听着身边的刘明丽倾诉，这个平常看起来火暴脾气的太妹，稍有不如意就和同学唇枪舌剑的小霸王，还有这样伤心的家事？如她一样，也是那般孤独寂寞的灵魂。

“你的理想是什么？”身边的人突然冷不防严肃地问。杜娟娟吓一跳，这是刘明丽的问句吗？她转头看看，刘明丽的眼睛已经睁开，很认真地探索地盯着她。

理想？这是多么远大而无聊的问题！这是搪塞多少语文老师每年的一个命题作文。

“考上大学，离开尹城，离开省城，我想去更遥远的地方！”杜娟娟咬牙切齿地说。妈妈一个月才主动来一次电话，都是官面上的话：我老是想你，不敢给你电话，上次你姑姑说你，我们就少通两次话吧，反正寒暑假你都会回来的。然而，寒暑假回到家，兴致勃勃地返回自己的家，妈妈在做什么？哦，妹妹已经大了，开始学走路了，开始讲话了，开始会淘气了，不能离开人了——你爷爷奶奶因为又是个女儿，冒了那么大风险生的女儿，还得瞒着上下左右的人，还怕影响你爸的前途而被人揭发出去的二胎超生，一直不肯带这个妹妹，你妈妈只能自己带她，和当初带你一样，每天都不能离开她。杜娟娟想着就生气，和当初带我一样？你把所有的时间都丢给她算了，所以你打发走我，好让你全心全意地管着她？你就再没有这个当初的女儿了吗？

我要报复她，离开她！

“我的理想其实很简单，我就喜欢摄影。”身边的刘明丽起来，整理一下她细碎的头发，她还是打扮得比较精致。现在已经进入高中一年级，她们俩仍旧分在同一班，那种收费颇高的编外班，不会因为没有学籍的杜娟娟成绩优秀而被分入重点班，也不会因为差点没上高中分数线的刘明丽而被拒之省三中的门外，她们一样还得在一个班里，倒像捡了大便宜似的，因为占着重点学校的背景，出入在重点学校的操场，好像还挺自豪一样。刘明丽已经开始发育，有了小腰身，她把校服拿到裁缝铺里改过，衣服短短的，刚好卡在腰那里，把腰那边也收紧，腰和胯的弧度就美好地显现出来，让她有一种成熟女性的风情。“学校不让带手机，你没看过我拍的照片，真挺好的，有艺术感，你懂吗？好的摄影是需要构图的，三分法，九宫格，你明白吗？”刘明丽对着一脸疑惑的杜娟娟叹口气，就好像杜娟娟对着刘明丽问的那些子集空集一样混沌不明。

“我真心想要一部单反相机，真的，不需要手机，iPad 什么的，我爸能给我一部单反相机，我就满足了。”刘明丽大叹一声，吁出胸中一口好像憋了许久的闷气，把双手朝天上扬着，大叫起来，“我的理想就实现了！”

杜娟娟有些瞧不上她，这就是她的所谓理想？目光也太短浅了。比起刘明丽来，杜娟娟觉得自己好像处境还好一点，至少和爸妈要东西，他们总是千方百计地满足她。杜娟娟看看刘明丽，她的眼睛明亮地向着天外，她的嘴角浅浅地抽起来，向上弯成一道好看的弧，那是做美梦才会有的感觉。这个背着书包，被父亲用金钱打点进了重点学校的“交费班”，每天在后母冷漠的眼光下躲进家门，在父亲的忽视下慢慢成长为一个青春女孩，杜娟娟忽然觉得她有一点可怜。这个总是凶巴巴的女生，昨天还和另一个女同学打过一架，前天还和高年级的某个男生在学校的角落里讲了两个多小时的话——那种被老师定性为早恋的对话，刘明丽在老师厌恶的表情下毫不在意地大大咧咧，在教导主任严厉的训斥下不甘心地对着被打的同学道歉，老师们正眼也不瞧差等生，那些火箭班的同学甚至连她的名字也记不住，她和她一起在这种环境下屈就地成长，她们其实是被她们的父亲母亲放弃了的。

生下来的时候被当作宝，在我们的成长中又不关心我们，让我们自己随波逐流、恣意纵行，你们既然抱着这样的心态来生产我们，让我们这么小就自生自灭，你们何苦选择做我们的父母？

杜娟娟相当愤怒！

可是能怎么办？她还是得每天低着脑袋走进姑姑家的门，还是得每天利用闲暇的时光帮姑姑做点家务活——姑姑说了的，我如果惯着你，我就是毁了你。你没看到我们单位那些妈宝和公主们，那能成个什么事？我们原来都是最早上班，擦桌抹椅打开水，等那些前辈到点上班时，办公室明镜一般的。现在都配了保洁员，就把这些新员工宠的，一个个连自己的水杯都要人家替他们灌满。真是反了天了，谁会把重要的工作交给这帮人……拉拉杂杂，洋洋洒洒，长篇大论，家里人都不吭气，听着小姑的念叨，没完没了。杜娟娟有时候疑心，小姑单位是不是限定了开会时的发言时间，让小姑把噎进心里的话，一定要回家再倒腾完？她默默地帮小姑洗碗，打扫房间，看到躲进自己房里偷偷玩着网络游戏的小表弟，泪水都快下来了。

妈妈，我现在就是那个走进贾府的林黛玉！步步留心，时时在意，不敢多说一句话，不敢多行一步路！还得像个小丫鬟一样，被小姑以不骄纵的名义指使着干这干那！

妈妈牵着她的手说："唉，总是个重点学校，你也知道的，今年的高考，录取率是全省第二！你就是为了将来考个好大学，也应该将就着自己。"

杜娟娟不依，暑假回来，怎么磨怎么黏，她就不想再去省城读书了，不想再去小姑家住了。

妈妈说："你听话，还有两三年，一熬也就过去了。如果将来读了一本，毕业就会去大城市工作，到大单位上班，自己的路就走宽了。”妈妈顿一下，摩挲着自己变得粗糙的手，“就不会像你妈妈，一辈子守在这个小县城，都什么年代了，还把生男生女看得这么重要！”

小妹妹已经上幼儿园了，每天下午接到姥姥家，等妈妈下班，再带回家里，和杜娟娟当初一模一样。这会儿是暑假，幼儿园也放寒暑假，妈妈每天的心思都在小妹妹身上，早教比杜娟娟还丰富还多彩，都开始学英语了，连童话书都是最新的世界级潮本。难得一个星期天，妈妈陪大女儿快一整天了，姥姥那边的电话不停地催过来：“你就不能让你老妈省点心？无偿保姆给你做多少年，你就一个周天也不放过你老娘？我连麻将都打不了四圈。”姥姥现在脾气大，因为杜奶奶坚决不带娃娃，说是怕左邻右舍的街坊告状她家的儿子生了二胎——这话真扯淡，姥姥说，整个尹城都知道杜家超生了二胎，杜家奶奶又推说自己的腰不好，不能弯腰，如果劳损了，还不是你闺女要侍候我？姥姥嘴上骂骂咧咧的，冲着杜娟娟，“你这两个龟孙，耗死我一辈子了。”姥姥却不敢在奶奶面前言语，怕妈妈，那个给人家生了两个不能传宗接代的孙女的女儿，在人家家里受气！

妈妈在电话里支吾着回复姥姥，一脸无奈地对着杜娟娟。挂断电话，妈妈起身去接妹妹，嘴上还在说：“我是为你好，你这么大了，难道一点也不明白？让你去省城读书，真是为你的将来好！”

妈妈拉开门出去，风风火火的。杜娟娟叹着气，这个原来和她有过那么多共同语言的妈妈，一直陪伴她成长的母亲，现在已经如此陌生，如此无话可聊了！

4

高考落败了，只得到邻市一个三本大学的通知书。妈妈征询她，想不想再重来一次？妈妈说，有谁谁谁复读后考上不错的大学，比如小姑，机会总是有的。妈妈说，她相信杜娟娟能力不差，可能后来又转到尹城来上学，两边学习环境的落差也影响了杜娟娟的发挥。妈妈说，几次模考都是进一本的成绩，所以杜娟娟的机会依旧很大。而且，妈妈说，这几年在省城重点中学打下的底子，也不能枉费了。

是的，在省城三中打下的底子，让杜娟娟在那种高额的收费班被老师闲置着，她的出众，她的才华，湮没在那些只想得个三本或者大专文凭的本地子弟，那些家里有背景有钱财，胡乱毕业后就走父母的人脉，依旧成为社会里的人上人，依旧通过别的捷径，比那些在各个县城各个普通高中拼命苦读的学子，轻松得多地获得各种肥缺的资源，从开始在社会上立足，就比那些奋斗的普通家庭出来的孩子要优越得多。

妈妈曾是这样计划过杜娟娟的人生的吗？和爸爸一起商量过，他们的大女儿，就这样走进自己的人生，一大步一大步地跨进人生的辉煌？

或者，刘明丽的爸爸，至少也是这样思量过的，不然，谁都知道三中的这所收费班，每年的学费可是价格上天的。刘明丽的爸爸，也许在为着自己的新家操心，为自己后来得到的儿子所付出的努力，偶一闲暇的时光，会想着刘明丽的将来，至少他觉得，给他的这个女儿付出他能付出的一切？

杜娟娟坚决地摇着头，拒绝了妈妈的提议。她不想再来一遍，再也不要了。

妈妈没有提到的是，刘明丽出的事，对她的打击也许是致命的，让她一年多在高考的准备期里都神情恍惚，心悬在口腔里，吐不出来，也咽不下。

杜娟娟现在住四个人一间的女生宿舍，另外三个，她不太交往，她可能有意识地把自己孤立下去，除了到图书馆看书，除了到书店买书再拿到宿舍里看，她几乎没有别的爱好。

久了，那三个女生有点联合对付她的意思，熄灯后她们仨一起聊天，瓜子在黑暗里磕得脆脆响。

"就这么个破学校，还有人以为是清华北大呢？用功用得不行咧！"

"有人把自己当居里夫人吗？装什么蒜呢？"

"你真少见识！居里夫人是做实验搞发明的，人家可是科学家。我们学电子商务的，折腾成这样，是想冒出个女作家来吧？"

"女作家又怎么样？了不起吗？有人以为自己是省城的，所以了不起吧？"这三个都是外县的，有的来自比尹城还大的地区。

"才不是呢。假省城的，只是在省城借读过几年，还沾上大城市的小姐脾气了。其实，也就是个挨不着边的小镇，得意什么啊？”

三个女孩子大笑起来，哄笑声和嗑瓜子声组合在一起，变成犀利的噪声，隔壁房间有人抗议起来，三个女孩子的声音小下去，哧哧哧的，变成另一种杂音，像金属椅的脚头在瓷砖上磨。

杜娟娟无动于衷。她不在乎，就算明天早上舍监来查房，训斥起她们一地的狼藉，人家异口同声地指向她，她也不会争辩一声。当然，她也不会拿起扫帚清理那些垃圾，杜娟娟会昂首挺胸地从怒容满面的舍监面前经过，把一众想捉弄和欺负她的这些人完整地抛在脑后。

如果敢打架，她也不会怕！她早就从刘明丽那儿领教了什么是厉害。

本来也许可以和她们之中的某个好上的，本来也可以和她们之中的任何一个成为青春期的闺密，到将来，在多少年的回忆中，在同学会热闹的场所里，搂着抱着，一起唱《一生有你》或者《相逢是首歌》。但是杜娟娟把自己圈住了，把所有的人屏蔽了。曾经有个刘明丽就可以了，不想再要友谊了！

妈妈从来不提刘明丽，家里人也不敢提。如果他们认为那是她的某种忌口，还莫不如说是她的某种悲伤。

她不想打听刘明丽的现状，从来不想知道。本来她其实非常关心那件事态的发展，可因为出事后，说是高三才转回尹城的安排被妈妈提前了，那个时候她才知道户口的事情，所以一切都变了。

杜娟娟一直没有户口！

妈妈解释，其实是拖着，一直忘记办理，后来有了小妹妹，因为二胎的麻烦和掩人耳目，所以就把独生子女上户籍的指标给妹妹了。她是你亲妹妹，这没关系吧？我们现在花了更多的钱，爸爸现在在县里的地位也稍微稳定了，没人再说三道四，就把你的户口也顺便办下来，什么都不影响的，不是吗？

奶奶甚至还骗她，本来是想托你姑姑给你的户口安在省城的，但实在太难了，所以还是办回来，花费好大一笔钱呢，尹城上户口，也是要先付掉好大一笔罚款的。

杜娟娟听着她们的胡诌，她简直不相信这是她的家人。他们从不知道姥姥会随口说出的真话，泄露到她的耳朵里。

“留着一个独生子女的指标名额，一直指望着你妈给你们杜家生个男孩子的！你妹妹一来，也没想头了，顺风顺水地先把你妹妹的户籍给上了！”姥姥在慨叹，什么年月，都是重男轻女的风气！你爷爷和你奶奶，还是多年的老干部，你爸爸，还是大学生，县里的干部，也免不了这个风俗！

杜娟娟的心都凉了——她一直是黑户，在她人生的十六年里！

她凭什么可怜刘明丽？刘明丽只是爸妈离婚，只是缺少些正常的父爱和母爱，然而，人家父母至少给了她身份！人家父母在曾经恩爱的婚姻里，从来没有想过拿她的身份去守着一个还没出世的未来！

妈妈应该没料到，一个本可以考上重点大学的杜娟娟，从省城三中回到尹城中学备战高考的杜娟娟，如何在一年里，曾经的勇气和斗志，像那条堤边的江水，一泻千里，再不复还。

暑假的时候，杜娟娟在市里一家高档的车辆护理所找了个临时工的工作，因为电脑操作不错，给刚上全新的电脑管理系统做运营整理以及维护工作。老板很器重她，知道她是勤工俭学的大学生，也知道她返校后不能全职做这工作，还是完全通融她，让她以后兼职过来也行的。

杜娟娟没想到自己原来理想中用文学或者语言的才华来生存下去的梦幻，被无奈的当初选择就业更容易的电子商务羁绊后，现在所带来的实用的好处，被人需要和依赖的一种职业技能，换得了刚入社会的某种尊重，而心里多少有些慰藉。

车辆护理以洗车和修车为主业，其实最大的收益来自客户的零件替换和更新。原来这种纯重型机械的行业，被洗车和护车的花哨所遮蔽，弄得原本很沉闷很滞重的外观，被些年轻的帅哥美女包围，被那些清香雅致的器具包围，显得时髦而小资起来。

洗车工里，老板都雇的是长相不错的帅哥，后续服务的营销里，汽车香氛，汽车坐垫，配套的汽车小玩意，都是标致的小美女。大家穿着一样齐整的工装，倒有些大公司那些小白领的气质。

“这个暑假也不回来了吗？”妈妈问。现在这个市，离尹城更远了，大约车程近三个小时，属地级市，因为这两年经济发展的势头过猛，完全有超过省城的感觉，而且比省城干净，规划更有条理。当时填志愿，杜娟娟其实有点自暴自弃地填了这所学院，因为分数太低，不可能有机会去省外读好一点的学校，只能屈就自己来省内的这所三本学校了。爸爸妈妈当时还说，将来还有机会给她翻盘，找好点的工作。杜娟娟面无表情地听着父母的商议，好像真把她的将来特别当回事的商议，心里迸出无名的冷笑。第一个寒假就没有回去，骗父母在冰冷的宿舍里熬过了外面喧嚣热闹的年节，杜娟娟自虐地想，我要学着让你们都忘掉我！但是她的借口是和同学去外省做社会调研，还要补习英文，为将来的考研做准备。妈妈当时在电话那头劝了半天，还是依顺杜娟娟，那是她头一次过没有爸妈的春节。

以后也这样吧，我成全你们！

杜娟娟恶狠狠地想。所以这次暑假，她还是在妈妈打电话盼着她回家后，回复她找了短工，不会回来的。

“那么，我过来看看你吧，我都有这么久没见过你了，也不知你到底怎么样？”妈妈在电话那头有点哀求地说。哪里有那么夸张？我入学的时候，你和我爸不是一起送我来的吗？像别的同学的亲爱的爸妈一样？秀出你们对我无与伦比的怜爱？

“不用了。好丢人的，我都这么大了，让同事们看见。”杜娟娟看看院子里正热火朝天洗着一辆大奔的几个小伙子，温度开始上来了，干活的人汗流浃背的，在太阳光的照耀下闪着明媚的光彩。妈妈又小心地叮嘱几句，那边挂了电话。

她听出妈妈的小心、怯懦，以及心底对她的抱歉。可是，有什么用呢？

“杜娟娟，要不要一起试试这车？多棒啊！我还没坐过莲花呢！”那个叫刘帅的小伙子高声叫着她，他一直喜欢叫她试车，他们护理所来过好多种车，杜娟娟在这几天里，已经认识很多品牌了。

“莲花也稀罕？你这个见识短的。”他们里面的那个小头目笑话刘帅，还顺脚踢下他的屁股。

“不是价格的问题，是车型的问题。我得老实说，奔驰了，宝马了，我们这里见怪不怪了，但这台莲花，我真第一次见到。”刘帅笑着对小头目说，又扬着脸对杜娟娟喊，“你来吗？”

杜娟娟在办公室里，她的脸在荫凉的地方黑着，她直起身子冲刘帅摇摇头，表示她的婉拒，又把身子缩回去，搁置在她的电脑旁。

“刘帅喜欢你。真的。你一来，我就看出来了，这小子，有眼力，喜欢上一个大学生了。”杜娟娟旁边那个做财务的美女一语道破天机，她是老板娘的小表妹，每天穿职业装，一头染得银灰的头发束起来，把有时候的粗俗都掩蔽了。杜娟娟想一想，偷偷地满足地笑起来，她又望一眼门外那批在劳动中疯闹的小伙子们，他们阳光、热情，无忧无虑，因为没有特别远大的抱负，反而活得洒脱。那个叫刘帅的小伙子疯闹得最起劲，发现杜娟娟看着他，更嚣张起来，把空气压力水枪朝另一个小伙子喷去，惹来小头目的一顿臭骂。他们在阳光下这种世俗的喧嚣，不知怎么，让杜娟娟觉得生活和未来似乎有那么一点美好起来。

袁博会像刘帅那样喜欢自己吗？

杜娟娟以为不会有爱情的，至少觉得爱情是个遥远的东西。有次听刘明丽谈起她交往过的男孩子——刘明丽身边总有不停变换的男孩子围绕着，刘明丽唉声叹气地说：“这个世界就是这样的，你喜欢他，他不喜欢你，他喜欢你，你又没办法喜欢他！”绕口令一般，弄得杜娟娟半天找不到头。刘明丽说：“就是这个样子的，世界上没有绝对的对等的相爱，都是残缺的，和最成功的画面一样，残缺才成就了美，比如断臂的维纳斯，还比如你最喜欢的《红楼梦》，是不是？”

刘明丽至少有美学的天分，所以和她的谈话里，总是会冒出一些机智的金句。但刘明丽又是自傲的，她老是炫耀哪些男孩子喜欢她，在无可奈何的口气里留着摆脱不掉追求者的一种满足感。

杜娟娟当时觉得刘明丽是多么傻气，一个自恋的女孩子，因为得不到最基本的父慈母爱，所以会幻想世界上还有另一种爱，以后会滋养着她残缺的人生。直到遇见袁博，杜娟娟才明白这种爱情是多么刻骨铭心地存在着，才明白深深地无望地爱着一个人，是多么绝望的地老天荒。

他也算不着多优秀吧？他甚至都不知道荣格呢。他也不一定有多帅吧？虽然个子不矮，但总感觉走路有点驼，没有精气神的那种不自信。杜娟娟应该喜欢的，是那种能帮自己撑起这片天地的男孩子吧？但是爱情这种鬼东西，它就这样毫无预兆地过来了。有时候在宿舍里躺着，耳边聒噪着那三个女生叽叽呱呱的喧嚣，杜娟娟会想象爸爸妈妈的爱情，会想象姑姑的爱情，他们都是一模一样的人生，有目标地找寻搭伙一起走下去的人生，背景、经历、家境，成为他们最重要的测量对方的砝码，在所有人看来匹配和安全的将来，一起搭个伴走完人生所有的时刻。

多么无聊，多么功利，多么世俗。那么爱情呢？

她本来是没有注意过他的。初来乍到的杜娟娟，对这个三本学校的无奈，对自己前途的灰心，对父母的绝望，还有对刘明丽的某种深在骨子里的思念，让她对周遭的一切都毫不关心，然而，他就在这个时刻，突然临空而降了。

她独自换大教室的饮水桶。那个水桶正好在那个时间段空了，当时周边有两三个别班的女生在叽叽喳喳地说着什么，杜娟娟对着流不出水的饮水机迟疑了那么一小会儿，再看一下明显比自己瘦弱的那几个女生，决定自己换水桶。就是这个时候，那个世界上最美好的声音传过来了："你放着别动，我来吧。"

那个穿着灰色连帽衫的身影过来，抢先一步，利索地换上了满满一瓶的水桶，还试着开了下水龙头，直到流出涓涓的水流。那个阳光般的笑容呈现在有点发呆的木木的杜娟娟旁边："哪有女生干这个的？小心你的手指头哦！"

他就走掉了，跟着窗外洒进来的阳光一起消失了。

其实这有什么？在小姑家，有时候家里的饮水机要换水桶的时候，也是杜娟娟自己一个人解决的。那两个备用的桶装水就放在她的小房间里，有时候小姑自己也常常女汉子一般地抡着胳膊就给换上了，有什么难的？但是，他就不让，他说她是女生，要小心自己的手指头！

爸妈家里是没有谁让她做这种体力活的，在爸妈家里，杜娟娟依然还是享受着宝贝女儿的待遇，甚至因为是头个孩子，她得到了比小妹妹更多的溺爱与宠嬖，因为离家而寄养在他处，所以享受了更深的珍爱和来自心底因亏欠而想付出的更多的怜惜。但是，她毕竟是多余的！她比妹妹更多余！他们从她生下来就布的这个局，从来就没对她的成长付出过真正的关心，一切都是如此虚假。她只是一个幌子，为即将到来的另一个未来而设下的圈套。她仇恨这一切！仇恨后来她明白的这一切！她的到来是不被任何人看重的！不管是爷爷奶奶还是爸爸，就算是形影不离陪伴过她那么些年的妈妈，也是他们的同谋！

没有人爱她！没有人在乎她的存在！

杜娟娟看着那个飘离的影子，在满院的四季桂飘香的学院里，那个渐行渐远的影子，无来由地觉得自己的心被他生生地扯出去了。

5

杜娟娟醒来的时候，已经躺在被子里。在自己的小床上，盖着厚厚的鸭绒被，被子早前应该被曝晒过，虽然有贮藏的樟脑丸味，还是依稀能辨出曾经被太阳沐浴过的鲜活感——妈妈还是和原来一样，有备无患，每到夏天快完结的时候，就会把家里的被褥全拿到阳光下晾晒，等到尹城形如风速的秋季一闪而过，人家还在着急骤然冷下来的夜里，用薄薄的秋被如何御寒时，妈妈早准备好一家人晚上舒服暖和的遮挡了。

她停在被窝里，拱一拱，发现脚边一块发烫的暖宝宝。杜娟娟用脚把暖宝宝钩上来，放在胃上，然后慢慢地滑上来，用双臂贴紧它。曾经冻得冰凉的身体，那般作践想折磨的身体，到底被妈妈发现，慈爱地放进了温暖的床上。她转着眼珠观察着自己的小屋，没有什么特别的乱糟糟。想了很久，记不起当时被刺骨的冰凉冻晕的身体和神智，如何被妈妈拯救的。只有天花板上那块晕倒前仔细观察到的来历不明的一抹污渍，仍旧巴在那里，虎视眈眈地垂首注目着她。

很久之后，妈妈进来了。她穿着一件格纹的大衣，头发束起来，脚上的高跟鞋没有换，笃笃作响地走过来。

妈妈没有笑，表情严肃地站在床头："你醒了？"

杜娟娟心里有些害怕，妈妈完全一副准备离家的模样。她不回答，把被子掩过嘴，掩过鼻，然后没过眼睛，把自己全部埋进去。

"我刚才叫医生过来给你看了，应该没事，你就是凉着了，暖和一下就缓过来了。"妈妈的声音在外面显得有些嗡嗡的，好陌生的感觉。

"这事情没办法躲过去了。我尽了最大的努力，咨询了最优秀的律师，你除了自首，没有别的出路。"被子外的声音顿了顿，"我刚才已经去过公安局，坦明你所有告知我的一切，公安局那边说，除非自首，你真没别的出路。他们限定的时间是今天，如果过了下午六点，他们要发逮捕令，性质就完全不一样了。"

“去公安局？”杜娟娟“嗖”的一下从被子里打个挺出来，“我有什么错？我担什么责？为什么让我去公安局？”杜娟娟掀开被子，大叫起来，“我全部告诉你，是想让你帮我拿个主意，你却把我全毁了，你把我出卖了，你想我一辈子待在监狱里，你想一辈子也不再管我了，对不对？！你早就想甩掉我了，在有了小妹妹之前，你不给我户籍，让我黑着身份在这个世界上，还骗别人说我是你的养女。”杜娟娟声嘶力竭地号啕大叫，这么多年的委屈，你别以为我不知道，不是别人揭穿你，我还在你的慈母般的作秀中自怜自爱地过着这一生，“你有什么出息？你怎么配当母亲？你就为了当人家传宗接代的工具，把自己耗上，把我也耗上？养女？亏你编得出来，帮什么你莫名其妙的大表哥带的孩子——我是你亲生的啊，你这种借口也能编出来？就为了掩耳盗铃那一次次的超生？！你有什么好下场，你生来生去还不是生的妹妹，你下了那么大的劲，现在国策变了，允许二胎了，你怎么不把小妹妹也弄成你养女，你好再争取个名额生个儿子？！”

她一直以为妈妈会一巴掌打过来，她想激怒妈妈，她想看妈妈被真相揭穿后手足无措的愤怒，她就想妈妈能好好地打她一顿，她太欠揍了，她太想得到一顿歇斯底里的拳打脚踢。

妈妈咬着牙看着她，定定地看着她，眼泪流下来。

“你有什么可哭的？该哭的是我，是我！我全完了，全完了！我再也没前途，没人生，没将来了。我从一生出来，就被你生生地毁掉了。”杜娟娟胡乱地拿起鸭绒被的一角，使劲地抹拭脸上迸出的鼻涕和眼泪。

开学后，她一周三到四次还是会去汽车护理所兼职打工，老板很喜欢她，甚至有点依赖她，也或者说，雇她这样的学生工，可以不需缴纳五险一金，薪水比在职人员低，更重要的是，她的业务反而比那些在职人员更好些。

杜娟娟也喜欢这份工作，这是在孤独的学校生活外，一个唯一让她能有点欢声笑语的地方，一个除了读书的爱好外，还可以发展自己技能拓展学业知识的一个实习点，毕竟，还有进项，总比每月低三下四地找父母要钱来得爽快得多。

刘帅仍旧爱缠着她，给她买零食，赠她喜欢的书，送她电影票，趁老板不在，老拽着她把客户的稀罕车开出去逛一圈。

杜娟娟不喜欢刘帅，有时候会拒绝他的好意，她低着脑袋，总是不敢看他被拒绝的眼神。“不用的，你不用这样的。”她总是轻柔但坚定地表态。她怎么会喜欢刘帅呢？她空空的心里，已经腾出地方，让一个人住进去了，那是袁博啊。

袁博心疼过她的，不是吗？在那么多人的瞩目下，腾腾地跑进来，帮她换了饮水桶，他说，你是女生，你不应该做这种事的。

她开始注意袁博了，是高她一年级的男生，经济管理系的，据说是最没有出息的系，因为各科都没能出类拔萃，只为了完成个大学学业，随便修的那种专业。听说将来的就业前景也不好，除了去跑销售，别的行业哪里需要我们这种三类大学的毕业生去做管理的？

但是，有什么关系？

袁博高高的个子，酷爱篮球，在校园里那几个篮球场上，总能看到他挥汗如雨的身影。听说他是NBA的迷弟，最爱火箭队。杜娟娟找全火箭队的资料，那些枯燥的拗口的篮球术语和明星的名字，终于背诵得滚瓜烂熟。

她和他就讲过那么几次话。“呵呵，你还知道詹姆斯·哈登？对哟，他就是在对76人的那场比赛中首节取得23分的，追平姚明的记录。看不出来哦？你还是个铁杆粉呢！”那一次是个什么联谊会，她正好站在他们那些人身边——其实她是有意的，鼓足了十二万分的勇气，有个学长说错了哈登的记录，她完整地补充并更正了所有的信息。袁博朝她打个响指，眨眨眼睛。她的心扑通扑通地蹦跶好久。

还有一次，她在学校的表彰大会上上台领奖，得的是诗歌创作奖。操场学生散去的时候，袁博跳到她面前：“嘿，你还真是才女呢！到时候把你写的诗给我欣赏欣赏？”她羞得颜面红透，低着脑袋。袁博和他的伙伴跑开去了。

刘帅总黏着她，甚至还花好大的一笔钱给她买了她随口说的那种“蓝色妖姬”的玫瑰，那些玫瑰被漂亮的花纸包裹在一起，里面点缀着一些星星草，刘帅小小的个子，穿着那身朴素的蓝色工服笑盈盈地捧给她。杜娟娟吓到了：“天哪，你花了多少钱啊！你知道这得多贵啊！你可真舍得！”她还是被这种稀有的艳丽花朵打动了，她凑下身子，陶醉地闻着那妖冶的花朵发出的芳香。

刘帅在阳光下笑嘻嘻的："当然好贵的，花了我五天的薪水呢！但是你喜欢啊，我就喜欢你，喜欢它们！"

杜娟娟感动地接下花束。她不讨厌刘帅，她只是没有喜欢过他。就像爸爸，她不算喜欢爸爸，但爸爸绝不可能被讨厌啊。而且，她突然忧伤地想，如果爸爸能像刘帅那样关心她，注意她，她可能不会如此斤斤计较妈妈后来对她的忽视和欺骗了。她把妈妈对她的感情过于专一化，所以，现在她在没有得到预期的完全的母爱后，变得有点恨妈妈了。

但是把刘帅比成爸爸真得显得很怪异，其实他更像妈妈些，他没什么文化，没什么抱负，甚至没什么外形，但杜娟娟和他在一起，却觉得特别舒服。她会唠唠叨叨地给他讲刚看过的书，那本叫《献给爱米丽的一朵玫瑰》，还有《一封陌生女人的来信》，甚至她能完整地给他讲述韩国版和日本版的那部电影《白夜行》，讲它们之中国家态度的区别，文化的差异，造成对原著的不同理解和改编。刘帅有滋有味地安静地听着，连一声都不愿打断她。杜娟娟尽情地讲着，手势乱舞，唾沫横飞，像小时候和妈妈聊天一样，幼儿园的那朵小红花是为什么得的啊，我今天又学会了一个舞蹈啊，下午老师布置了随堂练习，我得到满分啊，妈妈，让我给你讲一个故事吧，她细声细气地描述刚听过的莫泊桑的《项链》，妈妈，她为什么一开始不告诉人家她借的项链被偷了呢？妈妈的脸幻化成刘帅的脸，安静地微笑。

她叹口气，她知道这个男孩子对她的感觉，远不是母爱那种亲情，不是那种无可索取的奉献，它是需要回报的，它是需要对等的，是那种危险的由表及里的情欲，但是，杜娟娟安静地承受了，安静地自我转化了，她需要一个可以呵护她，倾听她，宠着她，唯一只疼爱她的感情，她以为刘帅就是那种替代。是的，他怕她冻着，怕她饿着，怕她累着，怕她受欺负……她从不知道，她在这个世上翘首以盼以为再也回不来的母爱，还有一个这样的失而复得的补偿。

如果她早意识到这种暗恋其实是一个人的地老天荒，她也许会警觉的，也许会防备的。但也未必，就像她对袁博的爱情，在得不到回报后的仇恨和愤怒，是把一腔曾经的付出都恨不得加倍讨还回来的无情。

那天应该夜很深了吧，她鼓足多么大的勇气约他，约他去这座城市的江边，那道和省城非常相像的堤。她要给他讲她的故事，她要给他讲曾经在这道差不多模样的堤上发生的故事，她的成长，她的软弱，她的低谷，她的转变，她唯一的一段友谊。

袁博心不在焉地陪着她，杜娟娟看出他的不耐烦，谁让她半天缄默不语呢。这道堤比省城的好，刚修葺一新，种了许多热带城市运过来的常绿植物，还零星点缀着四季桂，那淡然的香味随着江风侵过来。远方，一大片星星点点的灯光里，是他们的校园。

她有点冷，哆嗦一下，旁边的男孩子看到了，犹豫过，但坚持着没有把自己的外套脱下来披在身边的女孩子身上。杜娟娟接着说：“我和她关系一直很好，我从没有想过她对一部单反相机有那么大的奢望。那天，也是这样的一道堤，我们也是这样慢慢地走下来，她说，和爸爸讲了，爸爸开始含糊其词，后来拒绝了，很坚决地拒绝了，但还是附加个条件，你这次期末考能进年级前三百就行。年级前三百，其实对她来说也挺难的，她认为是爸爸不想给她买相机的借口。那天有点阴冷，寒潮要来的黄昏，堤上除了一对摆姿弄态的恋人，没有别的人。她迎上去，我也不知为什么，慢慢地跟着她走过去。

“她对着他们说了几句，也没觉得特别厉害，就是阐述自己需求的一种表达，反正我听来就是那个意思，她的双手放进口袋里，可能拳头握着，其实也可能只是给自己一点勇气。你简直想不到世界上有那么胆小的男人，以为刘明丽握着的是某种凶器，很猥琐地把自己的相机交到一个小女生手里。”

袁博终于停下来，瞪着杜娟娟：“你讲的是真事还是故事？你是说，你和你朋友参与了一次抢劫？！”

杜娟娟摇着头：“不是抢劫，她只是过去要求，要求能不能把他们的相机给她？就是这句话，我没有听出来一点威胁的意思，可能刘明丽长得有点人高马大，而且模样有点小太妹，她歪着脑袋的样子，就是那种天不怕地不怕的模样。”

袁博问：“人家给你们那部相机了？”

杜娟娟点点头，对视着袁博的眼神后，她无尽的悔意升上来。她为什么非要给他讲这些？她以为对过往无法直视的坦白，能让她心无旁骛地得来一段真诚的爱情，还是以为在对自己认为至亲的人面前坦露心迹，会得到自我救赎和升华？

袁博摇着脑袋：“那不就是抢劫吗？！”

杜娟娟说：“不是的。他们那对恋人没有告我们，那个男的还说，你们想玩就拿去吧，刘明丽接过相机就跑掉了，还拉着我一块儿跑，我当时有点晕，没有反应过来，没有和她一起跑，仍旧发着呆，想不明白这一瞬间发生的事情。但就在这时候，有个路人到堤上来了，看见这情形，还没搞清楚状态，那对恋人就对着他喊，有人抢劫了，有人抢劫我们的相机了！他就撒开腿去追刘明丽，一直追了好久，在下堤时追到了。我没看清楚怎么追到的，我一直待在堤上，傻过去了。”

袁博说：“所以你没事？你朋友判了刑吧？”他的嘴角在月光下讥诮地牵扯着，这样看起来他没有白日里那般英俊。杜娟娟除了无尽的悔意，只剩下对自己的愤怒。她还是在心里问自己，为什么，为什么要跟他讲述这段从没有跟任何人讲过的前尘往事？

杜娟娟摇摇头：“没有，她还没到 18 岁，被抢劫者又陈情原谅，学校开除了她，家长把她领回去了，从此我再也没见过她。”她停下来，用脚抵着路边的一块小石子，这道堤上的路是光滑的水泥铺就的，没理由有碎石子。她前后左右地望望，远处有个小小的黑影，天边只有模糊的上弦月，周边被疏密的乌云挡住，泛出朦胧的光影来。

“你却一点事儿没有？”

“我能有什么事？我只是失去了我最好的朋友，媒体的报道和学校的通告都是冷冰冰的，就那么几行官面上的字：刘明丽实施抢劫一部价值五千元的单反相机，因触犯刑法，违反校规，给予开除处理。”

“那你给我讲这个是为了什么？”袁博盯着她看，他也左右环顾起来，据说是在当年发生事件的这个相似的地方，这个会写作诗歌的有点神经质的女孩，她想做什么？

“我，我只是孤独，想告诉你我心中最深的秘密。”杜娟娟看到远处有个若即若离的黑影，慢慢地往他们这边移来，这冷冷的夜里，刚过了霜降，白天的一点潮热在夜里被江风赶得无踪无影，还有在堤上闲逛的孤独的灵魂，她得赶快说下去，一鼓作气地说下去，“我们是被世界遗忘的人，不被父母重视的多余的生命……”

袁博终于爽朗地笑起来：“别，你太诗情画意了，生活哪有你说的那样？我劝你还是别读书作诗了，还是为毕业就业做准备吧，哪里有什么诗和远方，看把你搞得神神道道的，你叫什么来着？天这么黑这么凉了，我送你回学校，来。”他这时竟然把他的大手臂挥过来，想揽住她抖动得如此厉害的肩膀。哦，天哪，他竟然连她的名字都不知道！她大叫起来，“啊——”神经质地摆脱他好意的呵护，学长般的呵护。

那条黑影像只离弦的箭一般射出来，袁博突然就倒在地上了。杜娟娟还没缓过劲来研究到底出了什么事情，那个她熟悉的声音冲她喊道：“走，赶快走！”

她被刘帅连推带拽地拖着跑，跑下了堤，跑上了沿江大道，跑进了学府路，然后，他停下。“你怎么跟踪我？”杜娟娟终于意识到刘帅的出现不是偶然。

“我每天晚上都在跟着你，除了上班睡觉，我有空就跟着你，一直陪着你，你只是不知道罢了。”刘帅炯炯有神地说。

杜娟娟的嘴巴抿一下，在袁博那边受到的冷遇，早在刘帅的体贴和温暖那里得到了补偿，她感到一种被重视的暖意。“你怎么样他了？”

“我没怎样他，我就推了他一下，我看到你不让他碰，还那样大叫，我冲上去就给了他一记拳头。”刘帅得意地说。

一天后，学校进驻了刑警队的调查人员，因为在堤上发现了袁博太阳穴血流凝滞的尸体，据传言，还没有他杀的嫌疑，不知是不是被过路的、呼啸而来的泥头车带过去的飞溅的石子正好冲击了他的穴位——世上有很多离奇的死亡，这也许只是其中之一而已。

6

“吾虽不杀伯仁，伯仁因我而死。”妈妈在她的小房间里翻了半天的书，原来是因为要找这句话。她和妈妈讲过这个出处吗？学古文的时候，她已经开始和妈妈生分了。从初一下学期到整个大学二年级，这八年的时光，她和妈妈有讲过如此深奥的话题吗？

妈妈在床边坐下来，“我想了很久，上次刘明丽的事情，其实我没有处理好。不管你怎么说，我觉得至少你在那次事件中，嗯，算帮凶。”妈妈做了个很坚决的手势，“你不要打断我。我一直在想那件事情，想你对我讲的每处细节，也在想为什么从此刘明丽不和你来往了。她是羞愧吗？还是觉得犯错后无脸见人？但你们毕竟是你定义上的真正的好朋友，如果你真没有做错什么，她会如此决绝地和你断绝一切往来吗？”

妈妈认真地还在往下说：“我想了很久，也许问题出在你身上。就像你这次跟我说的，你并不知道袁博当时倒地就死了。好吧，也许你真不知道。但是，天哪，一个大活人，被另一个人打倒在车来车往的堤路上，你们竟然撇下别人跑得一溜烟。这说明了什么？说明了你对这件事毫不在乎，对倒地的一个同学的身体状况完全冷血，还对自己过往躲过了惩罚的另一种侥幸。”

杜娟娟不吭声，她从没有想到妈妈还有这样的思想，还有如此的推理，缜密的符合逻辑的判断。她慢慢地直起了身，她还有最后一招：“一直有种鸟，长得很漂亮，名声也不错，定义上是林业益鸟。而且有关它的传说比比皆是，在春夏之际，它会彻夜不停地啼鸣，那凄凉哀怨的悲啼，会激起文人骚客的许多情思，再加上它的舌头是血红色的，古人甚至以为是它鸣叫得满嘴鲜血。可是，你知道这种鸟儿，被多少代人多少年传唱下来的鸟儿，它竟然是巢寄生的种类，产卵在别的鸟类的巢穴中，把自己的孩子寄养在另一种鸟类的哺育下，它再也不会回来，过问这枚自己亲自下的蛋。”

妈妈愣了很久，半天没有说话。杜娟娟慢慢地躺到床上，回到已经渐渐变凉的被窝中。

“我知道你所受的委屈，但是你也应该体谅妈妈所受的委屈。妈妈所有的错误可能就是太执念想为爷爷家生下一个传宗接代的孙子，这个错误带来了别的衍生的委屈，你的，也有我的，其实还有小妹妹的，也还有姥姥姥爷的。”

妈妈站在她旁边：“但是我不是杜鹃，我不是那种放任你不管的母亲，也许像你说的，在你整个的成长期，我错过了，所以耽误了你的梦想，耽误了你作为女儿所应该享受的呵护和陪伴。但你犯下的错，不能一而再、再而三地侥幸躲过去，那样你所过的一生，才是杜鹃鸟不明不白的一辈子。我现在能给你的，是教会你做人的责任。”

杜娟娟的眼泪流下来，她觉得和妈妈和解不了了，妈妈那么坚决，她哪有退路啊。

妈妈说：“你穿上衣服吧，我陪你去，一切都来得及。”

杜娟娟号啕大哭起来，她得去公安局了，她必须得去给那个死在她面前的人有所交代，她甚至还得去给刘帅打电话说明一切。是的，他当时说给了袁博一记拳头，可是在下堤跑路的过程中，她分明看到他把一块坚硬的带着猩红血流的石块扔进了江里，江水当时泛起的巨大涟漪，把她的眼睛都定住了。

如果这样，刘帅怎么办？他会不会因故意杀人而被送进监狱？警察们又会如何给她定性？又一个刘明丽从她的身边消失了，她自己也会从这个社会上销声匿迹吧？她的命怎么这样苦？！

她抽抽噎噎地穿上了所有的衣服，奇怪的是，家里好像没有一个人，安静得像世界末日一般，连隔壁刘奶奶家里那条讨厌的法斗也没有半点声息。

妈妈沉重地陪着她出门，妈妈肃穆地陪着她进了公安局的大院子。杜娟娟这时扭转头，故意委屈地笑了一下：“你从此就当没我这个女儿了吧。”

她想折转身子进去，妈妈却一把把她拥在怀里，妈妈哭泣着对她说：“我会等着你，怎么样我都会等着你的。你只是病了，没有被人照管着的一种欠缺。我会接纳你所有的一切，我也会尽最大的能力治好你的病。你记着，你有妈妈，妈妈一定会陪着你再次长大的。”

弋铧，女，现居深圳市，中国作家协会会员，已发表作品一百多万字，获首届鲁彦周文学奖，首届广东省小说奖，第七届深圳青年文学奖，第一届、第二届全国青年产业工人文学大奖，第二届“飞天”十年文学奖，第三届原创网络文学拉力赛奖等。出版有长篇小说《琥珀》和中短篇小说集《千言万语》《铺喜床的女人》。